双月城的惨剧

〔日〕加贺美雅之 著

白夜 译

中国友谊出版公司

图书在版编目（CIP）数据

双月城的惨剧 /（日）加贺美雅之著；白夜译 . -- 北京：中国友谊出版公司，2023.8（2024.4 重印）
ISBN 978-7-5057-5666-3

Ⅰ . ①双… Ⅱ . ①加… ②白… Ⅲ . ①推理小说—日本—现代 Ⅳ . ① I313.45

中国国家版本馆 CIP 数据核字（2023）第 106945 号
著作权合同登记号　图字：01-2023-2701

SOGETSUJO NO SANGEKI
Copyright © 2006 Masayuki Kagami
Chinese translation rights in simplified
characters arranged with KOBUNSHA CO., LTD.
through Japan UNI Agency, Inc., Tokyo

书名	双月城的惨剧
作者	〔日〕加贺美雅之
译者	白　夜
出版	中国友谊出版公司
发行	中国友谊出版公司
经销	新华书店
印刷	北京世纪恒宇印刷有限公司
规格	880 毫米 × 1230 毫米　32 开
	12 印张　267 千字
版次	2023 年 8 月第 1 版
印次	2024 年 4 月第 4 次印刷
书号	ISBN 978-7-5057-5666-3
定价	59.00 元
地址	北京市朝阳区西坝河南里 17 号楼
邮编	100028
电话	（010）64678009

如发现图书质量问题，可联系调换。质量投诉电话：010-82069336

登场人物

查理·伯特兰　巴黎警局预审法官

帕特里克·史密斯　伯特兰的外甥，记述者，简称帕特

冯·修特罗海姆男爵　柏林警局主任探长

胡戈·诺伊万施泰因博士　维也纳的精神科医生

威廉·多诺万　伦敦的新闻记者

阿尔贝特警长　科布伦茨市警局警长

卡伦·阿尔施莱格尔　双月城城主，玛利亚的双胞胎姐姐

玛利亚·阿尔施莱格尔　双月城城主，卡伦的双胞胎妹妹

库尔特·莱因哈特　好莱坞电影演员

维克多·托马森　电影导演

蒂莫西·亨特　莱因哈特的经纪人

科内根　双月城的管家

弗里茨　双月城的马车夫兼马厩管理员

弗里达　双月城的女仆

目录

记我的舅舅查理·伯特兰 - I

双月之邀 - 001

古城晚宴 - 014

满月之死 - 031

双雄登场 - 045

叩响板窗 - 082

新月之死 - 099

一团乱麻 - 169

旋梯之死 - 193

内庭之死 - 212

伯特兰的实验 - 239

黑骑真身 - 283

克里姆希尔特的悲剧 - 316

尾声 - 346

主要参考文献 - 351

再版后记 - 352

首版解说——世纪的大魔法师,终于降临! - 357

再版解说——大魔法师的活跃后续! - 365

"双月城"平面图

北 东
西 南

溪 谷

岩 石 平 台

| 新月之塔 | 城墙 | 主塔楼 | 环廊 | 满月之塔 |

往岩石平台的通道

城墙环廊　　内　庭　　城墙环廊

护城河　　公　馆　　护城河

城墙环廊　马厩　前　庭　水井房　城墙环廊

城墙环廊　门塔　城门　门塔　城墙环廊

吊桥

护 城 河　　护 城 河

献给长谷川顺子——

记我的舅舅查理·伯特兰

一九二七年到一九三一年的五年间,我住在法国巴黎。五年的游学生活让我结识了各色的人,也遭遇过各种难忘的事,其中印象最为深刻的当数和舅舅——时任巴黎警局预审法官[1]的查理·伯特兰共同调查罪案的经历。

我,帕特里克·史密斯,来自美洲新大陆的费城西部,母亲却是地地道道的法国人,而她哥哥正是查理·伯特兰。我孩提时,伯特兰每年都会不辞辛苦地越过大西洋与我们一家团聚。他不仅送我新奇玩具,还为我讲述世间的恐怖怪谈。虽然他常称家母为"和美国臭小子结婚的自由女神",但对这位将儿时的我抱在膝头讲着各种故事的舅舅,我爱他不亚于爱父母。可直到成年后我才知道,在人称"现代巴比伦"的欢乐之都巴黎,舅舅竟一手掌管着负责监视都市阴暗面的警察组织。

得益于家庭宽裕,从家乡大学毕业,我便漫无目的地踏上游学欧洲诸国的旅程。在游历过奥地利的维也纳大学后,我应伯特兰的邀请落脚巴黎,暂住在蒙田大道的一间公寓中。

伯特兰这个土生土长的老巴黎人让我真切地见识到这座城市的

---

1. 预审法官:一八〇八年,法国依照《重罪预审法典》特设的刑事岗位。除了预审控方和被控方提交的证据之外,还拥有较大的自主侦查权。——如无特殊说明,本书注释均为译者注。

光明与黑暗。同时，即使我不想，也被迫知道了这位面似大理石雕刻的舅舅，竟完全掌管着巴黎全市的警察机关的事实。他长期担任塞纳地区的警局局长，并在之前的大战中立下战功，获得荣誉军团勋章，之后又高升为塞纳地区的预审法官。正如老练的猎人熟悉猎场里每一条兽径，伯特兰也熟悉自己的猎场——巴黎街市。

即使年过半百，伯特兰仍保持着精瘦、强健的身材。他年轻时就酷爱击剑，公务再忙也会偷闲，每周去一趟星形广场[1]附近的击剑馆。他两条粗眉下的眼睛总是瞌睡般地半睁着，可一遇到案件便会猛然睁开，冷光闪烁。精心打理的美丽胡髭下暗藏一抹浅笑，满头黑发从中间整齐地分向两侧，一左一右在脑后翘起两个角，仿若歌德名著《浮士德》里的恶魔——梅菲斯特。

奉行独身主义的伯特兰在乔治五世大街的公寓里过着率性的生活，而每个周末我必会造访他的公寓。在他藏书堆到天花板的书房里，我一手端着白兰地，听着伯特兰讲述各种罪案故事，快乐无比。

那段时间伯特兰也带我进入真实的案发现场，让我以观察员的身份旁观他自如地指挥着巴黎刑警中的佼佼者，也数次见证那些震撼巴黎市的疑难案件被一一破解。

惊叹于伯特兰的非凡手段，我将他调查的过程完整录入手记，出版成书，不料竟大获好评。而今我已完全成为伯特兰的助手兼传记作家了。

---

1. 星形广场：一八九九年建成的广场，广场中心是巴黎地标凯旋门。因十二条道路交会于此，广场形如芒星而得名。该广场后于一九四四年更名为戴高乐广场。

"伯特兰，在你至今遇到的罪犯当中，谁是最强敌手？能说说吗？"

记不得是哪一次，在伯特兰书房听完他妙趣横生的真实犯罪故事之后，我无心地问了一句。

那时伯特兰正手举一只斟满白兰地的酒杯，全身放松地靠在他心爱的扶手椅上。听见我的问题，他略作沉吟，然后"嘿嘿"笑道：

"这要看如何定义'强敌'了，帕特。当然，有很多罪犯在各种意义上都算棘手。譬如，在法国全境搭建数条精妙情报线的某国间谍头目；又如，毒杀十几名男性却毫无犯罪意识的十九岁美少女……但和他们对擂总是我赢，所以在此层面我敢不客气地说：'他们做我的对手都不够格。'

"对了，帕特，能让我倾尽全力而战，最后还未分胜负的只有一个。那人虽不是罪犯，却必然是我至今交手过的最强敌人——"

"真的吗？还有如此厉害的对手……那到底是谁呢？"

"在之前的大战里，我从事情报工作。他则是德国某情报机关的头儿。我和他立足于谍报这块后方战场，以全欧洲为舞台交手斗技。有一次，甚至在君士坦丁堡拉开枪战，结果我俩谁都没命中对方……不过令人佩服的是他一直和我公平竞争。当他的属下要使阴招毒杀我时，是他亲手结果了那名手下，并寄来言辞诚恳的致歉信。打那以后，我对他产生一种棋逢对手、惺惺相惜的特别情谊……"

伯特兰舅舅的双眼也流露出对往事的怀念。

"那么，这对手后来呢？"

"战后他加入警察组织，好像还在柏林警局里坐上了高位。哎，有点难为情哈，说他却像在说自己一样……要论根源，搞过谍报工作的人平时若不追求点什么总觉得不起劲。"

"他叫什么名字？我也很想一闻舅舅毕生劲敌的大名。"

"柏林警局主任探长弗里德里希·冯·修特罗海姆男爵，德国名门修特罗海姆家第七代家主，贯彻骑士道精神的文武全才。

"帕特，这名字你可得记牢。我总有种预感，终有一天我跟他会赌上所有，再决胜负。届时我能否高唱凯歌呢？——多奇妙的感觉，期待中又暗含隐忧……"

伯特兰说着悠然倾斜酒杯，将白兰地滑入口中。

如今我回想起那天的对话，总伴随着一种奇异的感慨。

伯特兰的预感一语中的。命运之线以一种奇妙的方式将分处德、法两国的两人拉近，邀请他们前往莱茵河流域的一座城堡——双月城。两位毕生之敌将以这座古堡为舞台，倾尽一切再度对决。

本手记正是日后被称为"双月城的惨剧"的详细记录。而在伯特兰长期的司法官经历中，这起案件也算得上顶级难度了吧。

诸位读者可能心存疑惑：为何我要在案件发生六年后的今天才公布这本手记呢？理由如下：

虽然伯特兰完美看穿真相，但出于对某位关系者名誉的保护，他没有公开真相，还严命我守口如瓶。如此处理确也符合其行事风格——尊重个人道德规范甚于法律。

就在前日，伯特兰和我获悉那人已经病逝。哀悼之余，伯特兰终于同意我将双月城中发生的事件公之于众。

那名关系者是谁？为何伯特兰直到其身故都不公开案件真相？随着读者诸君深入手记，相信答案自会明了。

　　莱茵河畔，被黑暗传说装点的古城里惊现连环密室杀人案。来自毕生劲敌的挑战，在客场不利的异国，伯特兰能解决这层出不穷的难题吗？而一番华丽的推理之后，伯特兰最终找到的令人惊愕的真相又是什么？

　　各位读者，接下来请一读我这沓拙劣手记。望各位能同我一样，乐享伯特兰大显身手，折服于其精妙推理。

帕特里克·史密斯

一九三七年五月于伦敦

双月之邀

1

昏暗的天空中布满阴云。

伴随着剃刀割过般的锐痛，吹掠河面的风打在我脸上。二月已近尾声，可距离春天造访莱茵中游河谷还很遥远。

一九三一年二月二十日下午——

上午十一点从美因茨市起航的晚收号蒸汽轮船顺莱茵河缓缓而下，大约四小时后到达莱茵河与摩泽尔河交汇处的科布伦茨市。

美因茨是莱茵河中游的起点，河水笔直西流，在宾根北折。由此两岸田园风光开始萧索，由宾根至科布伦茨之间约六十千米的河道两旁山石高耸，岩崖险峻，气势逼人。不仅如此，岸上还屹立着二十多座古堡。

要说哪条河的河边林立如此多的古堡，寻遍欧洲怕也难觅其二。即使有"城堡巡游"头衔的法国卢瓦尔河谷，从布洛瓦到昂热约一百七十千米的域内也不过十二座城堡。可想而知，莱茵河中游实为天然之要塞，兵家必争之地。

我登上冷风中人影难觅的甲板，倚靠栏杆，出神地望着两岸荒凉的景色。

"若不是诺伊万施泰因博士有事,我本可以将行程安排得松些,把那些古城玩个遍……但若没有博士之邀我也没机会来此一游,唉,就别得寸进尺了吧——"

我一边小声念叨,一边从上衣内口袋里掏出促成本次德国行的信件——来自我的恩师,在维也纳大学执教的著名精神科医师诺伊万施泰因博士的手书。我打开便笺,小心地捏在手中,不让它被风吹走,再次阅读起已半熟于心的文字。

亲爱的帕特里克·史密斯先生:

自您离校已匆匆数年。我虽于大学内埋首教研,平凡度日,亦闻您在著作领域之活跃。

其中尤以您与令舅——巴黎警局的伯特兰法官之冒险故事最为有趣。每自书册报章里读到伯特兰法官的光辉事迹,都如亲历一般令我神怡。去年伯特兰法官完美破获震惊巴黎的维克多·雨果大道无头尸案时,我便于教学中向学生介绍:"此为一例伦理学在犯罪搜查中极高超之应用。"

退去教职,承蒙阿尔施莱格尔姐妹知遇,我逗留在她们的居处——位于莱茵河流域,俗称双月城的阿尔施莱格尔城堡。虽在调理妹妹玛利亚·阿尔施莱格尔不安定的精神状态,但我总觉城堡之中,这对姐妹身边涌动着一股难以言喻的暗流。

阿尔施莱格尔家系极端的女系家族,几年前姐妹俩的母亲过世,卡伦和玛利亚这对双胞胎遂成家主。二人几无亲戚,与常年伺候她们的用人同住于偌大的城堡,而最近几位不速之客闯入城中,打破了她们平静的生活。

您出身新大陆，自当熟悉好莱坞电影吧？可知新人演员库尔特·莱因哈特？美国正流行黑帮电影，他似是此类影片之星。但正如其名，他出身德国，且是曾在阿尔施莱格尔家务工的马车夫夫妻之子。这位库尔特·莱因哈特声称要出演改编自西格弗里特[1]传说的电影续作，以拍摄外景为由，自去年十月底就滞留双月城中。

除了莱因哈特，一行人中另有电影导演维克多·托马森、经纪人蒂莫西·亨特和伦敦《标准晚报》记者威廉·多诺万。滞留双月城的前几周，四人确实沿河南行，参观罗蕾莱山崖，游览素有"反目兄弟"之称的斯特恩堡和爱岩堡的废墟，一副寻找外景的模样。可后来他们便无所事事，扎根双月城的贵宾室，成天以象棋、桥牌度日。

怪就怪在这绝非托马森导演和亨特经纪人的本意。亨特再三劝莱因哈特返回好莱坞，偏偏演员本人将好言好语全当耳旁风，做定了双月城的食客。看来滞留一事源于莱因哈特，而托马森和亨特也不能不顾当红影星的意向，无奈作陪……

事实上莱因哈特其人对阿尔施莱格尔姐妹有过非分之想，还曾向妹妹玛利亚求爱……当然毕竟门户悬殊，求婚无果。彼时在世的夫人直接解雇了他的父母，莱因哈特也在失意和诅咒之中离开此地，前往新大陆。

现在这库尔特·莱因哈特借口新片踩点，赖在曾视其一家如敝屣的旧主城中不走……其中定有企图吧。我这不解风情的

---

1. 西格弗里特（Siegfried）：德意志民族史诗《尼伯龙根之歌》中的英雄主角。

老学究或许有些浪漫化了，在我眼中莱因哈特的身影与艾米莉·勃朗特女士笔下的希刺克厉夫[1]重叠。据晚报记者多诺万说，这座双月城和散布于莱茵河流域的其他古城一样，流传着中世纪的怪谈传说，想是我神经过敏吧。

而后……绝非仅担忧可作解释。信中不足以详述，但是昨日我一直忧恐之事终于发生，有人下毒危及他人性命。幸亏发现及时且剂量较低，否则后果不堪设想。

因牵扯好莱坞当红演员和相关业者，阿尔施莱格尔姐妹不想传出丑闻，故既未报警，也未充分搜查。下毒者如今仍无拘无束，潜藏于双月城中。

此次致信能否拜托您说服伯特兰法官屈尊移驾双月城？伯特兰法官破过诸多疑案，盼借其智识，防"犯"于未然。

虽嫌失礼，但请许我随信附上两张至美因茨的火车票。盼能答应我这可怜老学究之求请。

胡戈·诺伊万施泰因　敬上

我将信纸塞回信封，回想起在维也纳大学结识的诺伊万施泰因博士。

青铜色的发须配张大红脸，老旧的西装包裹着他硕大的身躯，西装就要被撑破一般。这位巨汉博士操着一口乡音浓重的法语，只要逮着机会便哀叹年轻人只知瞎闹，但他实在是个真诚率直、心地

---

1. 希刺克厉夫（Heathcliff）：小说《呼啸山庄》中的主人公。他毕生拼搏只为向过去虐待过自己的东家复仇，最终落得自我毁灭。——作者注

善良的好老师，在维也纳开办神经精神科医院的同时，又在大学兼职任教。

诺伊万施泰因博士如此求助，足见事情非同小可，我也在意信中所说的毒杀未遂事件。想到这儿，我携信来到巴黎警局伯特兰的办公室。

伯特兰通读信件后对我说：

"嗯……德版《呼啸山庄》吗？诺伊万施泰因先生是怕阿尔施莱格尔姐妹会步欧肖父子[1]的后尘哪。不过话说回来，真想不到库尔特·莱因哈特的前半生是那样度过的……帕特，你看过他的电影吗？"

"啊，很遗憾，还没看过。"

"我在圣马丁门的影院里看过。演技平庸，吹破天也够不上名演员。不过他那张日耳曼人冷峻的脸倒能从一水长相粗野的美国演员里脱颖而出。这才让他获得了黑帮电影第一人迈克·福克纳导演的认可，一跃成为明星。"

我震惊了，伯特兰对本职之外的话题也能侃侃而谈。

"伯特兰，没想到你对黑帮电影还那么了解。"

"没什么好奇怪的。我一直认为你国的禁酒令是人类历史上最坏的律令。拜恶法所赐，酒类走私、私酿成了大规模非法生意，随即滋生出各种黑帮团伙。与其理解那些弯弯绕，还不如看部好莱坞的黑帮电影呢。毕竟电影里的群演不少都是帮派分子本色出演。"

---

1. 欧肖父子：亨德莱和哈里顿父子，希刺克厉夫的前主人，也是他的复仇对象。——作者注

"流言真假难辨啊……那么你意下如何？要接受诺伊万施泰因老师的请求去德国吗？"

伯特兰思忖片刻道：

"好在巴黎的犯罪分子眼下都在蛰伏，看来不会发生什么大案子，我出去一个星期应该没什么问题。只是我必须抓紧处理掉眼前几件工作，数日之后方能出发。

"帕特，抱歉，你能先走一步吗？帮我好好问问诺伊万施泰因先生毒杀未遂的经过。当然如果在我赶到以前事态发生剧变，你也要自始至终详尽记录。毕竟那边没有当地警察帮忙，我能依靠的只有你，别忘了。"

伯特兰的话让我倍感责任重大。

我离开警局，转道前往未婚妻玛丽·凯利在凡尔赛宫附近的住所。

我给玛丽看了博士的来信，向她说明情况，并告诉她我要暂离巴黎。玛丽面色不安地听着我的话，待我说罢，她直直地盯着我的脸，静静开口：

"……帕特，我是女性，本不该插嘴你的工作，但你真的非去不可吗？若信上所说属实，那下毒者还在城中对不对？一想到你要出点什么事，我，担心……"

"没事的，玛丽。我保证绝不胡来，绝对不做让你担心的事。"

"帕特，别忘记了，今年五月我们要办婚礼，千万别以身涉险……"

"当然。美丽的新娘在等着我，那边事情平安解决后我立马回来。"

"一定、一定要平安归来啊……"

我用力将含泪的玛丽紧紧抱在怀中。

2

掠过河面的风更用力地打在脸上,我从回想中清醒过来。

玛丽柔软的触感又在我双臂和胸口苏醒,我慌忙甩甩头。

(话说回来,想不到威廉·多诺万竟跟莱因哈特他们混在一起。不过学生时他就有兴趣研究莱茵河流域的中世纪传说,在附近也不奇怪。估计是适合给外景选址提供参考,莱因哈特他们才把记者收为同伴的吧……)

似要取代玛丽的倩影,我脑海中描绘出昔日同窗的男生。

在游学欧洲之前,我在故乡费城西部的哈弗福德学院学习,在那里遇见了这位英国留学生威廉·多诺万。他长着一张长脸,灰色的眼珠微微斜视,外加一个鹰钩鼻。明明一副魁梧容貌,和他交谈却意外发觉他是个直爽有趣的人。毕业后他返回英国,入职《标准晚报》报社伦敦总部,做新闻记者之余一有闲暇就往德国跑,延续他学生时的兴趣,搜集莱茵河流域流传的各种传说,整理出版。

我从旅行包里掏出多诺万写的《莱茵传说》,翻到介绍此行目的地——阿尔施莱格尔城堡,俗称双月城的那一页。

靠近莱茵河谷中游的终点——从拥有 2.5 千米莱茵河美景的河岸公园的博帕德镇起始,沿河下行数千米,有座建于岸边高耸的岩顶之上,极富特色的坚固城堡。城堡所在的断崖之下溪流蜿蜒，清冽溪水围抱过断崖之后最终注入莱茵河。

该城堡名为阿尔施莱格尔城，因在环绕着主城楼的城墙环廊上有两座高塔——新月之塔和满月之塔，故得名双月城。

自十二世纪建城起便身为城主的阿尔施莱格尔家族，在中世纪中期神圣罗马帝国治下的承平日子里，和"七大选侯"之一，有权选举罗马皇帝的美因茨大司教沾亲带故。但不知为何，本该继承家业的代代长子大多早逝，留下一个极端的女系家族，且女儿多为双胞胎。当今家主卡伦和玛利亚姐妹就是一对貌美的双生子。

而世上有一个恐怖的传说萦绕在阿尔施莱格尔城。

相传很久以前，作为镇守一方沃土的天然要塞，耸立在岩壁顶上俯瞰莱茵河的阿尔施莱格尔城引得附近国家垂涎，时常暴露在外敌威胁之中。

尤其是邻国凶恶的盗贼骑士团首领格哈德，觊觎城堡已久。

某日，格哈德使奸计，引诱当时城主卡尔携妻出城后杀之，夺下无首的阿尔施莱格尔城。

城主卡尔·阿尔施莱格尔膝下有两位美丽的公主，阿玛利亚和娜塔莉亚。格哈德将两位公主各自幽禁在新月之塔和满月之塔塔顶小房间，没日没夜地凌辱两位公主，言语都无法形容。

一个月后的某个狂风暴雨之夜——

跟往常一样，欲拿两位公主肉体以慰勃发的兽性，格哈德再次造访幽禁着阿玛利亚的新月之塔顶楼。他让亲信骑士守在门口以备不测，自己则化身情欲的俘虏，走进房间。

突然，房间里响起格哈德凄厉的惨叫。

在门口待命的两名亲信挥起战斧破开内侧上闩的房门，他俩刚冲进房间，房内太过凄惨的景象就将他俩死死地钉在原地。

面朝莱茵河的窗户大开，闯进屋内的风雨打湿地面。地面上倒着格哈德，可脖子之上却空空如也，像是被什么利刃一刀割去。从断面喷出的鲜血将地面染红。

房间反方向的简陋床上，阿玛利亚表情空洞，双手环抱裸露的膝头瑟瑟发抖。

两人好不容易安抚好阿玛利亚，问她房间里发生了什么，阿玛利亚的回答却很奇怪。

——格哈德进屋后一言不发，一把将阿玛利亚按倒在床上。就在他准备发泄兽欲之时，一阵突如其来的狂风撞开了面朝莱茵河的百叶窗。两人吓了一跳，转而看向窗口，却看见不属于这个世界的东西。

窗外乌云压境，一匹巨大的黑马以天空为背景，裹挟着风暴向新月之塔飞来。在它身上是一位身覆纯黑铠甲，体态威严的骑士。骑士右手执剑，左手牵绳，自如地策马朝这边袭来。

黑甲骑士将空中黑马立在窗边，穿过窗户缓缓走进室内。头盔覆面不见真容，右手一米长剑却夺人眼目。

"你这妖人！"

格哈德抽剑便向铠甲骑士斩去，可骑士只用长剑轻轻挑开他的进攻，顺势斩断格哈德因惯性前倾的脖子。

头颅落地，铠甲骑士左手揪住头发提起格哈德的首级，慢慢看向简陋床上发抖的阿玛利亚。

一瞬间，阿玛利亚做好了赴死的准备。

但见铠甲骑士慢慢背过身去，骑上窗外的黑马。他掀起头盔的覆面，向阿玛利亚露出了真容。一闪而过的电光恰好将那张脸照得真切。

"父王！"

阿玛利亚情不自禁地叫出声来。

头盔下不正是数月前中计被杀的城主，卡尔·阿尔施莱格尔吗？

阿玛利亚忘记恐惧，正要奔向窗边。铠甲骑士却只瞥了她一眼，缰绳一动，黑马便飞进夜空，他的身影消失在狂风暴雨中。

之后，在风雨中吱呀作响的百叶窗外，只能远远听到风暴在黑暗中摧拉树木、叩响大地的声音……

突然甲板上响起甜蜜却又哀愁的旋律，把我沉浸在多诺万文章里的意识强拉了回来，是《罗蕾莱之歌[1]》。

> 我不知为了什么　我会这般悲伤
> 有一个旧日的故事　在心中念念不忘

---

1. 罗蕾莱之歌：一八二四年，德国诗人海涅创作叙事诗《罗蕾莱》。一八三七年，德国作曲家弗里德里希·西尔歇尔为该诗谱曲，成为一首著名的德国民歌。此处引用的是周学普填词的《罗蕾莱之歌》片段。

原来是船上扬声器里流淌出的唱片录音。一位旅客开始哼唱，接着其他乘客相继应和，整艘晚收号也被卷进不合时宜的大合唱中。

（哎哟喂，原来船运公司的余兴节目在这儿等着呢。可惜质量太次，糟蹋了难得的船游风情。）

我苦笑着打消了继续阅读《莱茵传说》的念头，看着汽船前进方向右侧削得平整的罗蕾莱山崖渐渐入迷。

高一百三十米的罗蕾莱山崖是一座几乎垂直高耸于水面的巨大岩岛。暗紫色的石头上覆盖着青苔，再上面绿树繁茂。

听说旧时罗蕾莱山崖屹立在莱茵河道中央，周围暗礁丛生，触礁事故层出不穷。那里也一定孕育出船夫被水妖歌声迷惑的传说吧。

当罗蕾莱山崖徐徐行向身后，合唱也停了下来，晚收号上又找回了宁静。

大约过了圣戈阿尔，晚收号开始加速，经过右岸山顶被称为"反目兄弟"的斯特恩堡和爱岩堡，向宾根和科布伦茨间的最大城镇博帕德开去。

这座神圣罗马帝国时代作为要塞建城的博帕德，既因皇帝别墅山庄所在地小有名气，又因加入汉萨同盟[1]发挥了莱茵都市同盟中心的作用而远近闻名，还因出产近年来新兴的德国名酿"博帕德哈姆"蜚声遐迩。

莱茵河在城北转了个弓形大弯，向科布伦茨市流去。

---

1. 汉萨同盟：德国北部城市之间形成的商业、政治联盟。

晚收号徐徐通过弯弓中央,这里的河水好似忘记了流动,静如湖面。

(根据多诺万的文章,双月城应该就在这一带……)

我想着,身靠甲板扶手向前方眺望的视野里赫然出现了目标。起初还以为是左岸遥远松林的延续,可从树梢缝隙间隐约露出的不正是左、右两座高塔和主塔楼吗?随着晚收号航速加快,双月城在我眼前展露出全貌。

这里耸立着几乎垂直于莱茵河岸的岩壁悬崖,双月城以悬崖为天然防御工事,其上再围一圈高墙。城墙深处矗立着朴素的四方形主塔楼,环廊自主塔楼左右延伸,连到两座皇冠形宝顶的圆柱形石塔。那必是多诺万在《莱茵传说》里提到的新月之塔和满月之塔了。每座塔的塔身都爬满了藤蔓。

虽然天空仍被浓云覆盖,但云缝间漏下的阳光如聚光灯般照在主城楼上。在城堡身后,青山绵延,郁郁苍苍。

伴随着晚收号的前行,双月城也离我越来越近。终于以压倒性的迫力俯瞰着我。是老鹰吗?一只黑色巨鸟在城楼上空悠然盘旋,突然像坠落一般俯冲,隐没在城墙背后。

我和其他乘客一样,完全被它震撼得说不出话来。

(这、这就是双月城吗——)

我在心中无声地呐喊。

和散布在莱茵中游河谷的其他古城相比,该城堡的外观无甚新奇,立于断崖上的身姿也可说过于平凡。但看到它的第一眼,异样的战栗还是无法抑制地爬遍我的全身。

说不定是源于多诺万《莱茵传说》里描述的恐怖传说吧。这时我预感到，在那座即将拜访的城堡里，有什么不祥之事正等着我。

　　预感完全准确。就在初到双月城的当晚，我便被卷进了极其凄惨的杀人案件之中——

古城晚宴

1

双月城渐渐落在身后,经过兰河注入莱茵的河口小镇兰施泰因后,河面豁然开朗,终点科布伦茨的灯火已遥遥在望。

那座城市位于莱茵河与摩泽尔河的交汇处,也是莱茵中游河谷的终点。

晚收号将它庞大的身躯静静横靠在科布伦茨港的白色码头。性急的乘客已争先恐后地跳上伸向船肚的短栈桥。

我不争不抢,先回自己房间收拾行李,直到乘客差不多都下去后,才悠悠踏上栈桥,穿过港口事务所来到码头前广场。莱茵河岸的行道树已褪尽木叶,枝丫在北风中呜咽。

行道树后便是马路,路边一列旅馆、食肆。角落里停着一辆如今少见的双轮马车,车旁有一个穿哔叽[1]上装配黑色法兰绒裤子的年轻人。他看起来像是车夫,表情似在等人。

男子一个一个辨认下船的乘客,看见我时便慌忙跑来,用流利的英语搭话:

---

1. 哔叽:由棉、尼龙、丝织成的粗制斜纹布料。

"是帕特里克·史密斯先生吗？我奉诺伊万施泰因医生之命前来接您。"

说着他拿过我的旅行包，向双轮马车走去。没法，我只好跟在他身后。

男子将旅行包放在马车的行李架上，毕恭毕敬地开门示意我上车。我坐上配备了坐垫的座位。

"你，你是双月城的人？"

"是的，我叫弗里茨，是阿尔施莱格尔城的车夫兼马厩管理员。"

名叫弗里茨的男子坐上驾驶席，"啪"地猛打缰绳，拉车的栗色马一哆嗦，脚步轻快地拉车向前。

沿莱茵河左岸的州道，马车留下一路蹄声。一面看着左手边的莱茵河，一面在曲曲折折的路上行过几千米，忽然向右一转，穿过一座小村庄后便是山路。晚冬短暂的白昼已经告退，暮色开始四合。

（就像乔纳森·哈克前往德古拉城堡一样……）

想起布莱姆·斯托克不朽的恐怖名作《吸血鬼德古拉》的开篇，我在马车里不禁苦笑：看来我完全被异乡之地的妖异空气吞没了。

一边顺山路缓缓向上，一边在雪松和类似橡树的针叶林中穿行。日落加上大树遮挡暮光，森林中暗如黑夜，弗里茨亮起马灯。

即便如此，有时行到树木断绝处，仍能看清眼下壮丽的景色。山谷中清流潺潺，对面覆盖着阔叶林的群山树叶褪去，在初染暮色的天空下现出柔和的山峦。从群山豁口处还能窥见莱茵河。

就这样马车跑了将近一个小时，抬高的海拔让身体感到寒冷，我不由得紧了紧外套领子。

"先生，舟车劳顿辛苦了。阿尔施莱格尔城马上就到。"

驾驶座上的弗里茨回头冲我说。同时马车也从一路上坡来到一处平坦的地界。我知道，到山顶了。

我擦了擦因温差而起雾的车窗玻璃，向外张望。

厚重的黑云垂得很低，好像伸手就能触碰。以如此天空为背景，树梢间能看见暗灰色的城堡。它魄力十足，岿然不动，确实是我在晚收号甲板上感到不祥气息的双月城——阿尔施莱格尔城堡。

随着马车越来越接近城门，城堡的特征也逐渐在我心里清晰。

大部分散布在莱茵河谷中游的古城本就是因军事目的而建的，所以不是童话里那种优美的白墙宫殿。双月城也不例外，像用一块巨岩直接凿成的。

拔地而起的城墙将整个山顶圈住。在其深处有一幢应当是公馆的豪华建筑，屋顶从城墙后探出头来。

城墙四周被护城河隔断，城门前悬着一道三米多宽的吊桥。情急之下只要提起吊桥，完全能抵御外敌入侵。

城墙穿过公馆左、右两侧，夹着内庭一直延伸到背后的断崖。面向断崖的城墙中央有座巨大的四方形主塔楼，在主塔楼的左、右两边，矗立着稍矮一头的新月之塔和满月之塔。断崖面朝莱茵河，从河面看去，主楼和双塔组成了一个三叉戟。

双轮马车静静地驶过吊桥，进入双月城。

2

穿过铁格闸门，穿过拱顶门洞，马车来到铺着石板的前庭。眼前是威风凛凛的石制公馆，不知怎的，我想起法国大革命的象征——巴士底狱。

"先生，坐这么久太受累了。不好意思，我还得将马车送回马厩，先容我告辞，接下来有科内根管家指引您。"

在公馆门厅前下了车，弗里茨驾着马车返回前庭一角的马厩。兼任马厩管理的他还必须将马儿卸下重负，悉心照料吧。

至于我则向门厅走去。上几级石阶，见圆顶铁门，我叩响门环，一位身穿黑衣的五十岁男人恭敬地开门迎接。看来他就是弗里茨刚才说的管家科内根。

"是帕特里克·史密斯先生吗？恭候多时了。"管家同样操着一口流利的英语说道，"从刚才起诺伊万施泰因医生就在念叨，还命我等您一到便带您去他房间，请跟我来。"

我跟着科内根管家穿过门厅到大厅，又穿过大厅左侧的通道，上楼梯。我跟在管家身后问道：

"公馆一共几层？"

"四层。一楼除了您刚才见过的大厅，还设有餐厅与厨房；二楼有图书室、武器室、铠甲库等；三楼是客房，我擅自做主备好了您的房间；至于四楼，则为小姐们的住所。"

管家的说明清晰明了。"小姐们"自是指阿尔施莱格尔城现在的主人——卡伦和玛利亚姐妹。

馆中有些昏暗，虽然楼梯各处亮着电灯，但亮度仍然不够。

"这儿没通电吗？"

"地下室有自家的发电机，可光供应小姐房间和客房照明就已经满负荷运转了……所以桌上又添油灯、蜡烛，给您带来不便，还请多多包涵。"

"这么说，电话也没有咯？"

"很抱歉，如确有需要，弗里茨可送您去山下小镇……"

科内根连连低头致歉。

这下可难办了。如果突发不测，我连巴黎的伯特兰都通知不了。得想个法子，确保非常之时有办法联络才行。

到三楼，顺笔直的通道向前，管家科内根在左侧中央位置的房门前停下，能听见门背后高昂的声音。

管家敲门道：

"帕特里克·史密斯先生到了。"

当即房里传出一声夸张的"哦！"接着门被拉开。

"史密斯，你可来了……好啦，快进来。科内根，拿点啤酒来。不，史密斯的话……喝红酒吧？摩泽尔红酒是本地一绝，值得一品……什么？马上就要吃晚餐了？啊啊，是这样吗？初见城主觍着张大红脸也不太好，更何况她们还都是妙龄女子……总之，能来就好，先进屋吧。"

维也纳的精神科医生，胡戈·诺伊万施泰因博士搂着我的肩把我请进门。

屋里已有来客。一见背靠窗口而立的他，我不由得叫出声：

"多诺万！好久不见。"

"哟，史密斯。自从哈弗福德学院毕业典礼以后，有阵子没见了。"

《莱茵传说》的作者、伦敦《标准晚报》的记者威廉·多诺万一笑，紧紧握住我的右手。

"话说回来，我还纳闷你怎么混进莱因哈特的团队呢，怎么就跟大名人成为知己了？"

"去年我报道的白厅[1]大型受贿案幸运地成了头条，老板特批我一笔奖金外带三个月的假期。你知道我喜欢莱茵传说嘛，我正经调查中游河谷的途中，碰到来找外景的莱因哈特。不管怎么说，他可是好莱坞当红影星。我跟老板联系，他命我无论花几个月都要跟紧莱因哈特，掌握他的一举一动，大有不再拿个头条不让我回去之势。也多亏了他，我才能长住如此完美的城堡，又认识了像诺伊万施泰因医生这般开朗的人……"

多诺万说着，冲我挤挤眼。

"哟嗬，你俩认识？早知道真该让科内根开瓶红酒来——为这美妙的重逢干杯！"

诺伊万施泰因博士打心底里遗憾。

"干杯就留作今晚的压轴吧……对了老师，我读过您的信，城堡里真发生了毒杀未遂事件吗？伯特兰预计几天后才能到，在此之前他托我好好调查事件原委。"

"哦，是啊，否则我也不会贸然喊你过来。情况是这样的……"诺伊万施泰因博士猛地凑近我的脸，说道，"城堡里有人对我的病人玛利亚·阿尔施莱格尔小姐下毒。"

---

1. 白厅：英国行政机关一条街，位于伦敦。——作者注

3

沉默重重地落在我们三人之间。

"就是说,事情是这样——"我从唇缝里挤出话来,"古堡里的住户,或房客之中有谁给老师的病人,城主之一的玛利亚·阿尔施莱格尔小姐下毒……那她是在什么情况下被下毒的呢?"

"在五天前,即二月十五日,晚十一点左右,管家科内根突然跑来道:'医生,玛利亚小姐情况不好,好像很痛苦。'说着便拉我上了四楼。玛利亚的房间里,姐姐卡伦和侍奉姐妹俩的女仆弗里达已经先到,拼命照料着床上痛苦挣扎的玛利亚。我一眼便认出她中了毒,连忙将她搬进浴室,用弗里达拿来的水壶给她洗胃。玛利亚小姐十分受罪,我也拼尽全力,等把已经筋疲力尽的小姐抬回床,验过瞳孔反射和心音后才算告一段落。幸亏抢救及时,玛利亚小姐转危为安,我将后面的照护工作交给卡伦小姐和弗里达,回房去了。

"第二天一早,见玛利亚小姐大为恢复,情绪也平静下来,我便问起昨晚的事。她说昨晚十点半左右喝了点红酒准备入睡,后突觉不适,痛苦难当。听她一说,我当即浅尝一口喝剩的酒,果不其然,滋味奇怪,舌尖刺刺麻麻。依我推测,那瓶酒里一定混进了士的宁[1]。"

"酒呢?不会扔了吧?"

"我好歹也看过你的书啊,怎会做那种蠢事?犯罪调查中证据

---

1. 士的宁:又名番木鳖碱,无色晶体,中枢神经兴奋剂,有剧毒,味极苦。中毒者会四肢痉挛,身体反曲成弓形。

的重要性我清楚得很。那瓶红酒是证据，我好好存着呢。"

博士说着，从房间衣橱里提出一只老旧的旅行箱，又从裤子口袋里掏出钥匙，打开箱盖，自箱内旅游指南和精神医学杂志的乱摊子里取出一瓶红酒，递给我。

"这地方太偏僻，附近也没个认识的、能分析毒物的医生……本打算等伯特兰先生到了拜托他调查的……"

我慎重地接过酒瓶，尽可能不破坏其上指纹。极为普通的莱茵红酒，无明显特征。

"玛利亚小姐一直有喝睡前酒的习惯吗？"

"玛利亚小姐苦于心因性失眠症。最初我想过开安眠药，但考虑到过量服药会产生依赖，就推荐她喝葡萄酒——适量摄入，酒精刺激对身体也有好处嘛。"

"那么谁有机会接触这瓶酒呢？知道这一点，可以缩小嫌疑人的范围。"

"哎，史密斯，这一点已经知道了。"

突然，多诺万冲我道：

"那瓶红酒是莱因哈特亲手交给玛利亚的，他自己也承认了。"

"什么？那是莱因哈特把玛利亚小姐……"

"No，这事情难就难在不能简单下定论。否则诺伊万施泰因医生不必特意从巴黎请你跟伯特兰法官过来。"

多诺万缓了口气，接着道：

"那瓶酒本该是莱因哈特喝的。也就是说在酒里下士的宁的凶手想毒杀的并非玛利亚，而是莱因哈特啊——"

"从头讲吧。这瓶酒是十五号下午寄来,送给莱因哈特的。红酒放在一只精美木盒里,盒中附卡片,上书'一位热情影迷赠送'。

"但莱因哈特更喜欢威士忌、杜松子那类烈酒,葡萄酒也只喝勃艮第产的辛辣夏布利。莱茵红酒太甜,不合他口味,于是他转手把酒送给睡前酒正巧喝光了的玛利亚。玛利亚浑然未觉,在自己房间享用,谁知酒里混入大量士的宁,这才出了事。"

"就是说想要毒杀莱因哈特的凶手是外面的人?"

"也不能这么断言。红酒的收件人写的是'阿尔施莱格尔城内库尔特·莱因哈特',可是知道他暂居于此的人极其有限,他们寻找外景时也十分低调小心,不可能走漏消息。而且他们保密彻底,绝不会疏忽到让影迷抓住行踪,在好莱坞干这行的人里面,这算是常识了。

"知道了吧,史密斯?那个送毒酒的绝不是什么无名影迷,而是躲在阿尔施莱格尔城里,混在我们当中的某人啊。"

短暂沉默过后,多诺万愤慨地说道:

"到底是谁,出于什么目的要这么做?如果是莱因哈特的熟人,应该都知道他不会喝甜口的莱茵红酒的。"

"原来如此。你的意思是……"我慢慢说道,"这瓶酒是个警告?但莱因哈特转赠给了玛利亚小姐,才发生了预料之外的悲剧。"

"可能是这样吧……总之,我再讲一下后续经过吧——

"得知内情的诺伊万施泰因博士当然劝说卡伦小姐报警。但不知怎的,卡伦小姐并没有报案,而是坚称'那只是场单纯的事故。

我不想扩大影响，给家中客人带来不快'。但不管怎样，直接受害者是她妹妹，我们也没有明确证据指认投毒是冲着莱因哈特去的。既然城主说了不报案，我们也没法多做什么。

"即使这样，诺伊万施泰因医生还是很担心，所以就给你写了信，请伯特兰法官出马。"

我想起那封几乎能全文背诵的信。哦，被逼到这份儿上，难怪会向伯特兰求助。

"事情就是这样，史密斯。我不是不能理解卡伦小姐，阿尔施莱格尔家继承了美因茨大司教的血脉，在中部莱茵可是名门望族，必然牵扯到贵族颜面的问题。更何况好莱坞新晋演员在此秘密逗留期间发生如此骚动，传出去很可能就是致命丑闻……但从结果上看，放任潜在杀人犯不管，实在有违我的伦理观啊……"

诺伊万施泰因博士叹息道，一副打心底为难的模样。

4

是夜，在公馆一楼餐厅举行的晚宴给我留下非常深刻的印象。不管怎么说，这是住在双月城的全员在我眼前齐聚的唯一机会。我无法想象就在当晚，宴会当中的某一位会死得那般凄惨。

餐厅墙壁和地面铺满了大理石，清一色的黑。墙上开着巨大的椭圆形窗户，其上有百叶板窗紧掩，又被厚重的天鹅绒窗帘遮盖，完全看不见窗外。一盏十七世纪风格，大量使用雕花玻璃的枝形吊灯自天顶垂下，大放光彩，照耀出古城曾经的辉煌与豪华。

餐厅中央设巨形椭圆餐桌一张，上覆白桌布。桌上置双龙相绞造型的银烛台。餐桌四周，我们八人等距坐开。

正对餐厅入口的上座端坐着阿尔施莱格尔城的城主，卡伦和玛利亚姐妹。

晚宴之上，除了多诺万和诺伊万施泰因博士，我还是与城堡中的人们初次见面，却被这对双胞胎的美貌震惊了。

姐妹俩定是同卵双胞胎。无论是带有光泽的金色长发、宛若上等瓷器的雪肌，还是仿佛铸造般的端整面容，不管怎么看都长得一模一样，相似之完美令人害怕。

但她们的穿着却是完全不同的风格。

姐姐卡伦身着十七世纪西班牙风格的礼服，从下巴到脖子，延至双臂手腕都被衣服裹得严严实实。极端严防肌肤裸露的做法，简直与清教徒女传教士无异。她一头浓密金发梳成了蓬帕杜[1]式的大背头，通身散发出女王般的威严。

与此相对，妹妹玛利亚则打扮得跟歌剧中的女主角卡门一样，一件华丽的红色舞会礼服，胸口开得很低。起初我还在苦恼，不知该把眼睛放在哪里才好，但玛利亚却大方地展示着她那傲人美胸。

拘谨地表达过留宿感谢过后，卡伦对我轻轻点头致意，玛利亚却突然朝我搭话：

"史密斯先生是小说家吧？太好了，不仅有电影演员莱因哈特先生、报社记者多诺万先生，现在又多了个小说家。我看过您的著

---

1. 蓬帕杜夫人（Madame de Pompadour，1721—1764）：路易十五的情人，洛可可艺术的倡导者。其头发后梳的背头发型引领时尚，故称大背头为"蓬帕杜发型"。

作哦，那个叫伯特兰还是什么的，长着奇怪胡须的法国侦探。那些充满戏剧性的侦探故事真是太有趣了。法国人举手投足都像演戏般夸张吗？我也想哪天去巴黎看看啊。"

即使是伯特兰，碰上她这样奔放的女性也会难以招架吧。我一边苦笑一边说：

"伯特兰可是真实存在的大活人哦，估计几天之内他也会来。"

"哎呀真的吗？好开心，这还是我第一次见到真正的侦探呢。"

玛利亚一脸天真地兀自欢喜，她旁边的卡伦看着我，满脸狐疑地问道：

"史密斯先生，那位伯特兰先生为何要来本城堡呢？他是您的相识，我自不会无理拒绝，但因城中尚有其他客人，所以还请不要在家中行警察之事。"

卡伦好像对玛利亚口中的"侦探"起了强烈的恐惧，大概是担心再发生一次中毒事件吧。

"不，伯特兰和诺伊万施泰因博士、多诺万先生可是老相识了……如今他正好要休假，说定要与这两位相见，便派我先来沟通准备。伯特兰此行完全是私事，绝不会给您添麻烦的。"

我流着冷汗向卡伦解释。

晚宴从举香槟干杯开始。科内根管家从隔壁红酒桌上的冰酒桶里，毕恭毕敬地取出一瓶香槟。

冰酒桶尺寸如一只大号水桶，内置冰块。科内根管家仔细地揩干附在香槟瓶上的水珠后，灵巧地拔掉瓶塞。随着"噗"的一声愉悦的声响，瓶口冒出细腻的泡沫。管家熟练地将金黄色的液体倾入八只酒杯。

"诺伊万施泰因先生,您是在座八位里最年长的,又和史密斯先生相识,我想请您为欢迎史密斯先生的晚宴祝酒。"

卡伦向诺伊万施泰因博士提议。

"那么恭敬不如从命,就由我来祝酒——为了我远道而来的朋友帕特里克·史密斯,为了爽快收留吾友的阿尔施莱格尔家美丽姐妹——干杯!"

博士动作夸张地把香槟杯举到眼前。其余七人也附和着,喝下金黄色的液体。

干杯一结束,几名女仆便将一道道精美菜肴从厨房直接端上桌。城堡里的厨师颇有造诣,桌上不管哪一道菜都美味非常。不知何时香槟也被红酒代替,最初稍显客套的众人也慢慢开始大快朵颐起来。

我暗暗观察餐桌对面的三名电影工作者。

即便在晚宴之上,坐在正中的莱因哈特仍穿着西装三件套,前胸口袋里还露出一点白色手帕。戴着金框眼镜的细长面颊,怎么看都无法和好莱坞的人气演员联系在一起。他日耳曼式的锐利容貌透出自信和高傲,宛似一位年轻的银行家或企业家。

在他右手边是导演维克多·托马森吧。他那微胖的身体像扑倒在桌上,看起来胃口不错。

莱因哈特的左手边坐着经纪人蒂莫西·亨特。他矮小的身体包裹在旧西装里,用餐途中不时对莱因哈特小声嘀咕着什么,大概是在劝他莫再逗留荒僻古城,尽快返回好莱坞吧。

(真的是他们当中的某人寄送了掺有士的宁的毒酒吗?但众所周知莱因哈特不喝甜口的红酒……也就是说,正如多诺万所言,只是个单纯的警告？不，也有可能那人真想害莱因哈特，但不知道他不喜甜口红酒……再深入怀疑，也有可能凶手的目标就是玛利亚，士的宁是在红酒转交她手之后才混进去的……）

为了在伯特兰抵达古城之前抓住破案线索，我提出了各种假说，并一一代入事件相关人士，可推理下来都不吻合。最重要的信息果然还没有集齐。

而且——有点古怪。玛利亚中过毒，怎么还是一副天真无邪的样子？我能理解卡伦不想扩大事端，不愿触碰事件，而玛利亚那天真的样子又好像绝非表面的掩饰。被人下毒何等恐怖，难道就没有对她的精神造成什么影响？正常情况下，被害者应该会对他人恐惧，并且疑神疑鬼的。

我小声询问了坐在我旁边的多诺万：

"多诺万，怎么感觉妹妹玛利亚对自己被下毒一事毫不在意？她性格就那么不为外界所动吗？"

"玛利亚小姐？怎么可能。倒是她情绪极不安定，应该是叫癔症吧，有时会突然大哭，几分钟后又好像没事人一般笑起来……诺伊万施泰因医生被请来，也是为了给玛利亚小姐做精神治疗。毕竟她好像还曾企图自杀——"

"自杀？"

"嗯，突然用剃刀割腕。多亏发现得早，没有生命危险。诺伊万施泰因医生从卡伦小姐那儿还听说，玛利亚小姐好像从小就有间歇性发作伤害自己的行为——自残行为。"

"什么！那这次服毒也是她——"

"不，诺伊万施泰因医生说她绝对不可能。所谓自残行为，是突发的，伤害自己的冲动。比如，手中正好有刀，就会用刀伤害自己，但是特意准备毒药，混入红酒再喝掉是有计划性的，计划性在自残行为中绝不可能发生。"

即使如此，我也觉得这一事实有必要向伯特兰报告。

危险的自残行为，过去有过割腕经历的玛利亚偏偏喝到送给莱因哈特的毒红酒而倒下——这难道真是偶然？

5

我暂把疑惑放在一边，晚宴渐渐接近尾声。

上甜品时，在座众人都被美食和美酒而生的醺然快意支配。诺伊万施泰因博士对卡伦称赞着从古城眺望到的美景，多诺万则不时地插嘴说着这座城堡的历史和莱茵河的传说。桌子对面，玛利亚正央求着托马森和亨特多讲些好莱坞影星的八卦。

众生相中，只有莱因哈特一副超然模样。他手端酒杯，视线直盯卡伦。

不久后，等饭后咖啡端上时，莱因哈特慢慢开口：

"话说回来，卡伦小姐——之前的事您考虑得如何了？"

正在倾听诺伊万施泰因博士说话的卡伦转向莱因哈特，眼神强势地盯着他。

"莱因哈特先生，我应该坚决拒绝了那事。在其他客人面前，可否别再提了？"

"那可不行，我有义务向委托人报告的。我在这座城堡也住了四个月了，是时候给我个满意答复了吧？"

"不管你让我说多少遍，我的回答都是一样的。我不打算卖掉世代守护着我们阿尔施莱格尔一族的双月城。"

"什么？要卖掉这座城堡？"

发觉两人对话不对，诺伊万施泰因博士动作夸张地追问道。桌旁其他人也一齐望向卡伦和莱因哈特。

"莱因哈特先生，是怎么回事？至少我从来都没听说过啊——"

"这事与医生无关，劝您不要插手。"

连诺伊万施泰因博士都被莱因哈特的冷淡语气惹怒了。

"怎么与我无关？我作为卡伦小姐和玛利亚小姐的主治医生，有义务见证她们过上平稳健康的生活。她们要是打算卖掉古堡，搬去新家，从健康管理出发我也有必要知道她们的详细情况。卡伦小姐，这是怎么回事？"

"诺伊万施泰因医生，您不用担心。我们没打算卖掉这座双月城。只是莱因哈特先生单方面跟我提过而已。"

卡伦美丽的脸仍看向莱因哈特，笃定地说。

面对卡伦如此态度，莱因哈特奇怪地眯起金框眼镜后的双目，冷笑道：

"抓着无聊的虚荣心不放，不看现实可是会后悔的。贵族法有特权，给你们税金优惠，但你们姐妹俩没有任何公职，将来又该如何维护城堡？就连现在，你们不也是在吃上一代的老本吗？我认识的美国大富豪说了，他非常想买下这座城堡做他在德国的别墅。这绝不是件坏事吧？"

"失礼了。这点才能我们还是有的。阿尔施莱格尔家的人坚决拒绝为了钱卖掉祖祖辈辈居住的老宅。这件事请休要再提——"

卡伦断然拒绝,但是莱因哈特并没有收敛他目中无人的冷笑。

"很遗憾,这可不行。做丈夫的自然要担心妻子的未来吧?"

"丈夫?莱因哈特先生,你说什么呢!"

"我和令妹玛利亚小姐前几天已交换过婚约,打算明天就委托公证,正式结为夫妻。今晚是招待远客的宴会,我想正好趁此机会在这里跟各位通报一声——"

餐厅里瞬间唰地一片寂静。

就连卡伦,大概也被这出人意料的展开打得措手不及吧。她僵着惊愕的脸转向旁边的玛利亚。

"玛利亚!这男人说的是真的吗!"

玛利亚似乎害怕姐姐发怒的样子,身子微微一缩。但即使这样,她还是下定决心般地站起来,走向同样站起身并向她伸手的莱因哈特。两人亲密地肩并肩。玛利亚恳求道:

"姐姐,我们俩是真心相爱。我要和他一起生活。请允许我们结婚——"

卡伦蜡白的脸颊眼见着泛出血色。终于,她的情绪爆发了:

"不行!你不可以跟身份如此悬殊的男人结婚!你身为历史悠久的阿尔施莱格尔家的一员,绝对不允许!我坚决反对——"

"太过分了!尽管你是我姐姐,也没有权利侮辱我的伴侣——"

玛利亚眼中燃烧着怒火,回瞪着姐姐。然后她说出一件让在场所有人都未预料之事——

"而且我和他与真正的夫妻没什么两样。因为我肚子里,已经怀了他的宝宝——"

满月之死

1

"哎呀老天，想不到事情发展得那样戏剧化。玛利亚小姐竟怀了莱因哈特的孩子……"

诺伊万施泰因博士像动物园里的狗熊一般在房内转个不停，嘴里念叨着相同的话，似乎还没从震惊中缓过劲来。

晚宴归来，公馆三楼，诺伊万施泰因博士、多诺万和我再次齐聚博士的房间。

"诺伊万施泰因医生，玛利亚小姐中毒时您不是检查过吗？那时没注意到她怀孕了？"

多诺万问博士。

"可别乱讲，说到底我只是精神科医生，又不是妇产科的，且从莱因哈特住进城堡的时间来看，玛利亚小姐怀上孩子也才两三个月。这么短的时间，腹部隆起不明显，胎心音也极微弱，就算用听诊器大多也听不出来。我没发觉她的身孕，实属无奈。"

"那对姐妹不要紧吧？她俩好像都挺激动的……"

我想到刚才卡伦和玛利亚的样子说道。

"科内根管家和弗里达女仆已经带她们各自回房，应该没事的吧……我知道妹妹的情绪波动大，殊不知连姐姐卡伦小姐也有如此过激的一面，果然是亲姐妹……"

诺伊万施泰因博士的话，又把我的思绪带回餐厅里刚刚发生的那一幕……

玛利亚的话，比莱因哈特先前说的更令众人震惊。

卡伦当场噎住，那模样连呼吸都成问题。姐妹俩目眦欲裂，怒视对方，从脖颈到双肩的曲线都在颤抖。

当然这条消息也震惊了博士、多诺万和我。我们仨只得瞠目结舌，呆呆看着肩并肩的玛利亚和莱因哈特。

不可思议的是托马森导演和经纪人亨特也目瞪口呆，仿佛头回听闻。

"肮脏！污秽！不要脸的女人！"

突然，卡伦奔向玛利亚，毫不客气地赏了玛利亚一记清脆的耳光。玛利亚一声哀鸣，当场倒地。

卡伦看也不看地上的妹妹，矛头又转向莱因哈特，巴掌似要扇出怒火，连续招呼在莱因哈特身上。

"你这贱种，也敢、也敢对我妹妹……你这贱男人——"

卡伦美丽的脸扭曲着，打得莱因哈特直不起腰。原本无与伦比的美貌，现在狰狞得只让人觉得有股近乎凄惨的森森鬼气。莱因哈特一声不吭，默默承受卡伦的暴打。

"住手！别打他了！"

玛利亚从背后抱紧卡伦，一下打乱了她的动作。卡伦失去平衡，这对美丽的姐妹翻滚在餐厅的大理石地面上。

直到这时我和多诺万才清醒过来。我抱紧卡伦，多诺万控制玛利亚，终于把还在地上扭打的两人分开。

而在骚乱之中，始作俑者莱因哈特用一副事不关己的样子看着姐妹俩打斗。当两人被拉开，他则面向被我抱住、气喘吁吁的卡伦嘲笑道：

"被妹妹抢先一步，你就歇斯底里了？真够光彩的啊。就因为你一直拘泥于过去的辉煌，强撑着'贵族'这个仅存的虚名，才成了老处女，认清现实吧。"

"闭嘴！你竟敢侮辱我——"

卡伦不顾一切地挣扎着想再冲向莱因哈特，但莱因哈特头也不回，阔步走出餐厅，托马森导演和经纪人亨特也慌张地跟在他屁股后头。

卡伦还在喘着粗气，但她全力平复着因屈辱而发青的脸，转向我故作平静道：

"史密斯先生，让您看笑话了。我已没事，请松开您的手。"

我慌忙松开抱紧卡伦的双手。卡伦昂然一抬头，望着玛利亚的方向，丢下一句话：

"玛利亚！我有话跟你说，过会儿来我房间！"

接着她便步伐稳健地向餐厅外走去，女仆弗里达见状紧随其后。在忠实的女仆搀扶下，卡伦的身影消失在餐厅出口。

她的身影刚一消失，玛利亚便"哇"的一声，双手掩面哭着跑出餐厅。科内根管家在后面高喊着"玛利亚小姐！"追了出去。

只有诺伊万施泰因博士、多诺万和我还呆望着餐厅出口。

"那时卡伦小姐形如厉鬼，真让我想起传说中的喀耳刻[1]。"

多诺万似乎还在回味刚才的情景，而我则想起他在晚宴席间说过的话。

"多诺万，你说过玛利亚还曾突发性地自杀？是真的吗？"

"我也没亲眼见过，不能下断言，但我曾旁敲侧击，跟科内根、弗里达打听过，好像玛利亚小姐从小就有过多次自残行为。实际上，我也见过她左手腕内侧的伤疤，像是割腕留下的。诺伊万施泰因医生，对吧？"

"嗯啊，我在诊查的时候也看到了那道伤疤。"

闻言我索性向诺伊万施泰因博士问出之前就盘桓心头的疑问：

"老师，如果玛利亚小姐真有这么特殊的心病，那这回的中毒事件有可能是她凭自己的意志自导自演的吗？"

"你是说她自己准备好士的宁，掺进莱因哈特新送的红酒里，还要自己喝下去？那我问问你，玛利亚小姐为什么这样做？"

诺伊万施泰因博士的反问让我一下没了词。

"所谓自残行为，是突发性的自我伤害的冲动，和通常的自杀行为性质完全不同。冲动是瞬间的，并不能持续。你所说的事前准备好士的宁，绝非多次自残之人所能为。"

诺伊万施泰因博士顿了顿，继续道：

"玛利亚小姐的自残怕是极端心理压抑造成的吧。那些剧烈的感情波动也是，也可说是躁郁症的临床表现。生活在这座阴郁城堡

---

1. 喀耳刻（Circe）：希腊神话中住在埃埃亚岛上的女巫。善使魔法药水和魅惑术，曾将奥德修斯的部下变成猪猡。

可能让这位年轻小姐精神上难以忍受吧——"

"精神状态如此不稳定，所以莱因哈特一求爱，她便答应了？"

"哎，我可猜不透年轻人的心。不过玛利亚小姐大概真的在等某人把她从这座阴郁城堡里解救出来吧。她大概把莱因哈特当成白马骑士了。"

我转头对旁边的多诺万道：

"多诺万，你一开始都知道吗？知道莱因哈特赖在这儿是为了把城堡卖给美国富豪——"

"不，完全不知道。恐怕托马森导演和经纪人亨特也是第一次听说吧。"

"刚才莱因哈特也说到这座城堡的财政，财政状况怎么了？有那么窘迫吗？"

"嗯。现在城堡的收入来源只有博帕德附近领地上的地租和农作物收益。单靠那些绝对无法维持整座城堡的开销。加上城堡不断老化，到处都需要维修。现在新月之塔内的螺旋楼梯的墙面也塌了，得派工匠进去收拾。光维护费就是一笔莫大的开支。不管怎么说，那对姐妹作为当家之主没任何公职在身，这才是致命的。虽然可以开放城堡，将城内所藏的中世纪武器、铠甲、家具、日用器具供游人参观，但卡伦小姐好像也不打算这么做……"

"中世纪的武器和铠甲？还有那种东西？"

"有啊，好像是城堡里代代相传的藏品。因为阿尔施莱格尔家的祖先也参加过'十字军东征'嘛，留下很多当世罕见的武器和铠甲。对我来说这里可是宝库。明天你也能去看看。"

事到如今，多诺万的眼里仍闪烁着喜悦的光芒。

"历史，下次有机会再学。诺伊万施泰因老师，您的担心好像成了现实，莱因哈特化身现代版的希刺克厉夫，对曾让自己蒙羞的旧主人，他成功地报复在后代身上。先和玛利亚小姐结婚，获得阿尔施莱格尔家财产的支配权，又以经济拮据为由，扬言要卖掉这座城堡，卖掉卡伦小姐作为贵族引以为傲的寄托——冷酷至极又完全合法。完全不给别人反应的空间！"

"就不能想个办法阻止莱因哈特和玛利亚小姐明天的婚礼吗？只要能阻止，他的计划就泡汤了。"

"那不可能吧。莱因哈特不会回心转意，玛利亚小姐怀着莱因哈特的孩子呢，也不得不和他结婚。唯一能够阻止他们的办法——"

"唯一能够阻止他们的办法——"

诺伊万施泰因博士重复着我的话。

我虽有一瞬间的犹豫，但还是直说了：

"那就是玛利亚小姐和莱因哈特中的一位，在结婚之前就死了！"

2

黑骥如天马般驰骋在暗云低垂的旷阔天空——

骑在马背上的是通身罩着中世纪铠甲的骑士。骑士熟练地操纵着缰绳，笔直地朝阿尔施莱格尔城而来。

掠过主楼，骑士奔向其中一座圆塔的窗户。

那是新月之塔，还是满月之塔？

突然，骑士抽出佩在腰间的长剑。

圆塔窗边现出一个人影。人影似乎正惊讶地望着逼近的骑士，还将身子探出窗，望向骑士——

骑士长剑一闪，人影登时身首异处。骑士揪住脑袋上的头发奔向了高高的天穹——

塔里，被砍掉脑袋的无头尸体滚落地面——

我猛然睁开了眼。

我慌忙爬起床。好像做了个噩梦，浑身汗津津的。

这里是公馆三楼，我的客房。似乎昨晚宴会上红酒喝多了，我看了眼床头柜上的手表，上午十点多。

（哎呀呀，怪梦一个。可能就是昨天看多诺万的《莱茵传说》看得坏了事。）

我走到窗边，打开百叶窗，将外面的空气引入房间。客房外是主塔前的内庭，莱茵河面的寒冽空气流进室内。

与昨天不同，今天天晴，但昨晚好像下了场很大的雨。内庭石板地上到处是积水，被雨水浸湿的石头气味刺激着我的鼻腔。

（因为晚宴席间餐厅窗户的百叶窗全都关着，我才没注意到下雨吧。说来晚宴过后，我去诺伊万施泰因博士房间时，好像听到了雨声。不过博士房间窗户的百叶窗也关着，所以没关注天气……）

揉着惺忪睡眼，我看向窗外的风景，却看见了意外的一幕。

公馆右侧，好几人聚在通往满月之塔的城墙环廊上，无一例外地向满月之塔入口内窥看，其中一个人还在拼命地敲门，但牢固的铁门只发出声声钝响，丝毫没有打开的意思。

我直觉不对,急忙换上衣服,连鞋子都没穿好便飞奔出客房。

满月之塔和公馆之间由一圈环绕内庭、高约三十米的城墙连接。厚约三米的坚固石墙从公馆向东延伸三十米左右,连上满月之塔。

从公馆三楼到满月之塔下的入口,城墙上是一条带顶棚的环廊。环廊靠内庭那侧是开放的,仅设一道一米高的木栅栏。

自满月之塔起,环廊转了个直角,向北延伸大约十二米,连接到主塔楼。这段环廊并不开放,而是封闭式的,靠近内庭一侧也有木板覆盖。过主塔楼环廊继续北上,直达新月之塔。

我从公馆三楼来到环廊,又沿着环廊直奔满月之塔。

聚集在满月之塔下的是诺伊万施泰因博士、多诺万、托马森导演、科内根管家、女仆弗里达五人。科内根管家不断挥拳敲击入口铁门,边敲边喊:"玛利亚小姐,开开门!"但里面似乎没有任何应答。

我小声问多诺万:

"多诺万,出什么事了?"

"玛利亚小姐昨晚好像进了满月之塔,到现在都还没出来。晚宴之后,玛利亚小姐好像又和姐姐起了争执。过了午夜十二点,她强行从科内根管家处借走满月之塔的钥匙,进塔不出。"

"姐妹单纯吵架?闹这么大阵仗?"

"不,问题不只如此。事实上,从今天早上就没见过卡伦小姐——"

"卡伦小姐?到底怎么回事?"

"不知道。总之,今早伺候姐妹俩的女仆弗里达去叫卡伦小姐起床的时候，屋里已经没人了。床上还是昨天弗里达整过的样子，没有卡伦小姐睡过的痕迹。就是说昨晚她在自己房间里消失了。

"发觉事态严重的弗里达慌忙向管家报告此事，科内根便记起昨晚玛利亚小姐的行动。想到姐妹间的争执是否与卡伦小姐失踪有关，于是管家想找玛利亚小姐详细问问。结果到达满月之塔时，发现入口铁门反锁，还上了门闩。管家一边敲门一边求玛利亚小姐开门，但里面没有任何回应。然后听到喊声的诺伊万施泰因医生和我，还有托马森导演都来了。"

"玛利亚确定在满月之塔里吗？会不会夜里离塔去了别的地方？"

"史密斯，你好好想想。门闩可是从塔内闩上的。玛利亚小姐若是半夜出塔的话，是如何在门外放门闩的？所以玛利亚小姐还在满月之塔里，这是毫无疑问的事实！"

的确如多诺万所说。我都想骂自己糊涂了，看来是刚睡醒，脑袋还没就位。

"满月之塔的内部结构如何？"

"塔上仅有一间房，名为满月之屋，从入口到满月之屋是一段右旋上行的螺旋楼梯。塔顶平坦，也可经螺旋楼梯上去，但昨晚暴雨，玛利亚小姐不可能在露天的塔顶过夜，所以她应该还在满月之屋里，没错。"

我抬头看看耸立眼前的满月之塔。从入口开始算，大约还有十五米高，要是加上城墙，从内庭石板地算起大概就有三十米高了吧。

满月之塔系圆筒形，和城墙一样由浅色系的黄白色石料建成。

为了加固，圆塔外墙每隔一米五就有个二十厘米宽的凸起，凸出墙面约三十厘米。换言之，塔的横截面并非完美圆形，而有点像齿轮。这座满月之塔上并没有在其他古城上经常能见到的防御型落石口[1]，从上到下都是垂直陡峭的。

如多诺万所说，塔顶平坦，围着一圈与成年人齐腰的围墙，好似一顶王冠。塔顶下面应该就是满月之屋了，但从这里却看不到窗户。

"多诺万，满月之屋没有窗户吗？"

"有，但被凸起挡着，从这边看不到，其实北、东、南三个方向都各有一个窗户。我们西侧之所以没窗户是因为满月之屋的入口就在西边，那里正好是螺旋楼梯的缓步平台，没必要单独开窗。"

车夫兼饲马员弗里茨肩担巨大木锤，从公馆向这边走来。他与铁门前的科内根管家低语三两句后，徐徐向我们喊道：

"各位贵客往后退！木锤破门了！危险！"

说着弗里茨抡圆了胳膊，高举木锤朝门缝砸去。一阵沉闷巨响和冲击后，铁门上出现一个深深的凹坑。

"那是战锤。在中世纪的战争里，就是用它来破坏城门的。这是主塔楼武器库里的东西……说起来今早我刚到的时候，弗里茨还跟科内根管家在一起，但转眼就不见了，看来是受科内根之命去主城楼取木锤去了。"多诺万向我解释。

木锤反复攻击数次，铁门也深陷下去。支撑门内侧门闩的金属

---

1. 落石口：在城墙、塔身上设置的下方开口的突出结构，能向下扔石头、倒热水、射箭等，是一种阻止敌人向上爬的防御工事。

死亡的阴影笼罩住双月城
而残虐的杀意即将再次降临

搭扣好像弹飞在地上，发出"噌"的一声刺响。

弗里茨积聚全力，木锤再次撞在铁门上。

"哐当"一声巨响，门闩横木掉落在地。弗里茨顺势聚力飞出一脚，把门踹开。

一进满月之塔是个深约两米的玄关状门厅。入口铁门正对着一面粗糙石墙。铁门左手边是螺旋楼梯，右边是平坦的通道，沿着内壁弯曲，隐入黑暗之中。

我下意识地看着那条通道，多诺万有些心急地解释道：

"通道那头也是个出入口，连着通往主城楼的城墙环廊，但那边的铁门也上着锁，还架了根粗门闩，多年没打开过……好了史密斯，别想多余事，赶快上楼吧。"

宽约一米五的楼梯很陡，顺时针旋转。头顶空间较高，楼梯两侧墙壁上装有木扶手。

科内根管家手拿电筒开始登塔，紧随其后的是肩担木锤的弗里茨，再后面依次是女仆弗里达、电影导演托马森、诺伊万施泰因博士、我和多诺万。

螺旋楼梯间虽然昏暗，但也没到完全看不见路的地步。我最初还以为是科内根管家的手电筒点亮了四周，后来发现并非如此。塔身墙面上到处都有"十"字形的小洞，阳光从洞外透进来，照亮了螺旋梯。

"那是枪眼。不仅可以采光，战时士兵们会利用它们，发射弓箭、石头狙击敌人。"

即使是上楼途中，多诺万也不忘为我讲解。看来他有点好为人师，卖弄学识。

记不清到底爬过多少级台阶，就在我快喘不过气时，走在前面的诺伊万施泰因博士突然停下脚步，搞得我差点撞上他宽厚的后背。

隔着博士的后背向上看，科内根和弗里茨一边指着楼梯前方的门，一边说着什么。看来满月之屋的入口到了。

螺旋楼梯仅在门前形成一块平坦的缓步台。缓步台右侧是扇厚重的橡木门。把手镶在房门右侧，一只散发着暗淡金属光泽的黄铜手柄，其下有锁眼。科内根管家掏出钥匙串选出一把，插进锁眼，应是备用钥匙无疑。

管家左右捻动钥匙两三下，又拉住黄铜把手"咔嚓咔嚓"地前后摇晃，门却纹丝不动。

"玛利亚小姐，您在里面吧？是我，请开开门——"

科内根管家向房内喊道，但门后没有任何回应。

"科内根，事态紧急，责任我负，让弗里茨用大锤破门吧。"

诺伊万施泰因博士对管家说道。科内根与旁边的弗里茨面面相觑，最终管家点了头，弗里茨便抱着木锤来到门前站好，用尽全身力量对准房门挥去。

一声巨响过后，房门合页明显松动，但门仍旧打不开。看来此门也和先前一样，从内部上了门闩。

可弗里茨也没有退缩，又抡起木锤。一下，两下……

在如此猛击面前，合页终于松脱。

弗里茨再次全力踹向摇摇欲坠的房门。一脚下去，合页被完全带出墙壁，背后的门闩也发出断裂声，房门一反往常——以锁头为支点向内打开。

"玛利亚小姐！"

科内根管家立马冲进房间，但紧接着便发出"呜哇！"一声悲鸣，匍匐着爬回缓步台。向房内窥视的弗里茨也"啊！"地哀号一声，举手挡在眼前，移开视线。

"怎么了，出什么事了？"

诺伊万施泰因博士推开吓得戳在原地的弗里达和托马森，朝科内根管家问道。但科内根只是指着背后的满月之屋，梦呓似的重复着一句话：

"……骑、骑士……传说中的黑骑士……"

"史密斯、多诺万，走，我们一起进去看看。"

博士回头看向身后的我们，催促道。

留下面如死灰、似遭重创的管家和马车夫，走过被不可言状的恐惧定身的弗里达和托马森身旁，我们三人踏进满月之屋。

满月之屋的形状略微复杂。简言之可以想象成半月向满月过渡的中间形态。从直径约十米的圆上，割掉门外平台后剩下的弓形——这么说大概能清楚了吧。

走进室内，首先看到的是正面洞开的窗户。窗户朝东，面对着莱茵河。两扇板窗向内打开，似乎昨晚下暴雨时也这么敞着，刮进来的雨水把石造地面都打湿了。

窗前一把黑檀摇椅，正在风中不停摇晃。摇椅前方地板上，便是令科内根管家和弗里茨如此恐惧之物。

摇椅前的地板上，一位女性匍匐在地。然而那个女人脖颈之上却看不见头颅！她的头似被某种锋利刀具一刀斩断，断面露出鲜红肌肉和森森白骨，被雨水稀释成淡红色的血液在尸体周围聚了一摊。

　　我还察觉到另一件可怕的事实：被砍下的不单单是头颅，尸体的双手，左、右两只都在手腕处被齐刷刷地砍断了！

　　没有头颅和双手的尸体就这样趴着，高挺臀部，宛如伊斯兰教徒向真主安拉祈祷，瞬间让我觉得十分诡异。因为它的样子太过凄惨，反而失去了真实感。

　　尸体身着华丽的红色舞会礼服。即使我对女性服装再不关心，也能轻松认出那是昨晚宴会上玛利亚的着装。

　　"史密斯，你昨晚所说的情况成真了。"

　　多诺万说着，从室内目不忍睹的光景中移开视线：

　　"至少莱因哈特和玛利亚小姐结不成婚，这对卡伦小姐来说是求之不得的喜讯吧。欸？卡伦小姐好像也不见了……不会是她为了阻止两人结婚，铤而走险了吧？"

双雄登场

1

作为伯特兰的助手，我曾涉足各色谋杀现场。

我曾见过才新婚不久就身首异处的新郎，也曾见过汽车驾驶座上被割断喉咙的司机。

看着这些尸体，比起恐惧和厌恶，我更多感到的是一种异样的不安。几小时前还跟自己一样正常呼吸的大活人，一下就变成了无法言语的尸体。或许我从这种变化中体察到了不可名状的不安。

所以我理应比常人更习惯凄惨的尸体和血染的现场，而眼前满月之屋内的阴惨状况，让我和其他人一样悚然。

在房间中央偏里一点，趴伏着一具失去头颅和双手的女尸……

乍看之下极不自然，却又和满月之屋的景象奇妙地融为一体。

牢固的石墙上四处缀有挂毯，稍稍装点了整个房间。

除了东边窗户，南、北墙上也各开一窗，南窗前置一张朴素木床。与大敞的东窗不同，南、北窗的窗板紧紧关着。

东窗和北窗间放着书桌椅子，入口右手边贴床脚，是个胡桃木的衣柜。

东、南两窗之间似乎有一面全身镜。之所以说"似乎"，是因为镜面全碎,大量碎片散落地上。从精雕细琢的木框判断,此镜高约两米,宽约一米五,很是气派。但如今镜片碎了一地,再难复原。

不过要说房里最绽放异彩的,当数挺立在入口左手边的中世纪铠甲了。

铠甲全身散发着暗银色光辉,活像满月之屋的门卫,守在门边一米开外的地方。它脚下的铁台座支撑起一米八左右的铠甲。

中世纪后期曾涌现出大量用作装饰的美丽铠甲,但这副却是名副其实的战甲,天然实用,毫无雕饰。

在铠甲左边——距北窗一米的地上,散落着三样非常怪异的物体。起先我完全无法理解那到底是什么。地板上,以那三件异物为中心,有一块直径一米的焦痕。

三件物体其中一个大小近似足球,黑得像未燃尽的木炭,其上还粘着黑乎乎、如毛线一般的东西。

在它两边,各置一物,其上皆开五叉。此二物也被烧得漆黑,表面基本炭化。

——就不再多绕弯子了。毫无疑问,那就是房中伏尸被砍去的头和双手。

诺伊万施泰因博士喉头一滚,"咕噜"一声。

"……真是夸张的杀人舞台啊。史密斯,读大学时,我曾在解剖室里见过被剖开的尸体。这房间里的景象又让我想起了当年……咦,那是砍下尸体头和手的凶器吗?"

诺伊万施泰因博士正说着,突然发现遗弃在房间中央,沾满血的长剑。这是一把粗大的长剑,剑柄部分装饰精美,闪闪发光的剑

满月之屋平面图

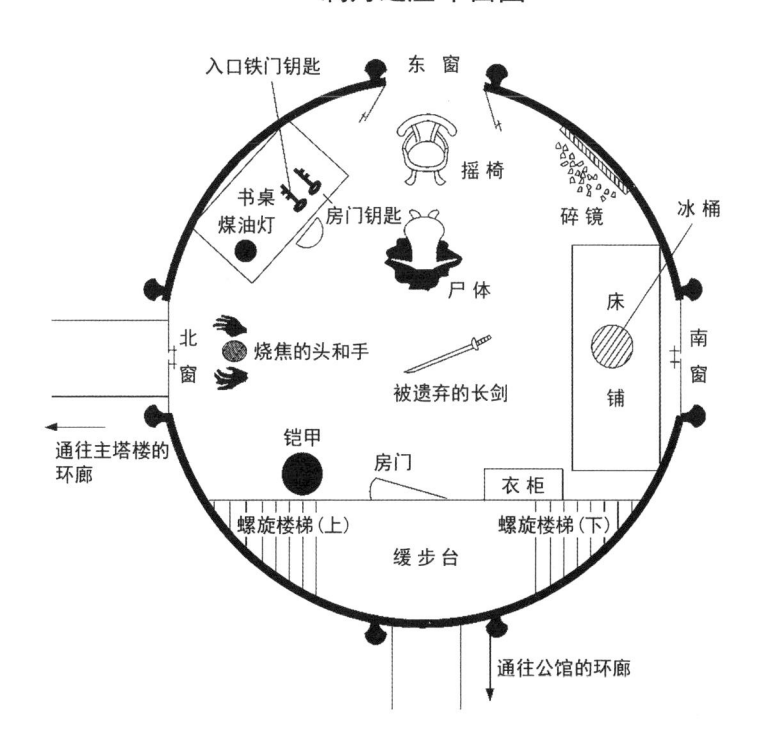

身沾满鲜血。

"最好不要随意碰触哦，诺伊万施泰因老师。"

看着想伸手拿剑的博士，我抢先一步提醒道。

"知道哟，我只想看看上面留没留下凶手的指纹。"

博士一边嘴硬，一边离开长剑旁。

"那把剑该不会是这副铠甲上的吧。看，它腰间只有个空剑鞘。"

一直观察门边铠甲的多诺万点出长剑来处。的确，铠甲腰间只剩一个青铜剑鞘，剑身不在。

重新环视满月之屋，我注意到床铺上放着一件奇怪物事——大号水桶般的容器里插着一只红酒空瓶。

"老师，那是……"

"嗯，像是昨晚宴会上用来冷藏红酒的冰桶，拿到这里来究竟是要做什么……"

诺伊万施泰因博士小心翼翼地接近床铺，瞅了一眼桶内。

"……倒没什么特别的，只是用来冷酒的冰都化成了水……"

诺伊万施泰因博士转而折回入口，仔细检查房门、合页和门闩。拱形上缘的房门系橡木制造，门中央偏右处有个黄铜把手，把手下面装着个箱型锁，把手上方是根四方木材做的粗门闩，被弗里茨破门时弄断了。同样，钉在房门左侧的两片合页也被折弯，惨兮兮地挂在门上。

博士调查完房门又开始检查三扇窗户。

床铺后的南窗与烧焦的头和手旁边的北窗，其板窗皆从内侧扣紧。诺伊万施泰因博士确认完板窗锁后，又朝尸体背后大开的东窗走去。我跟在博士身后。

我和博士小心地不碰歪窗前摇椅，各站一边查看东窗。

"房间窗户设计得可真怪。一般来说这种板窗应该冲外开的吧，但这儿正相反，是朝室内开的……为什么要这样安装板窗呢？"

"诺伊万施泰因老师，答案只消看下窗外便知。"

我指着窗边的外墙说道。紧靠窗沿处正好有个加固外墙的凸起，两个凸起一左一右夹住了窗户。

"要是板窗向外开，会被凸起阻挡，根本开不大。所以才要故意装反。"

顺带一提，窗户宽约一米五，与房门一样上方呈拱形。这扇窗户应该开了一整晚，窗边已经因昨晚的暴雨湿透了。

我向窗外探出头，朝下望。城墙加上塔自身的高度，这儿距离双月城的岩石地基大概有三十米高。再加上城墙根往外只两三米就到悬崖边缘，其下更是万丈深渊，越看越让人头晕目眩。

圆塔外壁整体垂直陡峭，难以攀爬。

"史密斯，假如用绳子，可以通过窗户经外墙下到地面吗？"

诺伊万施泰因博士问我。看来博士和我想到一块去了。

"很遗憾，应该不可能吧。靠一根绳子垂直下降近三十米，即使是专业登山队员也很难做到吧，加上昨晚的暴雨相当大。在那种恶劣天气下，稍不留神人就掉下去了。我不觉得有谁敢表演如此危险的绝技。"

"嗯，我也这样想。那么说来凶手在屋内犯下滔天罪行后，不可能从东窗逃生，剩下的两扇窗户，板窗都从内侧锁上，房间大门还有门锁、门闩双保险，且从环廊进塔的唯一入口处，铁门也锁了两道。"

诺伊万施泰因博士重新转向我，竭力压抑着内心的恐惧，故作平静地道：

"史密斯，告诉我吧——在房间里侵害了那位可怜小姐的凶手，到底去了哪里？现在这情况只能是凶手从这座石塔中凭空消失了，这真的有可能发生吗？"

2

"总之,这可是杀人案件,不能放着不管。"

公馆大厅里,诺伊万施泰因博士对留宿的客人和科内根管家带领的一众用人说道:

"不管从服装还是科内根他们的话来看,我认为满月之屋里的是妹妹玛利亚·阿尔施莱格尔小姐没错。

"本来发生这种事必须先请示城主、玛利亚的姐姐卡伦小姐之意见。但卡伦小姐自今早就不知所终,因此我们只能自己决定。个人认为应当报警,将事件交由司法部门来解决。"

"那样我们很难办啊。跟你们不一样,丑闻对我们电影从业者是致命的,我们不希望跟警方打交道。"

莱因哈特的经纪人蒂莫西·亨特道。

草草结束了满月之屋的检查,我们一行人依诺伊万施泰因博士的提议,先回大厅集合。至于还在睡觉的莱因哈特和亨特,是由科内根管家亲自上门告知情况,并带来大厅的。

"假如尸体确是玛利亚,那有没有可能是自杀?因为昨晚婚事被她姐姐强烈反对,最后突然情绪发作……她会冲动性地自残,这一点医生也很清楚吧?"

莱因哈特表情冷静地说着。昨晚明明才公开了与玛利亚的婚讯,今早从他表情里竟读不出一丝对她的哀悼。

"要是自杀,那才是前所未见啊。你想啊,玛利亚小姐用长剑砍下自己的头和双手,再把它们集中安放在别处点火。确认其完全烧焦后,又趴伏在地,摆出那个奇怪姿势。虽然有传闻说在法国大革命中，有人被断头台斩下脑袋后，还能回应旁人，但是自杀者还周到地烧掉头颅和双手……这种事还真能与那个传闻匹敌——不，甚至远超。"

诺伊万施泰因博士毫不留情地讽刺着莱因哈特。

"这样说来，那个头颅和双手又是怎么被烧掉的呢？单单只是点火应该烧不成那个样子吧……"

多诺万突然想起了什么般问道。

"房间书桌上放着旧式煤油灯，恐怕是淋上灯油点火的吧。"

诺伊万施泰因博士随嘴答道。

"总之，要先搞清楚从昨晚到今早到底发生了什么。即使报了警，也要先明确各自的行动对吧？"

所有人都勉强同意了我的提议。

"首先，我最想知道的是，为什么玛利亚小姐要把自己关在满月之塔……科内根，可以说一下吗？"

五十多岁的管家用手帕擦着额上的汗，开口道：

"是。昨晚十二点过后，我结束了一天的工作，回到了四楼的房间。突然房门山响，我吓了一跳。开门后，只见玛利亚小姐还穿着晚宴礼服站在走廊，也不管我惊不惊讶，怒气冲冲地说：'科内根，我今晚不想睡在公馆。我要在满月之屋过夜，快把钥匙给我！'我虽然好言相劝，但玛利亚小姐那种性格，一旦下定决心谁也拉不回。没办法，我只好把满月之塔的入口钥匙、满月之屋的房门钥匙，还有手电筒给了她。

"小姐似乎有点醉，脚步有点奇怪。她的右臂夹着餐厅里的冰桶，摇摇晃晃地往楼下走，打算从三楼出口进入环廊。我又出言阻止，但是小姐说着'没事，没事'继续向前走。

"我跟着小姐来到环廊，见托马森先生正迎着夜风抽烟。当玛利亚小姐经过他身边时，托马森先生粗俗地开腔：'哟，卡门，好雅兴啊。'但玛利亚小姐没有搭茬就走进满月之塔，关上铁门。

"我在满月之塔入口处站了片刻，可听见玛利亚小姐在门后上闩的声音时，便觉多说无用，只盼等天亮酒醒，玛利亚小姐或能平复，于是我就回房了。事情就是这样，要是我那时强行阻止玛利亚小姐的话，或许就不会出这种事了……"

科内根管家后悔得声音都在发抖。

"科内根，事情已发生，追悔也无用。但是任由喝醉的主人独自登塔，这么轻率的行为可不像你的作风啊，难道没想过她可能会踩空楼梯或者翻落窗外吗？"

"实际上玛利亚小姐在满月之塔过夜也不是第一次了。因为以前住过很多次，又没出什么事，我才放松了警惕……"

"以前就住过？还住过很多次？"

"是的。玛利亚小姐好像特别喜欢满月之屋，她说深夜独坐摇椅，沐浴着从窗户照进来的月光是最好的美容……"

我的脑中描绘出那个场景。

深夜，皓月当空。满月透过敞开的窗儿，将月光泻进满月之屋。房间里，摇椅摇晃，摇椅之上，玛利亚正与月光嬉戏……

既阴森，又有一种无法言喻的妖媚。的确，若是玛利亚小姐，有此举动大概也不会让人不可思议。

我回头看向站在莱因哈特身边的托马森导演道：

"托马森先生，刚才科内根管家所说当真？你确实目睹玛利亚小姐走进满月之塔了？"

"是啊，没错。在环廊她从我旁边走过，那件华丽礼服非常惹眼。况且我还说了不该说的话呢，现在想来都臊得慌……因为这事让我在意，所以今早见科内根在环廊闹出那么大动静，便过去凑热闹，然后就看见那么晦气的一幕……"

托马森苦笑道。原来如此，我还奇怪为什么这男的会混进我们目击者之中。

"玛利亚小姐为何突然想在满月之屋过夜呢？多诺万，你方才说过，昨天晚宴结束后，两姐妹又吵了一次是吧？"

"我也只是从管家责问女仆时旁听到的。欲知详情，还得请弗里达在这儿再说一次吧？"

穿着藏蓝色女仆装的弗里达突然被点名，身体登时僵住，但在多诺万的催促下，还是断断续续地说了起来：

"是、是的。昨晚晚宴结束后，卡伦小姐就回到她四楼的房间。应该是晚上十点左右，卡伦小姐让我服侍她沐浴更衣。到十点半左右，玛利亚小姐来到了卡伦小姐的房间。卡伦小姐见状对我说'可以了，你退下吧'，便把我支出房间。其间玛利亚小姐始终低着头，我只记得她的肩头一直微微颤抖……

"因为要照顾小姐们的生活，所以我的房间离小姐们的房间很近。既然卡伦小姐发话，我便想早点睡觉，可因为担心两位小姐，怎么也睡不着。过了约莫一个小时，正当我迷迷糊糊要睡着的时候，卡伦小姐房间突然传来两人激烈的争吵声。我吓了一跳，立马奔出房间，当我刚跑到卡伦小姐的房门前，房门被粗暴地打开，玛利亚小姐情绪非常激动地从里面出来。

"玛利亚小姐见到我,便气冲冲地吩咐道:'弗里达,餐厅里还有红酒吧?连同冰桶一起给我拿来!'我害怕她那副凶样,便依小姐所说从餐厅拿来红酒和装着冰块的冰桶。玛利亚小姐接过后又道:'卡伦姐已经睡了,你也回去睡吧!'然后就返回自己的房间。

"我有点在意卡伦小姐,所以敲了敲小姐的房门,但里面没任何回应。真如玛利亚小姐所说已经睡了吗?我心想着,便回自己房间了。可是今早我去卡伦小姐房间一看,发现房间里没人,床上也没有睡过的痕迹。我一下子慌了,便向科内根管家报告,也说了昨晚的事情。这才知道玛利亚小姐昨晚是在满月之屋里过的夜。事情就是这样……"

弗里达说完后,小声地叹了口气。

"弗里达,你去叫卡伦小姐起床是早上几点的事,还记得吗?"

"卡伦小姐每天早上八点半就会醒,我一般都是那个点去小姐房间的。今天早上我也和平常一样,八点半去的小姐房间,绝不会错。"

看来卡伦小姐的作息很有规律。那么她消失于卧室的时间点只存在于昨晚十点半,从弗里达最后一次看到卡伦开始,直到今天早上八点半这段时间内。话虽如此,因为弗里达还听见卡伦和玛利亚在房间里争吵,所以实际上直到玛利亚冲出卡伦的房间的十一点半,卡伦都还在房间里。

我又想起一事,便向科内根询问:

"科内根,城门前的吊桥,晚上是会吊起来的吧?"

"正如您所说。从防盗的角度来看,这样会比较安全。"

"城门晚上也会上锁吧?"

"确实如此。"

那么至少夜间卡伦无法离开城堡。

"科内根,那今天早上城门和吊桥都……?"

"守门人应该打开城门放下吊桥了,我稍后再去确认一下。"

如果卡伦在今早出城的话,守门人应当见过她。以女性的脚程,短时间内应该不会走远,有大把机会能找到她。

但倘若守门人没见过卡伦呢?

(那么卡伦就藏身于城堡中。但她为何要这样做?)

多诺万在满月之屋的那句半开玩笑的话又在我困惑的脑海中苏醒:

不会是卡伦小姐为阻止两人结婚,铤而走险了吧?

(……不会卡伦真把玛利亚给……?)

我连忙摇摇头。

卡伦再怎么反对玛利亚和莱因哈特的婚事,也不会那般残忍地杀害唯一和自己有血缘的亲妹妹吧。

可是卡伦现在藏个什么劲呢?

(难道她和玛利亚一样,也成了无法开口的尸体?)

胸中黑色的疑团在不断膨胀。

"如此一来,'从昨晚到今早发生了什么'已经弄清楚了。玛利亚小姐凭自己的意志登上满月之塔,又在反锁的满月之屋里成了那副凄惨模样。这说明我们之中的任何人,都无法动关在塔里的玛利亚小姐一根手指头。既然确定了这一事实,那就没必要怕警方介入了嘛。他们问什么我们就答什么,现状在此,谅他德国警察也不会突然逮捕我们吧,虽然可能会下禁足令啦——刚才亨特好像说害怕丑闻，但您不认为隐瞒罪案或是落荒而逃反而会引发更大的丑闻吗？别动小心思，老实配合警察不仅能争取一个好印象，更是最好的宣传对不对？再让多诺万用'好莱坞大明星在德国静养地遭遇诡异杀人案！'为题写个新闻，什么都不用做就能赚足噱头。都说各位电影人善于抓住机遇，一定能想明白哪边更有利吧？"

在诺伊万施泰因博士的劝说之下，以莱因哈特为首的好莱坞小组也只得勉强点头。

"好的，意见统一。科内根，能让弗里茨驾车进城报警吗？"

诺伊万施泰因博士命令一下，科内根三言两语向弗里茨交代后，就要送他出大厅。

见科内根又给剩下的用人们吩咐工作，自己也要走出大厅，我叫住他问道：

"科内根，刚才发现尸体时，你说了什么奇怪的话吧？传说中的黑骑士……那到底是什么意思？"

科内根瞬间吃了一惊，但很快又变回管家特有的扑克脸道：

"哎呀？我说过那样的话吗？大概是因为我活到这岁数第一次看到那么凄惨的场景……惊吓之余，也不知胡言乱语了什么，没什么特别的意义。那么，我先告辞了。"

他表面态度谦卑，实则高傲地挡掉我的问题，又很恭敬地一点头，离开了大厅，留下愣神的我听见多诺万一句尖酸刻薄的嘀咕：

"警察当然会来，但来了又能怎样！"

3

接弗里茨通报，等阿尔贝特警长率领的一众警察从科布伦茨市警局到达阿尔施莱格尔城时，已过正午。一行人中有一位身穿白大褂的瘦削老者，应该是法医。

阿尔贝特警长是个身形高大的胖子，那张酒红色脸上倒竖的粗髭须令人印象深刻。

警长跟着科内根来到公馆三楼，锐利的目光一瞥聚集在环廊出入口的我们，啐了一口：

"电影演员、大学教授、作家跟报社记者，还净是外国人……"

定是他在上楼途中，从管家那儿得知了我等身份。看来他对我们横竖都没有善意。这样的话，基本可以确定他不可能跟我共享搜查进度了。一想到和伯特兰的约定，我心情顿然黯淡。

阿尔贝特警长厉眼瞪我，轻蔑说道：

"你好像是那个三流作家？把那个叫伯特兰还是什么的法国怪人的事迹写成侦探小说？怎么，今儿那个胡子侦探没和你一起吗？我奉劝你不要有什么可疑举动，妨碍我们搜查啊。"

接着他又把矛头对准多诺万：

"你就是英国报纸的记者？反正都是啥上不得台面的花边小报。言论自由什么的我不管，但德国警察有德国的办案方式，可轮不到你插嘴！"

说完，他就让科内根管家带路，不情不愿地走过环廊，来到满月之塔，登上螺旋梯，前往尸体所在的满月之屋。还命我、多诺万和诺伊万施泰因博士作为第一发现人同行。

一路上，阿尔贝特警长还问过科内根这座双月城的基本情况。管家的回答对我了解双月城的历史大有参考，故记录如下：

卡伦和玛利亚的祖父阿伽伯特·阿尔施莱格尔伯爵自十九世纪末到二十世纪初担任德国外交部副部长。他那个时代是阿尔施莱格尔家族最后的辉煌。多诺万的书里也提过，阿尔施莱格尔家是极端的女系家族，这位阿伽伯特并非阿尔施莱格尔家的嫡系，而是从旁系亲族入赘的女婿。但他也做上了当时顶级的官僚，可以说这位上门女婿非常优秀。

他在职期间，德国内外的贵宾慕名来此历史悠久的古城拜访，成了古城居客。为了他们，阿伽伯特对公馆进行了一次大改造，最后确定了现在的格局。首先三楼通通改为客房，连同自家居住的四楼也改造成近代化的单间。原本狭小的窗户也为了采光而充分扩大，每间屋里都设卫浴。

主塔楼、新月之塔和满月之塔因与日常居住无关，故未经特意改造，但两座塔中的新月之屋和满月之屋平时都会打扫干净，保持随时都能入住的状态。

听了科内根的话，我才意识到虽然位于中世纪古塔之上，但满月之屋那整齐干净的布置，无疑是定期打扫的缘故。

我们登上螺旋楼梯，到达满月之屋前的平台。我、多诺万、诺伊万施泰因博士和科内根奉命原地等待，只有阿尔贝特警长和一帮警察进入满月之屋。

阿尔贝特警长指挥着部下和鉴定人员，熟练地勘查现场。

闪光灯砰地一闪，一位鉴定人员从各种角度拍下尸体状态和室内情况。看着他的样子我又想起伯特兰的优秀部下——巴黎警局技术员的身姿。在此异国不利环境之下，伯特兰得不到他们的帮助，他能最终解开这个悲惨至极的谜题，揪出残忍的凶手吗？

警察们在阿尔贝特警长的指挥下开始严密的室内搜查，有人钻到床下调查，有人翻看书桌抽屉和衣柜内部，还有人仔细地收集起破碎的镜片。

放在房门的左手边的铠甲被特别关照，重点调查其是否残留有凶手的痕迹。

阿尔贝特警长从口袋里取出了黑皮记事本，尽可能准确地画出满月之屋的示意图，又叫来一位警察，命他调查公馆三楼客房配置和居住者的姓名，以及城墙环廊的位置，并画出示意图。

另一方面，和警长一起进入房间的瘦削法医看着失去头和手的凄惨尸体面不改色，戴着白手套的双手娴熟地动作，似乎早已习惯了一切。

尸体衣着未见凌乱，鞋也穿得整齐。

法医细细检查了颈部和手腕的切面。他每一次移动尸体改变位置时，鉴定人员都要曝几下闪光灯，拍几张照片。

"……手法真漂亮。斩首想必是直接死因了，但如此完美的切口我还是头一回见到……"法医一边脱下手套一边佩服地说道。

"医生，被害人果然是被这把长剑一斩砍下脑袋的吗？"

"详细情况要等司法解剖。但从头部断面的活体反应来看，应该没错。成事者应该是腕力惊人的强壮男人，或是剑术高手。能使这么重的剑，还能轻巧地斩断目标，真的是……"

"但被害人怎么会一声不吭，等着脑袋搬家？一般应该多少留一些挣扎抵抗的痕迹才对……"

"怕是事前被喂了药,或者头部受击昏迷了吧。否则想要砍一颗脑袋,可没那么容易。"

法医继续调查起滚落到北窗下约一米处的头颅和双手。

我重新望了望那个像坏掉的人偶脑袋一般的头颅。

由于皮肤焦如黑炭,与印象中已相去甚远,但那确实是昨晚宴会上见到的玛利亚的脸。曾经一头散发着光泽的金色长发已烧得漆黑,像丑陋肿瘤一般贴附在头部。

"烧成这种程度,想比对伤口可就难了,但看着应该是从尸体上砍下来的没错。话虽如此,为什么只烧掉头部和双手呢?"

"是想要通过烧毁容貌和指纹来隐藏被害人的身份吗?"

"怎么可能!如果这儿是远离城镇的山林还有点道理,但如今在这限定范围的城堡里发现尸体,不管怎么隐藏,尸体的身份也会立马暴露。即使辛苦地砍掉尸体头部烧掉也完全没有意义。"

法医说得没错,我连连点头。

凶手烧掉被害人头和手的理由,或许就是解开塔上密室之谜的重要钥匙。我把此疑问深深地刻进脑海。

阿尔贝特警长指示麾下的警察继续严查室内。

满月之屋的房门钥匙和塔下入口的铁门钥匙都放在书桌上。由于满月之塔不常使用,铁门钥匙只有一把。满月之屋的房门钥匙虽有两把,但它们平日里都由管家保管,没有配新钥匙的机会。

警察也仔细检查过尸体后方的摇椅。这把玛利亚经常拿来晒月光浴的摇椅,是个靠背刻着镂空花纹的老物件,看着出自名匠之手。

紧靠南窗的床铺上,放着昨晚宴会上冷藏红酒用的冰桶。一个警察朝桶里一看，发现只有开封了的空酒瓶和冰块融化后的水，和今早诺伊万施泰因博士查看时一模一样。

"这冰桶是昨晚晚宴上的东西……没错吧？"

阿尔贝特警长转向我们，确认道。我立刻证实这确实是餐厅里的东西。

"嗯。被害人很喜欢酒精饮料吗？还把冰桶带到塔上……说不定她因为饮酒过量醉成烂泥，没注意身后偷偷接近的凶手，稀里糊涂就被砍掉脑袋。医生，这有可能吗？"

"也不是没可能，但我想凶手应该更加主动地犯罪。因为尸首后脑勺有相当严重的挫伤，即凶手是先痛击被害者后脑勺，待其不省人事之后再砍头的。"

法医说着，摆弄起烧得焦黑的头颅。

阿尔贝特警长转身留法医在原地，自己注意着不触碰尸体和摇椅，小心地靠近东窗，打开板窗向外观察。果不其然，阿尔贝特警长好像和今早的我与诺伊万施泰因博士想到一块去了。

"真是壮观的景色啊……看来用绳子之类的从窗户经过高塔墙面逃离是不可能的了。此处到城墙的石基地面的垂直高度起码三十米，而且距离城墙仅两三米就是悬崖峭壁。悬崖垂直高度恐怕有一百六七十米吧。我想凶手不会冒着一失足便跌落悬崖的风险，自窗户逃生……"

阿尔贝特警长慢慢关上板窗，回看我们：

"今早你们破门而入时，房间里确实是现在这个状态吧？这一点很重要，希望你们认真想清楚后再回答。有没有哪里和今天早上看到的不一样了？任何一点细微之处都可以说。"

阿尔贝特警长一脸严肃，恐怕过去他也没处理如此重大案件的经验吧。这才无论如何都想搞到一些线索。

我作为代表，表示室内的样子和早上破门而入时分毫不差。

警长虽然有些失落，但很快重振精神，让下属警察继续搜证。

不久，满月之屋的搜查结束了。阿尔贝特警长又命令部下把尸体送进停在城堡外停车场的警车。两名警察暂离满月之塔，很快又抬着担架回来了。

失去头和双手的尸体被请上担架，运往古城外。

我们聚集在满月之屋前的缓步台，心情复杂地看着担架运走。

搬走尸体后，阿尔贝特警长缓缓走出满月之屋，在我们面前站定：

"接下来要听取证词。劳驾你们去公馆一楼大厅集合吧……对了科内根，你日常管理这座城堡？"

科内根管家点点头。

"那么帮我把暂居城堡里，又不在这里的人都召集到大厅，立刻，马上！"

科内根管家再次点头，急匆匆地跑下螺旋梯。

我们则被众警察包围，走下螺旋楼梯，过环廊回公馆，来到一楼大厅。

大厅火炉，火焰正旺，科内根显然安排得周到。

莱因哈特、托马森和亨特的好莱坞三人帮已来到大厅。即使是现在，莱因哈特目中无人的表情也未变分毫，但托马森和亨特都是一副紧张到僵硬的表情。

我们遵照阿尔贝特警长的吩咐，围着火炉将椅子排成一个半圆,然后坐下。

阿尔贝特警长自己挑了半圆弧上离火炉较近的位置,带着身旁一位穿制服的警察,也坐了下来。

"首先,你讲一下被害人的名字、年龄还有职业。"

科内根管家答道:"现任阿尔施莱格尔城的城主之一,玛利亚·阿尔施莱格尔小姐。现年二十八岁,无固定职业。"

警长掏出黑皮笔记本,用铅笔记下科内根管家的话。

随后阿尔贝特警长又确认了在大厅里的诸位住客和用人的姓名、年龄和职业,对于一些模糊之处则反复盘问。我虽对他那一丝不苟的问讯方式深感佩服,但果然还是给人不够老练、利落的印象。如果是伯特兰,他绝不会问那么长时间的。

另外在问讯过程中,我们从科内根口中得知,守门人今早证实,自从打开城门放下吊桥到现在都没见过卡伦的身影。如果此话当真,就意味着卡伦还藏在城堡某处。但会是在哪里呢?

阿尔贝特警长费力地问完了每个人昨晚的行踪,可并未取得预期成果。不奇怪,不仅没确定犯罪时刻,犯罪现场也被两道门严密封锁,要解决本次案件,就必须弄清凶手是如何穿门而过,进出满月之屋的。

结果阿尔贝特警长什么重要的证词都没捞着,不得不结束这场问话。

"我还会再回来的!你们任何人没警察的允许都不准离开阿尔施莱格尔城!"

问讯没有收获,警长的宣告仿佛在拿我们出气。托马森和亨特虽然满腹牢骚,但谁也不敢向阿尔贝特明确抗议。他们可能知道,若在这个节骨眼上惹麻烦反而会加重嫌疑吧。

众人就此散会,最后离开大厅的我无意间回头一瞥,发现阿尔贝特警长从旁边站着的制服警察手里接过几张纸片,正在专心查看。那应该是警察画好的公馆客房的配置和环廊、主塔楼以及两座塔的位置关系示意图。警长大概打算以此为据,在城内进行地毯式的搜索,找到卡伦吧。

4

离开大厅,我先返回自己的房间。本打算去城里联系伯特兰的,但如今阿尔贝特警长下了禁足令,大概也没法去了。

没办法,虽然有点对不起伯特兰,但我还是放弃向他报告这里的案件。毕竟伯特兰可能已经离开巴黎,正朝着这边赶路呢。眼下还是尽我所能地收集案件相关情报,希望在伯特兰断案时能派点用场。如今我只能做到这些了。

下定决心后,我便敲响了隔壁多诺万房间的门。

"多诺万,我有话想和你说,能进你房间吗?"

听见敲门声,门开一道缝,多诺万从门后露出脸。因接连不断的现场取证和问讯,多诺万已满脸疲惫。尽管如此,他还是爽快地让我进了门。

多诺万的客房和我的那间构造一样。只见他摊开一桌草稿,看来是在写什么文章。

"在写新书?"

"不,是为日后新闻做的备忘录。本来我想立马给公司寄新闻稿的，但阿尔贝特警长估计不会允许。作为报社记者中的无名鼠辈，这至少是我的一点抵抗。"

多诺万脸上浮现出自嘲的笑：

"话说回来，你想说什么？还是跟案件相关吗？"

"嗯。你记得早上在满月之屋发现玛利亚的尸体时，科内根管家嘟囔过一句奇怪的话吧？'传说的黑骑士'……虽然他后来矢口否认，但当时我听得很清楚。在你的书里，黑骑士是传说中阿尔施莱格尔城曾经的城主卡尔的亡灵吧。为什么科内根当时会提起他呢？我觉得数你熟悉该地历史和传说，应该知道是什么意思。"

"这样啊。你还不理解发生在满月之屋的杀人案真正的含义吗？不过你能注意到黑骑士就已经很了不起了。阿尔贝特警长好像完全没往那方面想呢。"

多诺万看着我说道：

"史密斯，满月之屋里的杀人事件，明显是在模仿双月城的传说。科内根下意识说出'黑骑士'也可以理解。那间满月之屋的情形，简直跟传说中一模一样——"

满月之屋里的情形，跟阿尔施莱格尔城传说里的一样。

多诺万的话着实让我吃惊。

"多诺万，这是真的吗？现场正如传说所描述的——"

"不敢相信也正常。我也是，最初看到满月之屋现场时差点叫出来了。科内根会说那样的话一点也不奇怪。

"史密斯，你是读了我那本《莱茵传说》才知道'黑骑士'这个词的吧，里面关于阿尔施莱格尔城传说的部分，你全部读过吗？"

"没有，事实上我只是在来此途中，在顺莱茵河而下的游船上粗略看了一点，还没看完。我只读到'双月城城主卡尔的亡灵化为黑骑士现身新月之塔，为救爱女阿玛利亚而与盗贼骑士团首领格哈德交手，砍下他的人头后离开'那块。"

"难怪你没发现隐藏在满月之屋里的可怕含义啊，史密斯。黑骑士不单单出现在被幽禁于新月之塔的阿玛利亚那里。传说中，黑骑士也现身于满月之塔，出现在阿玛利亚的双胞胎姐妹娜塔莉亚那里。而且当时房间的样子，和我们今早看到的满月之屋一模一样。"

多诺万从书桌抽屉里又找出一本《莱茵传说》，翻至其中一页，递到我的面前。

我接过书，从那一页往下阅读：

……格哈德死后，盗贼骑士团的实权虽落到副首领盖林斯基手上，但格哈德于新月之塔的凄惨死状还是在骑士团部下心里留下挥之不去的阴影。

部下之中，有人目击到身穿铠甲的黑骑士"咔啦咔啦"行走在深夜的环廊，也有人听到黑马在夜空中奔跑的嘶啸。盗贼骑士团虽占领了双月城，但对城主卡尔亡灵的恐惧瞬间在团员心中蔓延，甚至有部下偷偷从双月城逃走。

盖林斯基对此很是愤怒，当场处决脱逃者的同时，他也和格哈德一样，将愤怒化为兽欲，发泄在幽禁于新月之塔和满月之塔中的美丽姐妹身上，对她们反复做着言语所不能及的凌辱。

跟格哈德惨死那天一样,又是一个狂风暴雨的夜晚——

盖林斯基来到满月之塔顶部的娜塔莉亚的房间。为了发泄自己的情欲,他将娜塔莉亚按倒在床上。

有了前车之鉴的盖林斯基,早用结实的木条从内部将房间窗户钉死。

即使"黑骑士"从天而降,也无法进入这个小房间。

想到这儿,盖林斯基便安下心来,专心发泄兽欲。

突然,被压倒在床上的娜塔莉亚指着墙上某处发出惊恐的叫声。

盖林斯基吃了一惊,转身向后,发现靠在墙上的等身大小的镜子里,正映出身穿黑色铠甲的黑骑士!

盖林斯基连忙环视室内,但是哪里都没有黑骑士的身影!明明没有实体,但黑骑士确实存在于镜中!

镜中的黑骑士径直迈出一步。

宛如浮出水面,黑骑士走出镜子,成为实体。先是穿着长靴的脚踏上房间地面,接着是覆面的头盔,整个身体依次从镜中脱离。

出现镜中后不足几秒,黑骑士那不祥身影便现身室内。

"现身了啊,你这妖人。"

盖林斯基拔出了剑,向黑骑士砍去。

数轮交锋过后,黑骑士挥舞着巨剑,砍断了盖林斯基的脖子和握剑的双手。黑骑士把滚落在地的头颅和双手集中踢到一处,拿起墙壁上用作照明的火把,靠近那些肉块。盖林斯基的头颅和双手瞬间起火燃烧，肉块的焦糊味充满了整个房间。

黑骑士快速转身，走向镜子。他在镜子前停了下来，回头看着床上瑟瑟发抖的娜塔莉亚，把头盔护面往上一推，向她露出了真容。

"父王！"

娜塔莉亚忘却恐惧，高喊道。

头盔下不正是数月前中计被杀的城主——卡尔·阿尔施莱格尔吗？

黑骑士斜眼看着忘了恐惧想要靠近的娜塔莉亚，如出现在室内时一样，消失在镜中，就像巨岩沉入水底。

不肯放弃的娜塔莉亚抚摸着镜面，突然，镜子表面出现了一道裂痕，裂痕向四面扩散。下一瞬间，镜面破碎，无数碎片散落在娜塔莉亚的脚边。

数日后，美因茨大司教派出的援军到达阿尔施莱格尔城，与盗贼骑士团展开了激烈的争夺战。

尽失正、副首领的盗贼骑士团大败。

援军漂亮地夺回阿尔施莱格尔城，也救出了被幽禁塔上的阿玛利亚和娜塔莉亚，又从姐妹俩的口中听说了卡尔·阿尔施莱格尔的亡灵杀死格哈德和盖林斯基的故事，从此阿尔施莱格尔城的故事广为流传。

如今，阿尔施莱格尔城的两座塔上的房间——阿玛利亚和娜塔莉亚被幽禁的小房间分别被命名为新月之屋和满月之屋，几乎还保留着当时的原貌。唯有一点与当时不同：两个房间里都放置了等身大小的铠甲。据说这是为了追念化为亡灵守护爱女的城主卡尔。父母对孩子的思念与爱果真能够跨越生死界限吗……

读完阿尔施莱格尔城不幸的传说后我愣住了，不由得叹了口气。

早上满月之屋里的凄惨景象又浮现在我眼前：

头部和双手被砍下的尸体。被烧焦的头和手，还有破碎的镜子。

一样，满月之屋里的惨状和阿尔施莱格尔城的传说完全一样！可以理解科内根管家为何会嘟哝着"……骑士……传说中的黑骑士……"

"多诺万！这到底是——"

"像得吓人吧？老实说，我最初看到满月之屋的惨状时都发不出声了。眼前的景象简直像照搬我书中所写的一样。"

"也就是说，以如此残忍的手段杀害玛利亚的是阿尔施莱格尔城曾经的城主，卡尔的亡灵？"

"你等一下啊。我再怎么沉迷中世纪历史和传说，也不可能真信什么亡灵杀人。最重要的是，从卡尔的立场看，玛利亚是他后代。传说中卡尔是为了守护爱女才从冥界复苏，如果真的是他，那他有什么理由一定要杀害玛利亚？"

我瞬间语塞了，但终于还是提出了自己的假设。

"对了，玛利亚怀了莱因哈特的孩子。在先祖卡尔看来，不能让这卑贱男人的血糟污了历史悠久的阿尔施莱格尔家族。所以他把玛利亚连同腹中胎儿一并杀害——"

"你真这么想？如果是这样，玛利亚应该往后排，先由莱因哈特领这一刀对不？这才更合理、更有效吧。"

我咬紧嘴唇，多诺万说得没错。

"史密斯，此案绝非古城诅咒、亡灵作祟之类三流小说的套路。杀害玛利亚的是和我们一样的普通人，只是那家伙比卡尔的亡灵更冷酷，比盗贼骑士团的格哈德更凶暴。

"我怕的是，那家伙的凶行不会就此罢休。试想，这般忠实还原阿尔施莱格尔城传说的犯罪，会只有一桩吗？"

"什么！你的意思是有可能发生第二起案件？！"

"嗯。根据传说，格哈德和盖林斯基分别死在新月之塔和满月之塔。这次玛利亚的尸体明显在模仿盖林斯基的死状。也就是说，还应该有一桩新月之塔格哈德的模仿案。如今卡伦失踪，我很担心她的安危。"

"你的意思是，下次就是卡伦死在新月之塔里吗！像格哈德那样被砍下头颅……"

"我自己都觉得这想象荒唐无稽。但是在看过满月之屋里的惨状后，我怎么也抹不掉这层想象。

"史密斯，我是报社记者，拼了命也要抢在别家报纸之前写出头条大新闻。但是同时，我对莱茵河流域古城史迹的爱也不落人后。如果有人为了私欲恶用双月城传说，我第一个不答应，不原谅。不管怎样我都要阻止那家伙的邪恶企图。

"史密斯，我也和医生一样请求你：请你拜托伯特兰法官，尽快解决这起案件吧。我不想再看到玛利亚小姐那样的受害者了，一定要把隐藏在案件背后的凶手揪出来，把那家伙绳之以法。"

多诺万直勾勾地盯着我，语气坚定。

这是我第一次见多诺万袒露心扉。察觉到自己所热爱的中部莱茵历史传说被用在令人唾弃的犯罪时，这位青年记者感到无法言喻的愤怒。

"我知道了，多诺万，我会拜托伯特兰的。当然作为伯特兰的助手，我也会尽全力解决案件。"

"也让我帮点忙吧，这凶手巧妙地利用传说做伪装。与之对抗，我的历史知识没准能派上用场。"

两只手紧紧相握。

5

疾风骤雨的一天终于迎来暮色。阿尔贝特警长一行虽已撤退，但在满月之屋以及公馆四楼卡伦和玛利亚的房间前仍有警察威严站岗，锐利的视线扫视着周围一切可疑之人。

把扶手椅移到窗边，我在自己房间的窗前坐下，透窗呆看向内庭。

夜月优美，月光照进昏暗的内庭，使主塔楼和左右矗立的两座塔梦幻般地浮于眼前。

谁又敢想在这如梦似幻的美景之中，在右边那座满月之塔上竟发生了如此凄惨的罪案。

风略疾，吹过莱茵河谷的风声宛如笛音，让我想起女妖（疾风夜里奔走哭泣，告知周遭有人死去的妖精）的哭泣。

"伯特兰,你在哪儿?快点来城堡吧,解决这起凄惨的案件吧。"

我在眼前描绘着伯特兰久违的身影,呢喃般地自语。

阿尔贝特警长带来惊人事实,是在第二天早上。

那日早上,我在一阵规律的敲门声中醒来,一面揉着睡眼,一面下床开门。

科内根管家站在走廊上。

"抱歉,在客人安睡时打扰到您。是阿尔贝特警长要大家立刻去一楼大厅集合。"

科内根管家行过一礼,转身走向隔壁房间。和刚才一样,规律地敲响房门。

我拿起床头柜上的手表,八点半刚过。阿尔贝特警长这么早来有何贵干?

飞速洗完脸,换好衣服,我按科内根所说,来到一楼大厅。

阿尔贝特警长和昨天一样,在火炉旁放好椅子,一脸苦兮兮地坐在那里。我进入大厅时向他点头示意,但警长好像没有注意到我。看来他的大脑被什么重大事项给占满了。

在此期间,其他住客也陆续来到大厅。

确认全部住客及工作人员到齐之后,阿尔贝特警长冲管家缓缓开口:

"我想先确认件事……被害人玛利亚·阿尔施莱格尔怀有身孕,是真的吗?"

突然被点名的科内根管家带着明显的疑惑,用诚实的口吻回答：

"前天晚宴上玛利亚小姐自己说的。因为完全没有预料，我们都很惊讶……"

"那么，孩子父亲是站在那边那位从美国回来的演员，没错吧？"阿尔贝特警长看着莱因哈特，眼神里带着点侮蔑。

"是的。不仅玛利亚小姐说了，莱因哈特先生也承认了。"听了科内根的话，警长点了点头，又毫不客气地走近莱因哈特，脖子伸得老长地说道：

"既然你已宣布婚讯，想必还记得自己'干'过些啥吧？我再确认一遍：被害人——不，是玛利亚·阿尔施莱格尔真的怀了你的孩子吗？"

莱因哈特做梦都没想到自己的隐私会被毫不客气地摊上台面，端正的脸庞瞬间染红，扭头道：

"我没义务回答你无礼的质问！"

"你必须回答。我对你俩的那点事也没兴趣，但'玛利亚·阿尔施莱格尔怀孕与否'是至关重要的线索。"

阿尔贝特警长顿了一下，用大厅里所有人都能听见的声音，高声说出让人极为震惊的事实：

"司法解剖结果显示，那具尸体完全没有妊娠迹象！也就是说，如果玛利亚·阿尔施莱格尔怀孕属实，那具尸体便不是玛利亚·阿尔施莱格尔。为确认被害者身份，我需要玛利亚怀有身孕的确凿证据。"

一瞬间，大厅里像石头入水后重新平静的水面。

满月之屋里的尸体没有妊娠迹象。

阿尔贝特警长带来的事实让大厅中所有人都陷入混乱。

玛利亚打从一开始就没怀孕吗？那前天晚宴上的冲击性宣言，是让姐姐卡伦认同她和莱因哈特婚事而说的谎？

"不可能！绝对不可能！"突然，莱因哈特大叫起来，"玛利亚明确跟我说她怀孕了，还说一两个月都没来例假，且不时会有孕吐般的呕意，照你意思全都是假的？如果玛利亚只对她姐卡伦说这些尚且存疑，可她为什么要骗我？"

"你带她去妇产科医生那儿看过吗？要是没有，也不能确定她真怀孕了吧？"

听到阿尔贝特警长这么一说，莱因哈特一时愣住了。

"……是，我是没带她去看过医生。但玛利亚不可能对我说谎，她打心底里盼着和我结婚，我也一样。若说我不想结婚，那她假怀孕向我逼婚倒有可能，但现在完全没必要啊，玛利亚根本不可能撒谎的啊！"

"重要的不是玛利亚小姐是否怀孕啊，莱因哈特。"诺伊万施泰因博士打断演员的话，"到目前为止，凭借服装和科内根、弗里达的证言，我们单纯地认为满月之屋里的尸体是玛利亚小姐，从未怀疑过这一事实。但那具尸体没有身孕，即尸体身份成了重大疑点。而能解释此疑点的有两条假设：

"一、如阿尔贝特警长刚才所说，玛利亚小姐根本没有怀孕，是她对周围人撒了谎。

"二、满月之屋里的尸体并非玛利亚小姐。由此必然引出另一点疑问——那具尸体到底是谁？

"谁有酷似玛利亚小姐到难以分辨的容貌和体形？谁自前天晚宴后就一直消失？我们所知的符合条件的人只有一个，对吧？是的，就是玛利亚小姐的双胞胎姐姐卡伦小姐。如果满月之屋里的那具尸体不是我们一直想定的玛利亚小姐，那么是她姐姐卡伦的可能性就很高了——"

满月之屋里的尸体可能不是玛利亚，而是姐姐卡伦。
诺伊万施泰因博士提出的可能性足以让我震惊。
"但是医生，科内根管家和托马森导演曾亲眼看见玛利亚小姐进入满月之塔，如果尸体不是玛利亚小姐而是姐姐卡伦的话，就是说卡伦小姐是等着玛利亚小姐进入满月之塔，科内根管家回房之后，才进入满月之塔的？"
多诺万语气慎重地问道。
"当然啦。而满月之塔入口铁门和满月之屋房门的问题，应是卡伦小姐预先跟玛利亚小姐约好时间，届时让玛利亚小姐打开锁和门闩。这不就解释得通了？"
"卡伦小姐进入满月之屋后被杀。这种情况下，虽不愿做此设想，但第一嫌疑人无疑是玛利亚小姐。她和被害人一起在满月之屋。犯案后，玛利亚小姐将自己和姐姐的衣物互换，再砍下姐姐的头颅和双手，把它们烧得身份难辨。玛利亚小姐这么做大约是让人误以为死的是自己，靠混淆身份争取逃亡的必要时间。至于杀人动机，或许是她认为姐姐妨碍了她和莱因哈特的婚事吧？"
"虽然不清楚个中原委……但我觉得很有可能……"
"但老师，即使玛利亚小姐是凶手，满月之屋里的古怪状况仍然存在。满月之塔的入口和满月之屋的房门，皆反锁并上门闩。满月之屋的三扇板窗里，两扇从内侧扣死，剩下一扇直面断崖绝壁，人根本不可能从那边上下。那么玛利亚小姐犯罪后是怎样离开满月之屋和满月之塔的呢？"

"嗯，我的假说也有漏洞啊。"

诺伊万施泰因博士坦率承认了自己假说中的缺陷。

"提再多假设也没用。我只想弄清楚，尸体到底是姐姐还是妹妹。她们是同卵双胞胎，外貌极其相似，有没有什么能够区分这对姐妹的，类似身体特征之类的东西？"

阿尔贝特警长焦急地问道。

我一下想到前天和博士、多诺万交谈过的一件事。

"老师，玛利亚小姐曾用剃刀割过左手腕，那道伤疤还在手腕上吧？如果满月之屋的尸体左手腕上有伤疤，那就是玛利亚小姐最有力的证据了吧？"

"史密斯，我起初也想到这点，但是没办法确认。忘了吗？那具尸体的双手都被砍下，且被浇了煤油烧焦了……

"昨天在满月之屋发现尸体时，我第一步就确认其左臂的断面。很遗憾，有伤疤的部分在断面以下。现在双手都被烧得不成样子，已经不可能再分辨左手腕上有没有疤了。当然指纹也全毁了，两条路都无法确认尸体的身份……"

诺伊万施泰因博士深深地叹了口气。

对啊——我都想咒骂自己的粗枝大叶了。这么明显的特征若还留在尸体上，就算阿尔贝特警长再如何平庸，又怎会没有发现呢？

我不愿放弃，向站在大厅角落，似要避开众人目光的女仆弗里达问道：

"弗里达，你平时不是服侍卡伦和玛利亚吗？她俩身体上有什么能区分彼此的特征吗？比如什么黑痣、胎记之类一方独有的特征，有吗？"

弗里达突然被问到，认真思考片刻，像终于想到什么似的说：

"有。说来卡伦小姐左耳后有个像扑克牌方块形状的小痣，小姐扎起头发时经常能看到。"

我心中一凛，转瞬又被警长打散：

"那也没用。头部皮肤已烧成炭，那么小一颗痣即使存在，也无法确认。"

深深的失落朝我袭来。

话虽如此，凶手为何要如此细心地消除姐妹俩的一切身体特征呢？简直像害怕尸体被人认出是姐妹俩中的哪一个一样。

（难道凶手利用阿尔施莱格尔城的传说，布置满月之屋的现场，是为了掩盖烧毁尸体头和手的反常行为？对凶手来说，确认尸体身份于己不利，因此他将能够分辨姐妹身份的头和手砍下，浇上煤油，毁灭证据。可单纯毁坏尸体立刻会暴露意图，需借传说掩盖不自然之处——是这样吗？按照传说砸碎镜子，以骑士剑作凶器，难道都是为了掩盖烧掉尸体的头和手这一不自然的行为？）

我怎样都消不去突然浮现胸中的疑惑。

满月之屋的尸体究竟是玛利亚还是卡伦？最后众人在皆无定论的情况下原地解散了。

今天阿尔贝特警长也和几名制服警察一起调查满月之屋的案发

现场、满月之塔周围，以及公馆四楼卡伦和玛利亚的房间。

正午刚过就变了天，下午三点多风雷相交，暴雨倾盆。不时轰鸣的雷声让整座双月城颤抖。

我不想闷在三楼客房，便前往一楼大厅。

明明离日落还有几个小时，空无一人的大厅已如日暮般昏暗，让人胆寒。

我在今早那排问讯椅中挑了一把坐下，闭上眼一动不动。

"阿尔贝特警长带来的情报一举改变了案件的性质。"

我自语一般呢喃。

最初大家以为被害者是阿尔施莱格尔城的双胞胎家主中的妹妹玛利亚，理由是满月之屋的尸体穿着她的衣服，以及科内根管家和托马森导演目击到玛利亚前往满月之塔。

但根据阿尔贝特警长提供的信息，尸体并没有妊娠迹象。

这里可引出两种可能：

A. 玛利亚谎称自己怀孕，实际并未受孕，故满月之屋里的被害者是玛利亚。

B. 玛利亚确实怀孕，故满月之屋里的被害者不是玛利亚，而是别人。

若为 B，则满月之屋里的尸体很可能是自案发以来一直失踪的姐姐卡伦。

于此，又有两种可能性：

A. 杀害卡伦者是玛利亚。

B. 杀害卡伦者另有其人。

不管哪种情况，都要面对满月之屋房门和满月之塔入口铁门的双重阻隔。这两扇门都被反锁且上了门闩，案发后，凶手绝对不可能从这两扇门逃走。

束手无策。至今为止我还从未遇过如此坚牢的密室呢。而且无法确定被害人，做任何推理都是徒然。即使是伯特兰，遇到此情况也难以解决案件吧。

伯特兰——他现在怎样了呢？

"我能依靠的只有你，别忘了"——我想起临行前一天，伯特兰在巴黎警局办公室对我说的话。

结果，我既未能满足诺伊万施泰因博士的期待，又无法兑现伯特兰的承诺。那一晚，在我因贪杯而熟睡之际，满月之屋里正上演着凄惨的杀人案。直到次日一早我都浑然未觉，还是诺伊万施泰因博士他们感觉不对，聚在满月之塔入口前引发骚动，我才睡眼惺忪地更衣赶去。

徒劳感苛责着我。特意来此德国偏僻处，我到底又做了些什么？只是旷废时日而已……

我背靠椅子，耳中回响着猛烈敲击窗户的雨声。

不知过了多久，我听到了一个陌生的声响，不由得在椅子上挺直了腰杆。声音是从玄关那边传来的。我终于察觉，那是敲响公馆玄关铁门环的声音。

我来到玄关厅，此时一个男人正抖着雨衣上的水滴，推开玄关铁门准备入内。倘若平时，科内根管家或一位女仆会出门迎接，但现在他们正配合阿尔贝特警长的搜查脱离原来的岗位，阴错阳差地由我来迎接。

来客脱掉雨衣,摘下头上的兜帽。一看到那张脸,我不由自主地叫出声——

"伯特兰!"

"哟,帕特,特意来迎接我了吗?"

巴黎警局预审法官挑起极富特征的唇须和络腮胡,露出亲切的笑容。那是查理·伯特兰偶尔会对我露出的慈父般的笑容。

我顿觉心中被什么填满。在这异乡初尝无能为力的滋味之时,最值得信赖的人现身了。而同时我又因辜负了伯特兰的期望,轻易地让双月城出现牺牲者,既窝囊又懊悔不已。

我什么也说不出来,飞快地跑向伯特兰。

"怎么了帕特?才分开了几天,怎么搞得像一年没见的样子?"

"……伯特兰……我……"

我正准备向伯特兰说明案件概要,但是见到伯特兰时的安心混合着自责让我百感交集,一时失语。

"不急不急,帕特。先给你点时间等情绪平静了再说,我还有个同伴在外面等着呢。"

"同伴?你和谁一起来的?"

"你也相当熟悉……来吧,别老在外面站着了,进来吧。"

伯特兰向铁门背后说道。看来在我和伯特兰说话期间,那位同伴也不介意淋雨,一直站在玄关外。

仿佛是接到伯特兰的指令,他也慢慢走进玄关。

手里拿着黑色礼帽,肩披亮黑防水斗篷,那是个五十岁上下,矮小却精干的男人。他把头发剃成板寸,一双寒冰般冷彻的碧眼正慢慢环视四周。

见到这位人物的第一眼,我不禁提高了音量:

"伯特兰,他是——"

"对了,你跟他还是初识。那么现在,由我来正式介绍一下——"

伯特兰满是戏剧感地高抬起一只手,毕恭毕敬地说道:

"柏林警局主任探长——弗里德里希·冯·修特罗海姆男爵阁下莅临!"

叩响板窗

1

柏林警局主任探长，弗里德里希·冯·修特罗海姆男爵。

对伯特兰来说，那是个绝对不会忘记的名字。

在之前的大战中伯特兰从事谍报工作，与这位德国谍报机关的大人物几度搏命，有一次甚至在君士坦丁堡发生枪战。但他们的对战通常秉持公平对决，两边棋逢对手，久而久之，竟生出些惺惺相惜的情谊。

战争结束，与伯特兰回巴黎警局官复原职一样，冯·修特罗海姆也在柏林警局任职。他凭借天生聪慧的头脑迅速崭露头角，现在坐上了主任探长的高位。在大战中相互认可对方实力的两人，即使在和平时期也选择了同样的道路。

两人可说是毕生劲敌，竟如亲密朋友般一同来到双月城，这真是……

就在此时，一名用人露了个面，似乎终于注意到来客。冯·修特罗海姆男爵戴着单片眼镜，锐利的视线直逼用人道：

"阿尔贝特警长应该在这儿吧……叫他马上过来。"

用人领命，慌忙退下。冯·修特罗海姆男爵重新转向我，伸出手：

"是史密斯吧？初次见面。阿尔贝特警长说话有失礼数，看我的面子原谅他吧。"

声音虽然平静，但语气强硬得不容商量。冯·修特罗海姆说完，把防水斗篷丢在椅子上，从西服内侧口袋里取出烟盒，递给伯特兰和我：

"抽烟吗？德国的，虽然不比你们那儿的烟有滋味……"

伯特兰和我一人拿出一根。

冯·修特罗海姆松松垮垮地坐在大厅里的椅子上，慢慢点着香烟。伯特兰和我与他对坐，也开始吞云吐雾。

过了一阵，我还是决定开口：

"虽然这么问很失礼，但二位是怎么碰到一块的？"

伯特兰举着戴了好几个大戒指的手指，夹着烟答道：

"我刚到科布伦茨市时，突然想去科布伦茨市警局报个到。虽说在德国，我只是个游客，但我想同为警察，露个脸比较合乎规矩……就在那儿，竟让我偶遇这位故知。后来，男爵说他也要来阿尔施莱格尔城，于是我客随主便，搭市局的警车来这儿，就是这么回事。"

"伯特兰意外造访科布伦茨市警局可把我吓了一跳。不过久别重逢，不胜开心。"

随后，伯特兰和冯·修特罗海姆只是抽着烟，半晌都没有说话。

"话说回来帕特，我在科布伦茨市警局也听说了，城堡里好像又发生了什么怪案件？"

伯特兰若无其事地挑起话头。我慌慌张张刚准备开口，冯·修特罗海姆抬手阻止了我。

"不，伯特兰。详细情况让阿尔贝特直接汇报。我烦死那男人独断专行的臭毛病——明明跟他说了搜查情况要逐一向上级，也就是我汇报的……"

冯·修特罗海姆摘下单片眼镜，眯起原本就已细小的眼睛，这时阿尔贝特警长畏缩的身影出现在大厅门口。

冯·修特罗海姆的锐利眼光狠狠盯向阿尔贝特警长。阿尔贝特警长仿佛中弹一般僵硬地立正。

"这、这不是修特罗海姆男爵阁下吗！您怎么来了？"

"阿尔贝特！你这蠢货！没得到我允许就擅自妄为，不知道这样会对今后的调查产生重大影响吗！"

在冯·修特罗海姆一声怒喝之下，阿尔贝特警长更加惊慌，甚至有点可怜。

"消消气，男爵。他只是热衷于工作而已，以后多盯着他一些。"

伯特兰劝说道。

"伯特兰，既然你发话，这次我就不追究了——喂，阿尔贝特，看在我朋友的分上，这回先饶过你。但你立刻向我朋友详细汇报本次案件概况！放机灵点！"

顶着冯·修特罗海姆两道令人动弹不得的视线，阿尔贝特警长流着汗，详细介绍了从案件发生到今早发现惊人事实的经过。伯特兰一边悠然抽烟，一边听着警长的陈述……

阿尔贝特警长说完后，冯·修特罗海姆开口道：

"事情我大概了解了。案发现场是塔上的房间——满月之屋是吧？你先过去，我马上去亲自调查。"

阿尔贝特警长终得解放，敬了个军礼后便匆忙离开大厅。

"伯特兰，接下来我要去案发现场满月之屋调查，如果不嫌弃你也一同前往吧？我记得以前，只要听见古城探险什么的，你立马就来了精神……"

听冯·修特罗海姆一说，伯特兰静静笑了：

"哪里会嫌弃，我求之不得呢。话说回来，男爵，坦白说，您如何看待本次案件？"

"如何看待？什么意思？"

"您认为是双胞胎中的一位杀害了自己的姐妹，并在案件发生同时消失了吗？——我总觉得并非如此。而且从案件整体来看，刻意贴合阿尔施莱格尔城传说之处，确实感觉像故意为之，简直如同有人想让我们相信这一切都系亡灵作祟……"

冯·修特罗海姆"嘿嘿"一笑：

"头脑还是那么灵光。看来你已凭借拿手的归纳推理，看穿了案件的本质。我的思路还没有你那般清晰，目前尚在斟酌每一条线索……好了，我们这就去案发现场——满月之屋吧。史密斯，抱歉，麻烦你带个路。对了伯特兰，拿上雨衣。我们要通过开放式环廊，没有雨衣身上会湿透的……史密斯你也是，把雨衣拿好。"

不知多少根银箭般的雨丝射在我们脸上。是时，风力见强，连呼吸都不顺畅。

从公馆三楼到满月之塔的那段露天环廊仅三十来米，但我们却如深山行军，浑身湿透。莱茵河因暴雨而高涨，激流拍打两岸，轰响撼天动地，自脚下遥远处传来。

终于走进满月之塔，冯·修特罗海姆取出预先准备的手电，照亮向上的旋梯。

"史密斯，发现尸体的那天早上，这扇铁门确实锁着，还从内侧挂上门闩，是吧？"

面对男爵的提问，我默默点头。随后，冯·修特罗海姆走在最前，伯特兰在中，我殿后，依次爬上通往满月之屋的螺旋楼梯。我已是第三次登塔了，但前两次都在白天，而今已过日落时分，又逢暴雨，外面漆黑似半夜。就连塔壁上采光的十字枪眼也顶不上半点用处。

借着冯·修特罗海姆手中的电筒，我们万分小心地拾级而上，终于到达满月之屋。一直在那儿候命的阿尔贝特警长慌忙出来迎接，房间里他早已点亮油灯，明如白昼。

除了搬走的尸体和合上的东窗，满月之屋中一如昨日。尸体所在位置已由粉笔描出轮廓，勉强诉说着那凄惨的光景并非虚妄，而是现实。

冯·修特罗海姆锐利的目光扫射着房间四处。伯特兰则悠然点着烟草，叼在嘴里——但若仔细观察，会发现他的视线全都投在冯·修特罗海姆身上。阿尔贝特警长立正不动，紧张到了极点。

"房间的门也从内侧反锁，还上了门闩……史密斯，没错吧？"

冯·修特罗海姆又向我确认。我和刚才一样，沉默着点点头。

修特罗海姆男爵屈身凑近陈尸之处，戴上单片眼镜，仔细观察周围的地面。

"血迹好像不够明显啊。阿尔贝特,尸体被发现时就是这样吗?"

"是的,没错。说来前天夜里到昨天清晨,这一带和现在一样,下着大雨。而房间三扇窗户中朝东的一扇开了一整晚,淋进来的雨把血迹都冲淡了。"

阿尔贝特警长流着汗答道。

男爵这次走向门口墙边的铠甲,抬起单片眼镜,仔细观察。

"这就是纪念传说中的黑骑士卡尔·阿尔施莱格尔而设的铠甲?——是马克西米利安式铠甲吗?十六世纪流行的东西,铠甲表面有无数棱条,不仅没降低强度还减轻了自重。"

冯·修特罗海姆观察着铠甲腰间的长剑剑鞘,头也不回地问阿尔贝特警长:

"阿尔贝特,长剑呢?"

"那是重要物证,和尸体一起送去市局总部了。鉴定人员正在调查,应该能很快查出一些线索。"

"别说废话!只说事实就行了!"

被冯·修特罗海姆一训,阿尔贝特警长再度黯然消沉。

另一边,方才还在悠然抽烟的伯特兰,此刻终于行动了。

他径直横穿房间,走近东窗,移除原本紧掩的内开板窗的插销。立刻,狂风夹带着雨水冲开板窗,闯入满月之屋。书桌上的油灯灯焰剧烈摇晃。

不顾上半身被雨水淋湿,伯特兰向窗外探出头,观察满月之塔的外壁,然后心满意足地关上板窗。

我目瞪口呆地看着走回我身边，正用手帕擦脸和头发的伯特兰。

"伯特兰，如果不是登山专家，是无法从窗户逃离的。诺伊万施泰因博士和我都确认过了。"

"我知道，我确认的是别的东西。"

伯特兰露出微笑，随后面向冯·修特罗海姆说：

"修特罗海姆男爵，我明天想去塔顶看看……可以吗？"

冯·修特罗海姆的单片眼镜闪着光，看向伯特兰：

"……嚯哦？你很快便抓到线索了嘛。当然没问题……阿尔贝特，能去塔顶吗？"

"能，男爵阁下。从房间前的缓步台再往上爬半圈楼梯，就是塔顶吊门。推开吊门，就能上塔顶。但吊门平时上锁，钥匙由科内根管家管理。我现场取证时一直锁着，没什么可疑的地方。"

"那么明天雨停之后，我和我朋友要去塔顶看看。别忘了从管家那里借来钥匙。"

冯·修特罗海姆向警长命令道，又转向伯特兰说："怎么样伯特兰，还有其他需要帮忙的吗？不必客气尽管提，就让我修特罗海姆为远道而来的朋友略尽绵薄之力。"

伯特兰微笑说道：

"深情厚谊感激不尽，不过今天这样就可以了。可能是我上了年纪，长途旅行有些疲惫。抱歉各位，容我回去睡一觉吧。"

"要睡觉了？真是遗憾。我还要在房间里继续调查一会儿，有什么新发现我会立刻通知你的。"

"祝您有所斩获……那么，我先告辞。帕特，回公馆吧。我想喝一杯莱茵特产葡萄酒……"

接过冯·修特罗海姆的手电筒，伯特兰和我离开满月之屋。

回到公馆，我叫来科内根管家，托他在三楼给伯特兰和冯·修特罗海姆准备两个房间。管家一口答应，便吩咐用人们收拾客房。

在客房弄好之前，伯特兰在我房里等待。

伯特兰一进房间，就坐在了长沙发上，悠闲地抽起烟来。我有点担心地问：

"伯特兰，满月之屋的调查那么简单结束了？难得冯·修特罗海姆准许，是不是再仔细看看比较好……"

伯特兰恶作剧般地挤了挤一只眼睛：

"帕特，我跟你说过，修特罗海姆一心想打败我。他那人的性格我很清楚，自我表现欲极强，总想做出举世惊叹的伟业，还想证明条顿人[1]是世界上最高等的民族。

"根据过往经历就知道，那男人绝非泛泛之辈，而是作为敌手都足够可怕的人物。所以我要用自己的方式同他决一胜负，而不是处处都像沾了他的光，我们高卢人也有骨气的好吧。"

"但是冯·修特罗海姆是搜查的总负责人，拥有绝对权力。你在德国只是个旅客，没任何执法权。打从开始对决就不公平啊，你再怎么厉害，这里也不是你的主场。适当做一些调整……"

"帕特，你说的我很清楚，但这件事不讲道理。

"我和冯·修特罗海姆之间，有一种只有生死相搏方能感觉到

---

1. 条顿人：古日耳曼人一个分支，原分布于易北河下游沿海地区，后与日耳曼其他部落融合。现指代日耳曼人及其后裔。

的，类似于羁绊的东西。从某种意义上说，羁绊也像爱情，是一种宿命。因此，修特罗海姆也斗志高燃，想要完美地击败我。他的执念对我来说很棘手，因为这回我不仅要对付杀人犯，还要面对他这样的强敌——"

我叹了口气，再次领略到异国之中，伯特兰和我要直面的困境。

"想得再多也没意义。对了，城堡晚餐几点开始？是时候品味着莱茵葡萄酒，见一见涉案人员了——"

2

那天的晚餐给我留下了深刻的印象。

从前或之后，我都没经历过气氛如此紧张的晚餐会：表面上风平浪静，但实际在座之人心里都在上演着恐怖至极的纠葛。

阿尔施莱格尔城城主卡伦和玛利亚两姐妹虽然缺席，但食客皆知"死亡"无疑出席了这场异样的晚餐会。他们的神经像被砂纸抚摩，只得仰头大口灌酒。

因家主不在，只好由科内根管家向众人宣布伯特兰和冯·修特罗海姆入住公馆的消息。诺伊万施泰因博士和多诺万对此并无异议，但好莱坞三人帮强烈抗议身为警察的冯·修特罗海姆和他们同住一层。

说服他们的，是能言善辩的伯特兰。

"哦，请不用担心。这位冯·修特罗海姆男爵阁下虽是警察，但他在文艺方面也是造诣极深。听闻你们要将德国叙事诗《西格弗里特传说》改编成电影,他万分感动,主动要求担任各位的安保警卫。事情就是这样。"

言已至此,三人也不好再拒绝冯·修特罗海姆的留宿。男爵阁下也和我们一样,住进公馆三楼。

我暗中观察出席晚餐的众人。

首先是身着简易礼服的伯特兰。他是考究之人,本应身穿晚礼服出席,但他说人在旅途,诸事从简,一反常态地沉默饮酒。如此举动大概并非他向修特罗海姆解释的"舟车劳顿",而是要仔细观察每位出席者吧。

单片眼镜透着亮,身着燕尾服的冯·修特罗海姆可以说是完美的宾客。似乎他已锁定了嫌疑人,全程镇定自若。

接下来是库尔特·莱因哈特。即使生来沉着,他今晚似乎也受到周围气氛的影响。或许是遭受阿尔贝特警长早上那条妊娠的事实冲击,眼神一直飘忽不定。

托马森导演和经纪人亨特似乎也被莱因哈特传染。他们也如坐针毡,言谈不得要领,但他俩流露出的只有不安,并不像莱因哈特那般苦恼。

能与相见恨晚的伯特兰同席,诺伊万施泰因博士自然欣喜,连带着对修特罗海姆也相当友好。博士长篇大论谈着他独特的生死观,并自我肯定似的频频点头,倒也符合晚餐气氛。

意外的是在这群人中,最活跃的当数新闻记者多诺万。本就爱好中世纪传说和罪案的他,又在古城得见德、法两大侦探,机会难得,在晚餐中,他向两位侦探说起中世纪的怪谈和古今罪案。

"……话说回来,二位知道在英国爱尔兰地区流传的幽灵猎人传说吗？"

多诺万突然起了个头。

"哦？幽灵猎人？恕我孤陋寡闻，那是什么传说？"

伯特兰问道。

"是关于身骑黑马的无头猎人的传说。据说无头猎人会带着一只喷火黑狗跳过家家户户的屋顶。

"听说当地人只要看见猎人身影便会匆忙躲回家中，关紧门窗。因为要是伸头出去看猎人，猎人会立马发起攻击，把对方脑袋割下来带走。

"怎么样？是不是和萦绕在双月城的传说莫名相似？双月城传说里卡尔的亡灵不也是骑着黑马驰骋空中吗？宿敌格哈德和盖林斯基不也遭到报复被'砍掉头颅'吗？我觉得莫非是幽灵猎人的故事机缘巧合传入中部莱茵，又混合了双月城的历史，这才出现了那样的传说……"

"哦，多诺万，真是个有趣的传说故事，说不定事实正如你所说的。男爵，您不觉得吗？"

伯特兰觉得多诺万的"新假说"很有意思，但冯·修特罗海姆只是沉默着把酒杯送到嘴边。

多诺万继续说道：

"而且，那个传说也非荒唐无稽……历史上新月之塔和满月之塔里都死过人，而且现场从外部都无法入侵。冯·修特罗海姆男爵，相信您也知道吧？"

第一次听闻如此意外之事让我陷入混乱，冯·修特罗海姆则镇定开口：

"你说的是一四五二年约翰·列支敦海姆和一五二一年塞巴斯蒂安·福洛本魂断阿尔施莱格尔城吗？但史料上说他俩都是病死的吧？"

"对外确实是这么说，但两人威胁到当时的最高权力者——美因茨大司教地位，又都在双月城里丢了性命，当真只是偶然？我觉得他俩绝对是被美因茨大司教的手下暗杀了。"

多诺万笃定说道。

"听起来挺有趣啊。多诺万，方便的话能详细说说吗？"

热衷此类话题的伯特兰好像很快来了兴致。我也是头一回听到这则史实，也在等着多诺万继续讲下去。

多诺万呷了口红酒润润嘴唇，又打开话匣子：

"说到底那些不过是史实，没有黑骑士亡灵那样玄幻。毕竟年代久远，我也没有证据证明那是谋杀。所以你们姑且听之，就当酒桌戏言……

"先说一四五二年，当时一位富豪——市民公会德高望重的约翰·列支敦海姆先生在双月城的满月之屋里过了一宿，第二天就成了尸体。这位列支敦海姆代表市民公会，站到了美因茨大司教的对立面，据说还向古登堡[1]秘密提供活字印刷的研究资金……

"这样的人物怎会在和美因茨大司教私交颇深的家族——阿尔施莱格尔家的双月城留宿呢？详情我也不知，但有一种说法是这样的：教会和公会暗地里有不正当交易，列支敦海姆作为公会代表来

---

1. 古登堡（Gutenberg，约 1400—1468）：德国发明家，西方活字印刷术发明人。其活字印刷术推动了文艺复兴时期知识和技术的传播。

城里与大司教会面。

"总之,列支敦海姆在满月之屋住了一晚,结果第二天躺在床上的是一具尸体。双月城上下哗然,最后总算想办法谎称其病逝,方才脱困。但另有说法透露,列支敦海姆脖子以上的部分不见了……"

多诺万暂时停下,像在确认自己所说是否奏效一般,环视作为听众的我们:

"再说大约七十年后的一五二一年,又死了个男人,死者名叫塞巴斯蒂安·福洛本,神学家,在巴塞尔大学任神学教师。当马丁·路德[1]正面抨击梵蒂冈之际,是他力挺马丁·路德,并成为其后盾,此人理所当然地和以维护梵蒂冈荣光为己任的阿尔施莱格尔家族利益水火不容。所以福洛本为何会留宿城堡,如今也是不解之谜。

"彼时福洛本入住新月之屋,但到了第二天早上八点,甚至九点,他都没有下塔。随从感觉不对,反复敲着新月之屋的房门,但里面却没一丝回应。在随从建议之下众人破门而入,福洛本和列支敦海姆一样,躺在床上,变作尸体。

"当时不像现在有先进的验尸技术,尸体随后匆匆埋葬。但参与下葬的掘墓人对其亲近同伴透露,福洛本的尸体也没有头颅……"

多诺万明显发力过猛,不知何时起,餐厅里变得鸦雀无声,所

---

1. 马丁·路德(Martin Luther,1483—1546):德国宗教改革家,基督教新教创立者。他反对罗马天主教廷出售赎罪券,并将《圣经》译为德文,以《圣经》权威对抗教皇权威。

有人都被双月城阴郁的历史夺走心神。

"停！我受够这些故事了！"

突然莱因哈特咆哮道，双手一拍桌子，不管愣在原地的住客，起身离座，走出餐厅。托马森和亨特吃了一惊，连忙追了上去。

餐厅里只剩下五个人：伯特兰、我、冯·修特罗海姆男爵、诺伊万施泰因博士和多诺万。

"那个叫莱因哈特的男人，胆子意外地小啊，没一点条顿人的英勇……伯特兰先生，你可千万别以为我们德国人生性胆小啊——"

冯·修特罗海姆满是嫌弃。

"噢，那是当然。我怎会认为德国人民都是胆小鬼呢？说到底是那男人和您或者阿尔施莱格尔姐妹的出身不同，不值得在意。"

伯特兰的语气里带着些揶揄。冯·修特罗海姆则一副失望神情，似还在跟胆小过不去，他没再回伯特兰的话，而是冲桌对面的多诺万道：

"多诺万先生，你对中部莱茵历史的造诣之深，我深感佩服。即使在我德国人民中，如你这般博学之人怕也不多……不过我倒觉得列支敦海姆和福洛本的死不一定系美因茨大司教谋杀。史实就是史实，应该被忠实地接受，你认为呢？"

"您说得不假，但也有一些史实不允许留在历史之中不是吗？男爵先生，我始终怀疑阿尔施莱格尔一族作为美因茨大司教的亲信，一直从事着极为特殊的工作。"

"嚯？你所说的特殊工作是指……？"

"一句话说就是对敌人的怀柔吧。把与美因茨大司教敌对之人邀请到双月城，好菜好酒，收下当狗。

"阿尔施莱格尔一个女系家族，无法身居要职却得大司教悉心保护，但若她们从事着见不得光的工作，一切又都顺理成章起来。设宴款待政敌，不正是女性比男性更适合的工作吗？

"如此一来，美因茨大司教的对头列支敦海姆和福洛本入住双月城的原因也就厘清了。但她们计划落空，两人都没被收买。列支敦海姆可能是看不上对方提出的条件，福洛本则大概纯粹出于对腐败的教会势力的愤怒吧。

"得知怀柔手段没起效，大司教一侧的幕僚焦躁不安，遂打出最后一张牌——暗杀。或许这并非美因茨大司教的本意，而是阿尔施莱格尔家族中个别分子怀柔不成的妄动。"

冯·修特罗海姆默默听着多诺万的话，表情明显露出不快。

"多诺万先生，无论怎样，阿尔施莱格尔一族的身体里流淌着'七大选侯'的血。七大选侯，有投票选出神圣罗马帝国皇帝的权力。阿尔施莱格尔家的品格不是你仅凭推测就可以诋毁的！要搁在那个时代，你这样说就是在向阿尔施莱格尔家提出决斗了！"

多诺万虽未动摇，但心里大概也明白：这个话题再谈下去也没有意义。

"的确……那些都只是我的推测。但是男爵，总有一天我会证明的！"

"随便你吧。"

冯·修特罗海姆不满地哼了一声。

气氛很快僵住，像是缓解僵局，伯特兰也开始说起不可思议的话题。

"话说回来男爵,您客房里有百叶板窗吗?……有啊。那您晚上睡觉可得把窗户关紧喽,即使半夜听见叩响板窗的声音,也千万不要打开啊。"

"叩响板窗的声音?伯特兰,你这话什么意思?"

"没什么,就是刚才听多诺万所说,让我想起自己也听过那个幽灵猎人的传说。但是我知道的版本是这样的:幽灵猎人会在深夜时分敲响居民家窗户上的百叶板窗。若哪家人觉得可疑而打开窗户,幽灵猎人拿着大镰刀,手起刀落,并提着断头飞向高空,不见踪影。所以我认为男爵您还是锁紧门窗为妙啊。"

冯·修特罗海姆悻悻道:

"伯特兰,想我德国人民不会相信毫无根据、装神弄鬼的传说。不管是黑骑士还是幽灵猎人,这些荒诞鬼话都不过是流传在懦弱的外国民间而已。"

"我倒觉得不一定。我刚才看过满月之屋的状况,强烈感觉是幽灵猎人手段干脆地砍掉受害者可怜的头颅。"

"你说什么蠢话呢。伯特兰,你唯一的缺点就是想象力太过丰富。在那场大战中,你我因为某个国家事件斗过法吧。那时你曾说:'我的朋友啊,你确实头脑优秀,但可惜欠缺想象力,所以注定会失败。'现在我将这句话原封奉还:你被想象力束缚,看不清现实,所以注定会失败!"

冯·修特罗海姆握紧拳头,用力一捶餐桌。

伯特兰纹丝不动,语气平稳道:

"多谢您的忠告。但是男爵,这里是您的国家,我没有任何搜查权。当务之急是尽快抓到那个可恶的凶犯,防范第二起、第三起案件的发生对不？——男爵，这是您的职责。

"我只想帮助您，从没想过要抢您的功劳。您是稀世俊才，我打心底里尊敬您，但盼望您不忘本职工作，官职步步高升。"

"哎呀，刚才太激动了……"

冯·修特罗海姆的理性好像回归了。

"伯特兰，我一直深深地信赖你，我相信你对我也怀有无上敬意。即使我们立场有时对立，但彼此的信赖和敬意完全不会改变。我冯·修特罗海姆真的很开心。刚才一时冲动，还请原谅我的冒失。"

"请抬起头吧，男爵。切磋琢磨绝不是坏事。只不过，至少得在一个公正的平台。我们虽是劲敌，但绝对不是仇人……"

伯特兰和冯·修特罗海姆再次握手。

之后的事乏善可陈，晚餐会平安结束。

伯特兰和我，还有冯·修特罗海姆来到大厅，商讨明天搜查行动的顺序。

"我让阿尔贝特明天九点到这儿，实际搜查应该从九点半开始。伯特兰，没问题吧？"

"我没意见，麻烦您了。"

烟草的火光模糊地映照出伯特兰如梅菲斯特般的侧脸。与之相对的，冯·修特罗海姆的单片眼镜也反着光……

少顷，冯·修特罗海姆静静地站起。

"那么明天见了，伯特兰。晚安。"

"晚安，冯·修特罗海姆男爵。"

行了个军礼后，冯·修特罗海姆男爵踏着规整的步伐离开大厅。

新月之死

1

翌日一早和昨天又不一样，阳光灿烂，照耀大地。

我起床打开面向内庭的窗户，将早晨清凉的空气尽收胸腔。带着晨露的微风送来雨水润湿树木的清香。

昨日暴雨似乎一口气洗去心头忧郁，此刻的心情十分晴朗。我吹着口哨来到了一楼餐厅。

餐厅里，冯·修特罗海姆独自吃着早餐看着报。我跟他打过招呼，他也谨守礼仪，起身向我问好。

我坐在他对面，科内根管家将咖啡、小餐包和烤得焦脆的培根蛋放在面前。

我手端咖啡，向冯·修特罗海姆搭话：

"报上有什么趣闻吗？"

冯·修特罗海姆抬了抬头，又把视线转回报纸：

"没什么大事，也就是去年抓住的杜塞尔多夫连环杀人犯——彼得·库尔滕要在今年四月公审。"

先刺杀了八岁少女罗莎·奥尔加，后又接连杀害近二十名男女老少的"杜塞尔多夫吸血鬼"彼得·库尔滕于去年五月二十四日在杜塞尔多夫市被警方逮捕。因短时间大量杀人，库尔滕与从二十世纪初，杀害二十四名青少年的"汉诺威狼人"——弗里茨·哈尔曼并称近代德国两大杀人魔，给世人留下深刻的印象。

"司法大臣赫尔曼·施密特阁下是废除死刑运动的急先锋，所以库尔滕有可能会被判无期……据说杜塞尔多夫市里还有一台法占时期留下的断头台，市民们把那个断头台搬出来，发起'把库尔滕送上断头台'的运动。好像正因为是吸血鬼，所以死刑也要仿古。"

冯·修特罗海姆露出讽刺的笑。

"附带问一句，史密斯，你比我们先住在城堡里，也更清楚事发前后的事，所以你对案件当然也该有自己的想法吧？但你好像一直缄口不言，是时候发表一下你的高见了。沉默虽然聪明，但也要分场合啊。"

"不是我故作沉默，别说意见，我现在脑袋里是一团糨糊，好像踏进迷宫。就算要说，也得等再多搜集一些线索之后……"

冯·修特罗海姆点点头：

"如此说来，想必你是有一些想法的。伯特兰也和你想的一样？"

"伯特兰可不会轻易对我透露他的想法，很多时候我都不知道他在想什么。即使他说出'己见'，也不能确定是否出自他的真心……"

正在这时，餐厅门边响起了脚步声。

"帕特，你就别给我戴高帽了，弄得我头皮发麻……"

伯特兰走进餐厅。他穿着色彩明亮的上衣，胸前口袋里还插着朵花，真如画中的花花公子一般。

"呀，男爵早啊。今天早上天气真不错。昨晚睡得好吗？——看您这状态，肯定睡得很沉。"

冯·修特罗海姆反问道：

"那你呢？看样子你应该也睡得很好吧——"

"在巴黎，我还为我严重的失眠苦恼呢。但这儿空气新鲜，我很久没有睡得这么香了。唉，德国和法国都苦于都市的喧闹和空气污染啊。感觉自工业革命以来，我们在换来便利的同时也失去了很多无法被替代的东西……"

"从你口中听到对文明的批判，还真是令人意外。不管怎样，我们的工作尽是些麻烦事，无论在都市还是在这样的乡下……"

科内根管家跟刚刚一样，在伯特兰面前放下咖啡、小餐包和培根蛋。

"话说回来，男爵，今天打算怎么办？像您这般地位的人应该不会打算一整天和阿尔贝特警长一起，爬来爬去沾一身灰地找线索吧？"

"嗯。你不是说想去满月之塔的塔顶看看吗……我打算跟你一起，也让我见识见识你归纳推理的本事。"

"我最多调查一个小时。在那之后想让帕特带我在城堡里转转，看看内部结构。"

冯·修特罗海姆突然站起，大步横穿餐厅，走近窗边。纤细修长的手指一声一声地敲击窗户，似他内心的焦躁。

不久，冯·修特罗海姆走回来，用力说道：

"伯特兰，差不多该打开天窗说亮话了吧？你昨天究竟在满月之屋里发现了什么？凶手不可能从东窗逃离，史密斯等人已经证实过了。事到如今我不认为再上塔顶能找到什么谜题线索……"

"男爵,您说得对。但您和其他人都忽略了至关紧要的一点。东侧那扇窗户才是解开案件的关键要素。"

"关键要素?何其荒唐——"冯·修特罗海姆双臂大张,耸肩摇头道,"开玩笑也得有个度,伯特兰。凶手明知无法从那里逃离,窗户又怎会是关键?"

"不,男爵,问题就在那里。我从没说过凶手是从窗户逃走的。那扇窗户有更重要、更恐怖的意义——是的,从某种意义上讲,这是昨天聊天时出现的幽灵猎人之窗。"

"幽灵猎人之窗?"

"是的。还记得吗?昨晚我们说过,敲响板窗的幽灵猎人——

"幽灵猎人在深夜敲响板窗,趁受害者开窗探头之际,用大镰刀砍下他的脑袋。男爵,这绝不是比喻,而是真实发生的事情——"

冯·修特罗海姆有些吃惊,叹道:

"伯特兰,昨天我也说过,我很尊敬你,也绝不会胡乱地唱反调——是你弄错了调查方向。你现在正受黑骑士和幽灵猎人此类虚渺东西的迷惑,反倒忽略了眼前事实。想我伯特兰法官明察秋毫,为何连这等事都没注意到……"

伯特兰似乎没听见冯·修特罗海姆说话,专心切开小餐包,在切面抹上黄油。

"您迟早会明白的,男爵。迟早……"

之后伯特兰只是沉默,不管冯·修特罗海姆说什么,都没有要回应的样子。

就在这时,科内根管家禀报阿尔贝特警长到了。

冯·修特罗海姆不情不愿地说道：

"好吧，伯特兰，就按你的喜好去做吧。倘若有什么发现，要立刻和我通气——这是我对你唯一的要求。"

于是冯·修特罗海姆走出餐厅去找阿尔贝特警长了。

"这可是绝景啊，帕特。在这里能俯瞰整段莱茵河。"

伯特兰说着，仿佛要确认三百六十度的广阔视野般，悠然踱步绕圈。

在满月之塔宛如皇冠的顶上。

我们来到满月之屋前的缓步台，和已经在那儿等着的冯·修特罗海姆一起，又往上爬了半圈螺旋梯。

正如昨天阿尔贝特警长所说，那里有面通往塔顶的吊门。冯·修特罗海姆用从管家那里借来的钥匙打开挂锁。推开吊门，眼前出现了个一米五见方的洞穴，正对着蔚蓝晴空。

冯·修特罗海姆、伯特兰和我瞬间双眼微闭，顶着泻进昏暗楼梯间的阳光，鱼贯登上塔顶。

满月之塔塔顶平坦，形如王冠。一圈齐腰高的石墙围住这块直径约十米的圆形。立于圆内，周围山峦、莱茵河与城堡布局尽收眼底。

伯特兰在东面围墙探身下望。城墙加上塔身高度合计有三十米以上，且东侧城墙外约两三米处就是断崖。

案发当时，满月之屋唯一敞开的东窗就在塔顶之下约三米的地方。想要一窥那扇窗就必须把大部分身子探出去。

"帕特，这些用来加固的凸起有点奇怪呢。它们连接塔身的部分比较细，越往外越宽，渐渐展开成扇形——"

听到伯特兰的话，我也仔细观察起那些凸起。

之前我曾提过，为了加固，满月之塔外墙每隔一米五就有个宽约二十厘米的凸起，凸出墙面约三十厘米。换言之，塔的横截面并非完美的圆形，而有点像齿轮。但那些凸起与外墙相接处最多二十厘米宽，越往外越膨胀，到最后有约三十厘米大小。伯特兰说是扇形，我却想到了东方的银杏叶。

那些凸起呈直线排列，一溜延伸到城堡基台，满月之屋的东窗恰好夹在左、右两侧凸起之间。

"房间里的板窗都设计成向内开，是因为这些凸起碍事吧。若向外开，窗户会被凸起挡住，通风换气都不方便。话虽如此，这种建筑样式也真罕见啊……"

伯特兰的注意力似乎已转到城堡的建筑样式，但我思考的和他完全不同。

（能否利用凸起下到地面呢？比如，双手双脚攀住凸起，调节力道，慢慢往下爬，这法子行得通吗？）

伯特兰像看穿了我的心思道：

"如果你在想凶手能否像小说里那样壁虎游墙，借凸起下塔，我劝你就别费劲了，没用的。帕特你看，凸起的扇形部分有二十厘米宽，只能用手指抠住，支撑起整个身体的重量，人类没有超长手指和非凡握力，所以绝无可能做到。最重要的是，案发当晚下着暴雨吧？若手指打滑那就倒栽谷底。我不认为凶手会冒这么大的险用凸起逃脱。"

"那事先在这块围墙石上绑好绳子呢？把两边的绳子一起放下，

拉着绳子降落地面后放开一边,把另一半绳子拉回,也不会留下证据。"

"我不否认有可能,但一来塔顶吊门是锁着的,二来改变不了'雨中下塔三十米,稍有不慎坠悬崖'的危险。先不论经验老到的登山专家,普通人一上来就做不到。更何况我想不通为了把满月之屋设计成密室,凶手如此大费周章的理由。"

"唯一的方法是凶手事先准备好降落伞,从满月之屋的窗户滑翔到谷底。"

我自嘲一般说道。

"拉开降落伞的安全高度远比你想象的要高。这里距离谷底最多一百六七十米。这点高度,很可能降落伞还没完全张开,人就撞到谷底了。"

伯特兰直接否定了我的假设,走到同在我们身旁的冯·修特罗海姆身边:

"男爵,谢谢,可以了。多亏上来看一下,我已经得到有用的信息了。"

"这就可以了吗?一小时还没到呢。"

"哎,对我来说够了,想知道的都知道了……走吧帕特,我们下去,带我逛逛城堡……啊——男爵,别期待凶手在塔顶留下什么痕迹,完全没有。希望您别在这儿浪费金贵的人力、物力了。"

2

走下满月之塔,伯特兰和我暂时回到三楼客房。

诺伊万施泰因博士和多诺万正在公馆盼我们归来。我们四人走进诺伊万施泰因博士的房间谈论案情。

首先，诺伊万施泰因博士从旅行箱里取出一直保管着的红酒瓶交给伯特兰鉴定。伯特兰小心地接过瓶子，向杯中倒入少量红酒，默默抿了一点。暗红色的液体在他嘴里没停多久，就被吐回玻璃杯中。他沉稳地说道：

"诺伊万施泰因先生，您目光如炬，能将这瓶酒完好地保存到现在。确实，酒里掺有士的宁。"

"那么至少在收到这瓶酒的时候，犯罪计划就已经开始实施了？也就是说，虽然不知道是警告还是动真格的，但肯定有人想毒杀莱因哈特？"

"不，在不知道士的宁何时混入红酒的情况下，不能这样草率定论。有可能是莱因哈特打开包装后，有人再下毒的；也有可能是莱因哈特想要毒杀玛利亚；还有可能是玛利亚在演戏。"

"怎么可能！玛利亚小姐竟会演戏……"

"诺伊万施泰因先生，我已从帕特那里听说玛利亚有自残行为。自残是突发性的冲动，无法有预谋地提前备药。所以您否定了玛利亚自己服毒的可能性，对吧？"

"但假设从开始玛利亚准备士的宁就是为了演戏，然后自己喝下毒酒呢？'自残行为'便成了心理上的不在场证明，谁都不会认为她是自己服毒的，可谁又能打包票说玛利亚就不是奔着这个目的去的呢？"

"但、但是玛利亚小姐为什么要演戏？从她身体的衰弱程度来看，毫无疑问酒是喝了，毒也中了。为什么她不惜受这样的苦也要演戏？"

"理由可以有很多：一、营造某人想取自己性命的错觉；二、营造某人想取红酒的原主人——莱因哈特性命的错觉……"

伯特兰指出种种可能。我愣住了，迄今为止我都没这样想过。

"当然，这里只列举可能性。但是先入为主的观念会麻痹我们原有的判断力。帕特，若是平时你一定会察觉到这种可能。但你被玛利亚的'自残行为'迷惑，没有往那方面想。

"先入为主的观念就能这么简单地把人带进死胡同。诺伊万施泰因先生、多诺万，如果你们舍弃错误的先入之见，正确看待事实的话，真相可能意外地简单。"

伯特兰恶作剧般地笑了：

"那么，这瓶红酒就由我介入交给冯·修特罗海姆，让他交给科布伦茨警局吧。虽然我感觉不大会留有投毒凶手的指纹，但也可能会有别的什么发现……"

伯特兰、多诺万和我走下公馆北侧的螺旋楼梯，来到内庭。

和能直接从城门进出的前庭相比，公馆和城墙围起来的内庭给人以闭塞的印象。虽然到处生有树木，但整体确实冷清。

"内庭，又称内城，是城主及其家人居住的区域。而与之相对的，城门到前庭的部分就称作外城。"

多诺万一边横穿内庭一边说明。

我们三人正前往矗立在内庭深处的主塔楼。

主塔楼是坚固的长方体石造建筑，和两边统一样式的满月之塔、新月之塔形成了奇妙的对比。

"如您所见，这虽是平平无奇的四方建筑，但在中世纪的城堡建筑中，主塔楼有着非常重要的意义。当时外敌侵略频繁，主塔楼就是最后的防御要塞。

"若不幸敌人攻入内城，城主及其家人就会通过环廊逃入主塔楼，并用石头封住入口。为了以防万一，塔楼内常备数月分量的水和粮。在援军到达之前，城主及其家人可能会在里面待上好几个月。

"由此可知，主塔楼本身就等于一座坚固要塞，或者说是城中之城。"

"原来如此。"

伯特兰很感兴趣地点点头。多诺万继续说道：

"一看便知，这个内城跟城门、前庭的外城是孤立的。因为当时的城主连住在外城的家臣和用人都不能充分信任。事实上，据说当时城堡沦陷有一半左右的原因来自家臣和用人的叛变……"

"连家臣都不能够信任，当年城主真可谓孤家寡人哪。"

伯特兰说道。

"没错。也是因为当时中欧战争相当激烈，战败后全族会被俘虏，幽禁在不见天日的地牢。男人残忍被杀，女人沦为性奴。所以他们宁可躲在主塔楼里也要殊死抵抗。"

多诺万语气平静。

我们终于来到主塔楼的正下方。在如此近处抬头仰望，主塔楼的威严伴着千钧重量，向我们压来。

"战时以外，塔楼下方部分会作为存粮仓库，也可能完全闲置。战时则会成为收容俘虏和囚犯的地牢，或作为存放刀、枪、箭矢的武器库。据说主塔楼现在还有牢房和武器库。我们去看一眼吧。"

多诺万转到主塔楼的另一面,接近新月之塔的地方。那里有个连着石阶的小入口,入口铁门紧闭。

多诺万取出从科内根管家那里借来的钥匙串,选出一把,打开铁门走进去。我和伯特兰跟在后面,一股霉味冲进鼻腔。

"因为建筑首要任务是防御外部攻击,所以采光和换气都极差。"

多诺万一边说着,一边打开准备好的手电筒,照亮周围。

进门后是一块宽约两米的素土地面,土地那边并排两个五米宽、镶嵌了铁格栅的房间。

"那是监禁俘虏的牢房。"

多诺万解释道。

真是阴森。除了石壁上约三米高的地方开了个边长约十厘米的正方形小窗,这里没有任何设施。凭借窗户漏下来的天光也只能勉强辨别昼夜吧。俘虏被幽禁在这种环境,不出数月一定会疯,或是自我了断。真是个充斥着遥远中世纪嗟怨和诅咒的地方。

我们来到地牢右手边的楼梯,上楼。

"主塔楼一共五层,一楼刚才见过是地牢,二楼、三楼是粮食仓库,四楼是居住空间,最上面的五楼是武器库。因为现在二到四层没有存放任何东西,我们直接去武器库吧。"

伯特兰和我自然没有异议。

登上狭窄的石级,终于来到主塔楼的五楼。

意外的是,五楼窗户开得很大。多诺万松开插销,打开板窗的一瞬间,炫目的阳光射了进来。

北、西、南三个方向各有一扇窗。也就是说三扇窗户各自面向内庭、新月之塔和满月之塔。而唯独没有面朝莱茵河的窗户，这一点与满月之塔刚好相反。

在面向内庭的窗边，我发现一架宛如精妙工艺品的机械装置。那是由木材、杠杆和弹簧组合而成的，装在带有小车轮的底座上，好像还能在室内自由移动。

仿佛注意到了我的视线，多诺万说道：

"史密斯，知道那是什么吗？"

"不，不知道。能告诉我吗？"

"那是中世纪的投石机。就像你看到的一样，主塔楼从下面到上面都呈一条直线，并没有在其他中世纪古城常见的落石口吧？所以当敌人攻到内庭的时候，无法从塔楼上方坠石退敌，取而代之的是用那台投石机。

"可千万别小看中世纪的武器。这投石机的射程能有一百米以上，破坏力好像还相当惊人。为什么塔楼只在第五层三个方向上开这么大的窗户？就是方便投石机迎击想从内庭或环廊攻入主塔楼的敌人。"

跟随多诺万的说明，我想象着中世纪激烈的战斗，只能连连慨叹。

"哦，这真是座中世纪的武器宝库。好像有很多独具历史价值的好东西啊……"

伯特兰的话让我重新环视室内。

几副铠甲并立在点缀着哥白林织锦挂毯的墙壁前，宛如幽灵军队。另一侧的墙边靠立着几柄骑兵长枪。

又一处墙角的箱子里满满地堆放着长剑和短刀。还有地上随意放置的马鞍、马镫,看起来就像个博物馆。

"我记得你说过公馆二楼也有武器和铠甲仓库。"

"那边真的只陈列具有历史价值的武器和铠甲。还是很久以前的城主——阿伽伯特·阿尔施莱格尔伯爵在改造公馆时,为接待各国的来宾特别建造的。"

"那过会儿能带我们也参观参观吗?"

多诺万爽快地答应了伯特兰的请求。

我们登上最后一段楼梯,来到了主塔楼的塔顶。和满月之塔的塔顶一样,围墙呈现王冠的形状,但不同的是满月之塔是圆形,这里的则是方的。

向东望,莱茵河亘古流淌。前方群山渺茫,与云雾相接。山体基本被深绿色针叶林覆盖,在那之间零星点缀着广叶树光秃秃的树干。

这是晚冬向早春之间,中部莱茵河谷美丽的风光。

(但不能忘记的是,在这美景之中,恐怖的悲剧正在上演。凶手可能还藏匿于城堡中。一定要尽快帮伯特兰抓住那个凶手……)

我暗自用力,握紧拳头。

回到公馆时,差不多已到正午,所以参观二楼武器和铠甲仓库便留到午餐后,我们先去餐厅享用一顿简餐。

诺伊万施泰因博士已在餐厅里大快朵颐,看见我们,还挥动右手的叉子招呼道:

"有什么收获吗,伯特兰?"

"嗯。知道了很多很有趣的事情。"

伯特兰说着坐到桌前，并吩咐女仆上一杯红酒。

"话说回来，怎么没见莱因哈特他们啊？"

"我也有点在意——自从昨晚听了几则传说，那演员精神好像受了打击，从今天早上起就寸步没离开过房间，还一直叫唤那个胖导演和经纪人。没准这是种神经衰弱的症状吧。"

诺伊万施泰因博士刚说完，从满月之塔回来的冯·修特罗海姆也走进餐厅。他点了杯啤酒后，和我们一样坐在了餐桌前。

"怎么样，男爵，有线索吗？"

"嗯。拿到了几张好牌呢。"

冯·修特罗海姆摘下单片眼镜回答道。

"伯特兰，你那边如何？刚才你好像登上主塔楼塔顶，眺望远景了吧……"

"我从多诺万那里学习了城堡的相关历史，可谓收获良多啊。"

德、法两大侦探都像试探对方一般，做着肤浅的应酬。

就在此时，电影导演托马森和莱因哈特的经纪人亨特走进餐厅。两人昨晚似乎都没休息好，满身倦气。

他们径直走到冯·修特罗海姆身边：

"冯·修特罗海姆男爵，我代表库尔特·莱因哈特前来……"

经纪人亨特郑重其事地说道。

"请说。"

"库尔特·莱因哈特希望今天离开城堡回国，您没有异议吧……"

"那可不行。案件没解决，谁也不可以离开这里。"

"为什么？案件发生当晚，无论满月之塔的入口铁门还是满月之屋的房门不都上了锁，加了门闩吗？很明显莱因哈特和我们都无法进入房间将人杀害。

"莱因哈特的电影在好莱坞很卖座。结果现在为了不知道什么时候才能解决的杀人案而被禁足好几天，损失算谁的？柏林警方会赔吗！"

亨特的话势如江河，滔滔不绝。

老实说，我没想到这个亨特能当着冯·修特罗海姆的面交涉得如此出色。因为亨特这人给我一种总躲在莱因哈特和托马森身后的印象，没想到竟如此能言善辩。不愧是在雁过拔毛的电影界能担任莱因哈特经纪人的男人。

"很遗憾，不得不说现在凶手很可能就在城堡住客和用人之中。"

冯·修特罗海姆说得明确。

"但是证据呢？被杀害的是阿尔施莱格尔姐妹中的哪一个都还没能确定，杀人动机也没搞清楚。再说案件当晚包括莱因哈特和我们全部住客都在双重锁闭的满月之屋外面，我们都有不在场证明。

"总之，既然没有明确证据，柏林警察就无权把我们禁锢在这座城堡中。请快点允许我们动身。否则我会向柏林的美国大使馆控诉柏林警察的暴横！"

亨特也毫不示弱。

诚如亨特所言，毫无证据地拘禁外国人的自由是有问题的。即使凶手就在城堡住客之中，那也不过是冯·修特罗海姆的推测，到现在还没发现足够证实此推测的实证。

如果冯·修特罗海姆强行拘留他们,驻柏林的美国大使馆会立刻向柏林警局局长提出抗议,冯·修特罗海姆很可能会下台。

"亨特先生,我明白您的意思。但可以再宽限三天吗?在此期间我们一定会解决这起案件。我希望您能说服莱因哈特先生暂停行程,多逗留三日。

"不管怎么说,被害人有可能是莱因哈特先生的未婚妻。你们也想尽快抓到凶手吧?"

冯·修特罗海姆低沉而有力地说道,似乎这已是他最大的让步。

亨特也无法再反对。

"那就三天,我去做莱因哈特的思想工作。"

与冯·修特罗海姆约定完,亨特和托马森走出餐厅。

"瞧那浑蛋情夫,终于忍不住了。话虽如此,他不敢亲口提回国,还要靠经纪人来传达……真是个懦夫……"

冯·修特罗海姆又啐了一口,从容转向伯特兰,笑道:

"伯特兰,我不得不在三天内结案。虽然也不是什么难事……你怎么样?我想,三天对你来说不至于不够用吧?"

我看着伯特兰,又看看冯·修特罗海姆的神情。

他明显在向伯特兰下战书!冯·修特罗海姆好像有自信三日破案,又拿相同的条件来挑衅伯特兰!

伯特兰闭眼思忖片刻,睁开眼平静地点点头:

"男爵,我伯特兰从不会在别人的挑战面前转身逃走。好吧,我接受这次挑战。三天后——就正午吧,我会说明案件真相,也请男爵遵守约定。"

"没问题,这才是我毕生的劲敌。让我们祝愿彼此好运。"

伯特兰和冯·修特罗海姆双手用力一握。

德、法两大侦探的推理战,就在双月城这个战场拉开序幕——

3

餐后,两大侦探分头行动。冯·修特罗海姆在阿尔贝特警长的陪同下搜查卡伦和玛利亚的房间,伯特兰、多诺万和我则由科内根管家领路,参观公馆二楼的武器库。

科内根管家推开两扇巨门,生锈的合页一阵微响,扑面而来的是房间因长期封闭而特有的附骨阴气和阵阵霉味。

这里集中展示着中世纪铠甲、防具和武器。房间相当宽敞,二楼的一半几乎都被它占据。

百叶窗扉紧掩,厚重窗帘也遮得严实,使本就散发着阴惨气息的中世纪武器、防具更显阴森。

房间中央台座上陈列着各式铠甲。墙边一处的陈列柜里摆放着大小不一的短剑和石弓,对面墙角的玻璃柜里,挂着台座放不下的铠甲。

和满月之屋一样,墙壁上挂着哥白林挂毯,其上还插着长剑和长矛。

伯特兰看得津津有味,走近放在中央台座上的铠甲。

"太棒了。不仅保存得好,养护也很细致。"

他问向旁边的科内根管家:

"科内根,城堡里一共多少副铠甲?"

科内根心算片刻：

"保存完好的有三十副左右，若加上只有个头盔或护臂的残品，那一百件都不止。"

"哦，真了不起啊。仅这些就已是绝好的旅游资源了，为何阿尔施莱格尔姐妹不开放参观呢？"

"因为卡伦小姐很讨厌普通游客进堡。小姐说不打算靠先祖遗物来赚钱……"

趁伯特兰和科内根交谈的间隙，我在一旁仔细观察台座上陈列的铠甲。

跟主塔楼武器库里随意摆放的铠甲相比，这里的铠甲好像有些过于精美了。当然之所以建这个仓库，本就为了向公馆住客展示自己的藏品吧。

铠甲种类也像在诉说时代变迁。台座上从最古老的诺曼征服时期的连环甲，到十五世纪中期的哥特式金属铠甲、长枪马战的锁子甲、无帽檐的阿梅尔式铠甲等，一应俱全。

其中最引人注目的正是和满月之屋里一样的马克西米利安式铠甲。铠甲表面有独特棱条，加上华丽的装饰，威风凛凛地坐镇台座中央。

"帕特，看着这些铠甲，我由衷体会到铠甲的进化史就是人类战争史啊——"

伯特兰感慨良多：

"就像古罗马时代，武器只有匕首或短弓，所以硬化动物皮革，再缝制成衣的皮甲是主流。不久后随着铁器的发展，剑与矛成了主流武器，将细碎金属片像鱼鳞一样拼接而成的鳞状铠——所谓的鳞甲、锁子甲也发明了出来。但随着更强大的武器——石弓、长弓的出现，现有防具又没了效用，这时金属铠甲——板甲登场了。"

"在那之后，板甲再进化为马克西米利安式铠甲那样的完全武装型铠甲，是吧？"

"是的。据说技术突变在十五世纪到十六世纪，铠甲很快便完成了更新换代。然而在那之后，枪弹武器高速发展，铠甲渐渐沦为无用的摆设，终于被集团作战的近代战争完全废弃。"

伯特兰靠近台座，眼神充满敬仰，盯着那副马克西米利安式铠甲。

"在先前大战中我就已感觉到，现代战争就快要失去荣誉、尊严这样的精神。当然不管什么时代，战争都是悲惨无情的，但在身披铠甲斗争的那个年代，至少还有'骑士道'美德，至少还有些许'战斗前互报名号，对敌人心怀敬意'的空间。可现代战争呢？没指望。有的只是海量的杀戮和国家、民族、宗教这些连概念都还厘不清的东西在对立。"

伯特兰如此吐露心声实属罕见，听着他的话我心情复杂。

在之前的大战中，伯特兰从事的是谍报活动。虽然彼时之事他对我闭口不谈，但从任务性质推测，那些都关乎国家内幕。在国家面前，毫无疑问，个人的尊严和骄傲是多么微不足道。

伯特兰之所以会回忆大战，大概和冯·修特罗海姆不无关系。此二人在战时各自背上祖国荣誉交战，他俩也都承认。正因如此，我心存一抹不安，怕伯特兰失去了往日的冷静。

扬言要三日破案的冯·修特罗海姆明显是在挑衅，挑衅伯特兰接受同等条件解决案件。虽然伯特兰应战，但仔细想想，对他来说这个条件相当不利。

伯特兰是法国警察，当然在德国境内没有搜查权。这一点上，不仅拥有搜查权，而且能自由指挥下属的冯·修特罗海姆就比他强出太多。本来还有个对伯特兰有利的条件：三天之后演员要走。三天便是强加在冯·修特罗海姆身上的期限，可伯特兰竟然也接受了同样的期限，相当于给自己上了两道枷锁。

仔细分析，伯特兰完全中了冯·修特罗海姆的计，不得不在客场不利的条件下接受挑战。

伯特兰真能在如此困难的状况下，在三日后的正午之前解决案件吗？虽然任何情况下我都相信舅舅，但这次对伯特兰来说也太不利了。

伯特兰似乎并不知道我的担忧，还在跟科内根说话：

"这些铠甲还能穿上身？"

"当然。诚然十六世纪以后制造的部分铠甲并未投入战争，只用于典礼和阅兵式，但全都是按照真人大小设计的。"

"放在满月之屋里的马克西米利安式铠甲也是？"

"是啊。包括对称的新月之塔上新月之屋里的铠甲，都是为了缅怀从盗贼骑士团手中夺回城堡的先祖卡尔大人而设，所以皆为实战中使用过的铠甲。"

"哦？新月之屋也有铠甲？这我倒不知道。"

"除了那些地方，城堡里还有很多地方都摆放着装饰铠甲。连接一楼大厅到玄关之间放了一副，四楼小姐们寝室前的走廊里也有一副。"

听着科内根的说明，伯特兰陷入短暂沉思。

"满月之屋的铠甲腰间的青铜剑鞘里还插着长剑……其他铠甲也都佩剑吗？"

"是的，因为剑也是铠甲的一部分。怎么了？"

"没，我在想如果那些剑能够使用，那么至少凶手不会在凶器上捉襟见肘吧。"

伯特兰一边说着，一边轻笑着面对科内根疑惑的表情。

就在这时，调查完四楼卡伦和玛利亚房间的冯·修特罗海姆闯进来，对科内根说：

"科内根，我想调查新月之塔。请给我钥匙。"

目送着科内根依言回房取钥匙的身影，伯特兰问冯·修特罗海姆：

"男爵，您调查新月之塔是要作何？那座塔应该跟本次案件完全无关吧？"

"哼哼，伯特兰，这就是你的归纳推理跟我的现实搜查方针不同之处。你通常都会假定一两件事实，由此判断凶手行动，最后证明此假说，因此你完全不会在意假设之外的事情。但我冯·修特罗海姆不同，我会把所有可能性收入囊中，再依次验证它们。

"行踪不明的另一个双胞胎去了哪里？虽说要离开城堡必定要通过城门吊桥，但案件发生的早上，守门人说放下吊桥后没人出过城。若是如此，那双胞胎姐妹中的另一个毫无疑问还藏在城堡之内。

"我之前就已命令阿尔贝特在城堡内全面搜查，但到现在都还没有发现那位失踪的城主，所以她绝对藏在还没搜过的地方。哪里没有搜过？新月之塔。

"要不你也一起来,如何?我可不是独享搜查成果的小心眼。之后你再说'是因为你没告诉我关键情报才输了比赛',那我也只好表示遗憾了。"

冯·修特罗海姆自信满满的腔调让我微微反感。但意外的是,伯特兰很平静地接受了提议。

"若能这样,那真是帮上大忙了……男爵,请让我一同前往。"

科内根拿着钥匙走在前头,手拿电筒的阿尔贝特警长、冯·修特罗海姆、伯特兰、我和多诺万从公馆三楼北侧出口进入环廊,前往新月之塔。

现在是下午三时许。阳光给双月城镀上一层明媚的亮金色,但太阳已低垂。这个点,暮暗将急速迫近而来了吧。

我曾经多次经南面环廊造访满月之塔,但北面环廊我还是第一次来。

隔着内庭可望见南面环廊。我曾在房间窗口看见几乎整个城堡的人都堵在满月之塔下的铁门前——而这异象不过发生在前天早上。换算成时间,不过也就短短五十多个小时以前。如此想来,这五十多个小时是多么让人眼花缭乱!

我的心还沉浸于感慨,大部队已到达新月之塔的入口。

外观上新月之塔和满月之塔分毫不差,都是用和城墙同等材质的淡黄白色石材建造的,圆塔外墙上每隔一米五就有一个用于加固的凸起。

科内根管家从大钥匙串中选出钥匙插入铁门的钥匙孔,慢慢转动。

"咔嚓"一声后，他拔出钥匙。铁门随合页的嘎吱声徐徐向里推开。跟满月之塔一样，门内有个两米深的玄关。但从那里往上延伸的螺旋楼梯却和满月之塔的顺时针方向相反，这座新月之塔是逆时针上旋的。因此螺旋楼梯位于玄关右手边，左侧的通道绕塔底部半圈，与通往主塔楼的环廊相连。

阿尔贝特警长拿着手电率先上楼，在他后面依次是科内根管家、冯·修特罗海姆、伯特兰、我和多诺万。

多亏警长的电筒灯光和从墙面枪眼泻进来的阳光，即使螺旋楼梯有些昏暗，还是能看清脚下。

我们沉默地登塔。

在上到大约第五圈时，走在前方的科内根管家回头对我们说：

"这里的内圈墙面因老化而坍塌，现正在人工修补。楼梯间堆放着沙袋和砖块，请小心。"

阿尔贝特警长同时用手电照亮前方。

果然如管家所说，螺旋梯左侧内壁出现一处三米宽的塌陷，可以窥见里面漆黑的暗沟。大概是为防失足跌落，塌陷处周围用绳子结成蛛网，且前后都堆放着沙袋和砖块。

我想起初抵城堡那天夜里，多诺万曾和我说过新月之塔的一部分因为老化而坍塌，正在进行维护。所谓的维护就是指这个吧。

因为沙袋和砖头，螺旋楼梯变得更窄了，只允许一人侧身贴右侧墙面通过。伯特兰和冯·修特罗海姆为了不弄脏衣服，走得十分艰难。

全员平安通过后，我们又沉默着向上走。

又绕了两三圈，从进入新月之塔后攀升总圈数来算，应该是爬了六七圈。就在我开始喘起来的时候，众人终于到达新月之屋前的缓步平台。

平台左手边有扇厚重的橡木门，门上有个黄铜把手。不用说，这就是新月之屋的入口。

科内根管家又拿出了钥匙串，择出一把，插入黄铜制把手下的锁孔，接着拉下把手。响起开锁声音后，橡木门向内侧打开。

我想从门缝窥看新月之屋内部，但因板窗紧闭，屋内太暗，什么也看不清。科内根管家从警长手中拿过电筒，走进新月之屋，依次打开三扇板窗。

虽说时近黄昏，但对之前已经适应了昏暗的楼梯间的我们来说，依旧炫目的阳光洒满新月之屋，我不禁发出赞叹。

"好了，那么就让我们叨扰一下传说中的房间吧。"

冯·修特罗海姆罕见地用半开玩笑的口吻说道。他先人一步走进房内，我们也跟着进去。

新月之屋内部与满月之屋惊人地相似，更准确地说，这两个房间是特意布置为左右对称结构的。如果主塔楼是一面巨大的镜子，镜子里映出的满月之屋就是新月之屋的房间布局，这么说可能更容易理解。

房间形状也是从直径十米的正圆里割出一角弓形的缓步台。若说满月之屋是从上弦月向满月变化的过程，那么这里则处在从满月向下弦月变化的过程。

房间北、东、南三面各有一扇窗，和满月之屋完全一样。

可除此之外，所有家具则与满月之屋镜像对称放置。比如，在满月之屋南窗下的简易木床，在新月之屋则被放在北窗前。

同样地，满月之屋东窗和北窗间的桌椅，在这里也被挪到东窗和南窗之间。满月之屋入口右手边——贴床脚的胡桃木衣柜，在这里则位于入口的左手边，紧挨着置于北窗前的简易床。

在东窗和北窗之间，亦设一面做工精巧的镶边落地镜。虽然满月之屋里的镜子已经粉碎，但这边的镜子则完好无损。

就连一众家具中最大放异彩的中世纪铠甲，也挺立在满月之屋对称的位置——门口靠南约一米的墙边。

马克西米利安式铠甲——表面有无数棱条的全覆型铠甲，铁台座支撑起整副铠甲，腰间也佩有青铜剑鞘和长剑。

墙壁上依旧挂着哥白林挂毯。至于图案是否完全一样，恕我无法分辨。

伯特兰好像对室内很感兴趣，一面环视房间，一面对冯·修特罗海姆说：

"男爵，看来这房间最近都没藏过人啊……床铺也没有使用痕迹，最重要的是，这里根本没水……请看这个。"

伯特兰拿起书桌上的旧式煤油灯：

"自案件发生已过去两个昼夜，但这盏油灯完全没点亮过。灯罩处没有附着煤灰，灯油也基本是满的。如果那个行踪不明的双胞胎藏在这里，那说明她在没水、没灯的情况下住了两天两夜。"

"她躲起来是不让别人发现。只是没有灯而已，还是可以忍受的吧。"

"男爵聪慧过人，这可不像您会说的话啊。请仔细想想，三面窗户都是板窗，且都紧闭，根本不需要担心晚上会漏光。相反地，因为白天不能打开板窗，所以更需要灯光。综上，要是双胞胎中的一人藏在房间里，肯定会使用这盏油灯。但现在油灯完全没动过，就证明了打从开始就没人藏在房间里，不是吗？"

"话也不能说死。比如，她可能预先拿了只手电筒进来。"

"下面楼梯间里工匠还在修补内墙，她晃着一把手电上来？"

伯特兰和冯·修特罗海姆激烈争辩。

"好，伯特兰。我收回双胞胎其一曾藏匿于新月之屋的假设，接着重新思考。像这样把能够想到的可能性一个个地排除，最后一定会得出真相。"

冯·修特罗海姆似在狡辩。

伯特兰正打算把煤油灯放回书桌，突又端详起来，转头问向科内根管家：

"科内根，这盏灯真是奇怪啊。不单比一般的煤油灯大了不止一圈，点火口上不知为何还蒙上一层细铁丝网——是有什么特殊用途吗？"

"这……我也不知道……"

科内根管家摇摇头。

就在这时，我听见一串慌张的脚步声跑上螺旋楼梯，一位身着制服的警察出现在新月之屋门口。

"修特罗海姆主任！科布伦茨市局送来情报！"

面对职级高出自己太多的上司，这名刚过二十岁不久的警察声音紧张而颤抖地报告要事。

"等等，我马上来。"

冯·修特罗海姆举手阻止那名警察说下去，自己走到新月之屋前的缓步台。

在平台，年轻警察向冯·修特罗海姆汇报了某些情况。可惜他的声音太小，我在新月之屋里听不清谈话内容。相反，冯·修特罗海姆不时回应的"是吗""我知道了"则清楚地传进耳朵。

报告好像结束了，只听见冯·修特罗海姆一声"辛苦了"，接着响起一串和来时一样匆匆却渐远的脚步声。

冯·修特罗海姆返回新月之屋，徐徐环视我们道：

"刚才科布伦茨市总局传来了惊人的报告。因为这份报告非常重要，我要通知居住在城堡里的所有人。我已命刚才的警察通知莱因哈特他们到公馆一楼大厅集合。伯特兰，你没有异议吧？"

"当然，冯·修特罗海姆男爵阁下。"

伯特兰带着点讽刺的口吻回答道。

"很好。那么麻烦各位，全员移步一楼大厅。阿尔贝特，你走前面带他们过去。"

接到冯·修特罗海姆的命令，阿尔贝特警长立马拿起手电筒，走出新月之屋。伯特兰走在他身后，我和多诺万也跟了上去。

在走出新月之屋的时候，我听见留在房间里的管家问冯·修特罗海姆：

"冯·修特罗海姆大人，我可以暂时留在这里吗？我得把板窗关上锁好门，还要检查一下家具……"

"好的，科内根。但是收拾好房间要立马去大厅。"

冯·修特罗海姆说完，跟在我身后走出新月之屋。

4

一楼大厅里，已经如那天阿尔贝特警长集中问讯时一样，以火炉为圆心摆好了半圈椅子。

冯·修特罗海姆坐在那天阿尔贝特警长所坐的位置——半圆一头靠近炉子的那把。在他旁边，阿尔贝特警长一动不动地站着。

莱因哈特被托马森和亨特两人说动，终于现身。之前问讯时还目中无人的莱因哈特，现在完全蔫了，不安的目光不断扫视周围。

托马森和亨特两人好像已经看开了，各自坐在椅子上，托马森抱臂沉思，亨特则闭眼靠在椅背上。

诺伊万施泰因博士坐在莱因哈特他们对面。

伯特兰、多诺万和我在剩下的座位中顺次坐下。车夫兼马厩管理员弗里茨和女仆弗里达，还有数名用人也在场。

"等科内根管家到了，案件主要关系人就都到齐了吧。"

冯·修特罗海姆喃喃自语，阿尔贝特警长像弹簧蹦起来似的不断点头。

自那之后过去约十五分钟，科内根管家才一脸歉意地走进大厅。大概是收拾新月之屋加锁门费了一番功夫，他一直用手帕擦拭双手。

确认管家落座后，冯·修特罗海姆突然从椅子上站起，环视围炉而坐的众人，口气沉重地说：

"这次召集大家来——"

仿佛在确认发言效果，冯·修特罗海姆说话一字一顿，并确认在场众人的表情：

"是因为，就在刚才，我收到科布伦茨市警察总部发来的一条极其重大的情报。这条情报直接打破了目前胶着的搜查状态，我相信此情报会使在满月之屋发生的杀人案件出现戏剧性的展开。"

"哦？到底是什么情报呢，修特罗海姆男爵？"

诺伊万施泰因博士的表情充满好奇。

"情报本身很是简单明了，一句话就能说清。

"我已命令科布伦茨全市警察搜索市内以及周边的牙医。目的是找出与阿尔施莱格尔姐妹联系过的牙医。

"看过牙齿的都知道，牙医能取得患者详细的齿形，只要能得到齿形，再比对满月之屋里的头颅，就可知被害者的身份。

"现在科布伦茨市的警察终于找到了那位牙医。幸运的是姐妹俩都在那位牙医处就诊过，牙医手上有她们的齿形。法医将齿形与满月之屋里的头颅比对，结果——"

冯·修特罗海姆停下来，一个接一个看过在场关系者的表情。在场每个人都咽了口唾沫，引颈以盼冯·修特罗海姆下面的话。

大厅里充满了沉重的空气，只有大时钟嘀嗒读秒声在空洞地回响。

似欲打破沉默，冯·修特罗海姆的声音再度响起：

"满月之屋里发现的头颅齿形与玛利亚小姐一致。因此在满月之屋里被杀害的无疑是双胞胎中的妹妹，玛利亚·阿尔施莱格尔小姐。"

一瞬间，大厅的空气冻结了。

冯·修特罗海姆的话就像炸弹般当场爆炸。

在满月之屋发现的尸体无疑是双胞胎中的妹妹，玛利亚·阿尔施莱格尔。

那么事情就如之前我想的那样，不存在换衣服混淆被害者身份。玛利亚从一开始就独自待在满月之屋，并在那儿被某人杀害。

我又想起昨天阿尔贝特警长带来的重大情报。

满月之屋里的尸体完全没有妊娠迹象。

虽然当初还有过疑惑，怀疑死者并非玛利亚而是姐姐卡伦，但现在已确认死的是玛利亚本人，故怀疑的前提错误，即——

玛利亚根本就没怀孕！那么在晚宴上，她说的怀上了莱因哈特的孩子，毫无疑问是逼姐姐卡伦认同她与莱因哈特的婚事。当然做戏做全套，事前她也向莱因哈特撒谎自己怀孕了吧。

玛利亚可爱的心机让我胸口一紧。

可怜的玛利亚！为了和莱因哈特结婚，都不惜做到那种程度吗？但莱因哈特绝非良人，并不像你想象的那般诚实。为了他，你最后竟被那样残忍杀害，凶手是谁都不知道——

"不可能！绝对不可能！玛利亚确实跟我说她怀孕了！"

突然，莱因哈特从椅子上站起来大喊。看来他也想到了我之所想。

冯·修特罗海姆蔑视着莱因哈特道：

"你怎么能明白玛利亚小姐的一片苦心呢？一想到纯洁的玛利亚小姐被你这样的男人糟蹋，我就气不打一处来。虽然她的死令人惋惜，但好在至少不用和你这样的男人结婚，现在我只想祝福她的在天之灵——"

莱因哈特哑口无言地僵立原地，听着冯·修特罗海姆尖酸刻薄的嘲讽。

"修特罗海姆男爵阁下！那卡伦小姐——"

科内根管家一脸苍白地问冯·修特罗海姆。

"很遗憾，还没有关于卡伦小姐行踪的消息。但科布伦茨市的警察正全力搜索她的行踪。一定会找到的。"

冯·修特罗海姆向管家投去安抚的视线。

"玛利亚小姐的遗体明天就可以从市警察总部运回来了。科内根，虽然很痛心，但还请麻烦你厚葬玛利亚小姐。"

"当然。我在城堡里工作超过三十年，没想到我这老头竟要送玛利亚小姐先走……"

耿直的科内根管家说到这儿，便再也说不下去了。

这时伯特兰突然像想起什么似的，问管家：

"科内根，说到遗体，我才想起，这座城堡里有纳骨堂吗？一般来说，像这么大的城堡里，是会设安置历代家主遗骨的纳骨堂的……"

一瞬间的迷茫过后，管家严肃回道：

"有。主塔楼的下方就是纳骨堂。"

"一楼地牢的下方？"

"是的。之前您走马观花可能没在意，牢前地面的一部分是盖板，从那里可到地下。地下便是收纳阿尔施莱格尔一族历代遗骨的纳骨堂。卡伦和玛利亚小姐的母亲玛格丽特夫人也长眠在那里。"

听着科内根管家的话，我想起上午参观过主塔楼阴森的第一层，没想到地下竟还有个灵堂。

光想起那座阴森森的主塔楼就仿佛能闻到尸臭，我不禁一颤。

冯·修特罗海姆也像和我不谋而合,只见他沉默着,额头的皱纹变得更深,一副拼命忍受内心苦涩般的表情。

但下一瞬间,冯·修特罗海姆便恢复原貌,高声宣布:

"总之,我们总算弄清了被害人的身份。搜查还在稳步进行。我代表柏林警方在此重新宣告——

"在接下来的三天里,我定会解决该案。对各位住客造成些许不便,也请大家谅解。

"我来自法国的好友,本人毕生之劲敌伯特兰先生也会亲自出马,在相同的期限解决案件,让我们拭目以待——"

随后冯·修特罗海姆就像舞台上致辞完毕的著名演员一样,深深地鞠了一躬。

"弗里茨,我有点话要对你说……"

散会后,伯特兰叫住了正准备走出大厅的车夫兼马厩管理员。

"怎么了,贵客?"

"东侧城墙和背后的断崖之间,有一条宽两三米的岩石平台吧。我想去那里看看。主塔楼旁边城墙上有扇门,穿过那扇门就能到平台那里了吧?那扇门的钥匙是你保管对吗?"

弗里茨的眼中闪过一丝惊讶。

"正如您所说。但您是怎么知道的?"

"这很简单。科内根管家上了年纪,要去连扶手都没有的断崖,未免太过危险。只能由像你这样身体灵活的年轻人来代劳了。"

伯特兰笑道。

"原来如此。那扇门的钥匙的确由我保管,就在前庭马厩的桌子抽屉里，我这就去取来。"

"不用，我们想和你一起去马厩。"

伯特兰的话让弗里茨现出疑惑，但也立马答应。

伯特兰、我还有弗里茨通过公馆西面的用人专用门来到前庭，沿着北面城墙进入马厩。

马厩里除了载我来城堡时拉车的栗色马外，还有三匹马，小屋里充斥着马身上独特的体味。

马厩入口的左手边有道木楼梯通向二楼。我们三人登上楼梯，来到一个宽约三米、深约五米的小房间，这里是弗里茨的办公室。

小房间内置办公桌椅各一，外加一把简朴的长条椅子。弗里茨招呼我们坐上长椅后便拉开抽屉找起钥匙。

"弗里茨，你已经在这里工作很久了吗？"

伯特兰面向弗里茨的后背问道。

"是的，已经三年了。"

弗里茨背对着我们答道。

"来这儿之前你是做什么的？"

"和父母一起种田。本来我出生于阿尔施莱格尔家博帕德附近领地里的一户农家，因从小喜欢马，所以三年前来城堡里担任车夫兼马厩管理员。"

"在这里的工作如何？工作顺利吗？"

"嗯，是的。大家对我都挺好的。"

"那阿尔施莱格尔姐妹对你怎样？是好主人吗？"

一瞬间弗里茨的动作停下了，回头看向伯特兰。他的表情坚决，脸上写满了"用人不能对外人说主人的坏话"，措辞谨慎地回答：

"小姐们真的是好主人。特别是玛利亚小姐,每当她乘我的双轮马车去科布伦茨时,总是轻松愉快地对我说:'弗里茨,我要出城,帮我备好马车。'那是我最期待的事情。可小姐竟然在临终前经历了那么残忍的事情,我到现在都不敢相信。"

弗里茨的脸颊浮起微红。我直觉这位纯真的年轻人大概是对玛利亚抱有思慕之情吧。

"弗里茨,你知道莱因哈特曾在这里住过,还是前任车夫夫妻的孩子吧?"

"以前听科内根管家说过。没想到那位有名的好莱坞电影演员竟然……真让人意外。"

"当得知莱因哈特要和玛利亚小姐结婚,你是怎么想的?"

"最初无法相信。但那位先生暂居在城堡期间,玛利亚小姐好像很幸福。如果与那位先生结婚能让玛利亚小姐幸福的话,我作为用人又为什么要反对呢?"

"但是今天修特罗海姆男爵宣布玛利亚小姐并没有怀上莱因哈特的孩子……"

"老实说,我也认同修特罗海姆男爵的话。但从那位先生的言行中,丝毫感觉不出他为玛利亚小姐之死而哀悼。若小姐怀着那种不真诚的男人之骨肉死去的话,也太可怜了。在这一点上我认同这样走掉对玛利亚小姐会更好……"弗里茨虽一脸纠结,但很快回过神来,立马红着脸低下头,"抱歉。我一个用人,僭越了……"

"你不需要道歉,很感谢你说出你的真实想法。玛利亚小姐如果知道你的真挚感情,也一定会很开心的。"

听到伯特兰的话,弗里茨露出了腼腆的笑容,又转身翻找抽屉。

很快,他从抽屉里取出了一把旧式大钥匙。

"找到了。这就是通往岩台的门钥匙。"

"那么我们现在就过去吧。太阳很快就要下山了,我想在那之前看一下那条岩石台。"

我跟着伯特兰站了起来,忽然注意到房间深处的墙上有个大架子似的东西。

它跟大号餐具橱差不多,在粗木框骨架上方张开一面铁丝网,其中似乎有什么小动物在活动。

"弗里茨,那个架子一样的东西是……"

"噢,那是鸽舍。我一直在照顾它们。"

哦,如此说来,的确能听见鸽子的咕咕声。

一边照料马一边饲养这些小鸟,他不累吗?我的念头甫一出现,便看见弗里茨望向鸽舍的温柔眼神。这个男人真是打心底里喜欢动物呢。

"帕特,快点,太阳快下山了。"

在伯特兰的催促声中,我们三人出了马厩。

5

从用人专用门返回公馆,穿过一楼前往内庭,横断内庭直奔主塔楼方向而去。

主塔楼往新月之塔的北段城墙上有一扇上缘呈拱形的小铁门。弗里茨将钥匙插进门锁,伴随着合页生涩的声响,铁门在我们面前打开。

那是一条仅容一人通过,只有城墙厚度的门洞。弗里茨领头,接着是伯特兰,最后是我,依次走进洞中。

门洞长约三米,尽头还有一扇铁门。毫无疑问,门外就是狭窄的岩石平台。

弗里茨又将钥匙插进锁孔,转向我和伯特兰,略带紧张地说道:

"小心哦,马上就要上岩台了,岩台没有栏杆扶手,不时还会从谷底吹上来强风。请千万注意别在风中一脚踩空哇。"

伯特兰和我都深深点头。

弗里茨慎重地捻动锁孔里的钥匙,待开锁后慢慢推开门。"嗖"的一声,门洞里灌进强风。

"弯腰,减少受风面积。"

弗里茨说着,自己也弯下腰,一步一挪踏足门外。伯特兰和我也学着他弯腰挪步。

一出门,壮观的景色呈现眼前。

虽在满月之塔和主塔楼顶见过同样的景色,但那两处都有围墙防护,狭窄的岩台没有护栏,行至两三米就是陡峭的悬崖。

以远处山峦为背景,莱茵河划出一条柔和的弧线,由南向北流去。我清楚看见岩石台下方远处溪流清冽,蜿蜒流经眼下的森林,最终注入莱茵河。

现在我才深深体会到,没有围墙护身带来的安全感还谈何壮丽,大自然生猛的存在就足以把人击倒。

"帕特,你怎么了?因为太高而脚下发软吗?"

伯特兰冲我搭话，我才回过神来。

他好像对眼前雄伟的景色毫无兴趣，只是让弗里茨带路，朝满月之塔走去。我也慌忙跟了上去。

到达塔下，伯特兰蹲在墙根附近，仔细地观察岩台表面，似乎在寻找着什么。但是案发之后的几场暴雨早将那里完全冲洗干净，并没有发现什么可疑痕迹。

伯特兰终于站起身，抬头仰望满月之塔。

他现在所在的位置，正好在满月之屋东窗正下方，之前提到过的用于加固的凸起滑过窗户两侧，排成两溜直线，延及伯特兰脚边。

（难道伯特兰在思索凶手如何用凸起下到岩台吗？但这条路不是被他否了吗……）

我猜不到伯特兰的真正意图。

"帕特，你过来，看一下那里。"

突然，伯特兰招呼我过去，右手指向塔壁的一部分。我走到他身旁，顺他手指看去。

满月之塔的黄白色墙面上到处被藤蔓覆盖，其中一根软塌塌地耷拉在我们头上三米左右的半空，看样子不像自然枯萎垂落，而是被外力扯下来的。

"帕特，不觉得奇怪吗？从藤蔓的长度来看，它折断的位置应该更高，差不多在头顶五米多的地方。那可不是普通人一伸手就能够到的地方。这是怎么一回事呢？"

"这个嘛……我完全没头绪。"

"仔细想想，帕特。从某种意味上来说，这可是本案最有力的证据啊。的确，凶手直到现在都藏得很好，但在这里却留下了决定性的证据。仅发现这一条线索，这一趟就值了。"

伯特兰转向还一头雾水的弗里茨：

"谢谢你，弗里茨。我已经看到所有想要的东西。谢谢你，快日落了还让你带我们来这儿，抱歉了。好了，我们回公馆吧。我有点想念火炉了……"

我俩和弗里茨分开后回到公馆三楼，在晚餐前各自回房小歇。

一进房间，我便草草换了衣服倒在床上。仔细想想，今天先是爬到满月之塔塔顶，随后又从一楼开始参观主塔楼直到楼顶，下午先看了看公馆二楼的武器库，而后又登上新月之塔搜查新月之屋，最后还走了一段城墙根和断崖间的岩石平台。年轻如我，这样强度的拉练也吃不消，全身重得像灌了铅，思考也迟钝了。

在晚餐前稍微小睡一下——想着想着，我便陷入烂泥般的睡眠中。

大概睡了一个小时吧，睁开眼，窗外已一片漆黑。慌忙看了一下时间，晚上七点多了，我急忙冲进洗手间，洗脸、更衣，下楼来到餐厅。

其他住客已经就座。伯特兰、冯·修特罗海姆、诺伊万施泰因博士和多诺万坐在桌子一边，一面用餐，一面谈笑。反观桌子对面，托马森和亨特沉默着，机械性地活动刀叉。餐桌边并没有莱因哈特的身影。

我向伯特兰轻轻点了点头，便坐到他们旁边。

"帕特，你可真够晚的。这一点运动量就累瘫了？这就是平时缺乏锻炼的后果啊。"

在伯特兰的揶揄中我苦笑道：

"怎么没见莱因哈特？"

"好像是白天被男爵严肃教育，大受打击，之后便一直把自己闷在房间里。"

伯特兰冷淡地说道。

我想理由不单单是这样。对莱因哈特来说，玛利亚没有怀孕才是最大的打击。

少年的莱因哈特无法抑制对玛利亚的爱慕，做出了无礼行为，因此连同双亲一起被赶出城堡。从此他深藏这份屈辱在心中，等在好莱坞闯出一番天地，以名声为武器敲开了双月城的大门——他凭借自己的容貌吸引玛利亚，还打算通过成婚来夺取自由操控阿尔施莱格尔家产的权力。但当他得知玛利亚并没有怀孕，所做的一切化为泡影时，也不怪他会消沉。

"对了伯特兰，还有修特罗海姆男爵，你们说三日破案……不知现在进度如何？今儿一整天都见二位在城堡内搜查，想必你们都知道对方有多少胜算了吧。如果可以，二位何不在这儿稍微通个气、透个底？"

诺伊万施泰因博士一边喝着红酒一边说道。

伯特兰和冯·修特罗海姆尖锐的视线隔着仰头干杯的博士在半空中交锋，敌对气氛简直一触即发。

不久，冯·修特罗海姆男爵摆弄着手里的大啤酒杯说道：

"虽然机会难得，但还是算了吧。我这位法国朋友很狡猾的，他可不会老实地亮出底牌。"

"哎哟喂男爵，还真把我说成坏人啊。但实际我手头也没掌握什么线索，距离期限还有两天，不如让我们再仔细调查一番吧。"

表面平静的谈话背后火光四射，两人一攻一防，最后收剑。用以前骑士的话说就是"胜负未决，后会有期"。

在那之后，伯特兰和我还有多诺万三人在莱茵河流域古城的历史和传说上越谈越投机；冯·修特罗海姆则与诺伊万施泰因博士就"杜塞尔多夫的吸血鬼"彼得·库尔滕的精神鉴定展开了激烈讨论。托马森和亨特仍保持着沉默，一杯杯地灌酒。

不久后，到八时，晚餐自行散了。伯特兰、诺伊万施泰因博士和多诺万移步大厅继续聊天。我因为还没从白天的消耗中恢复，便和为了明日搜查而早睡的冯·修特罗海姆一起返回三楼。至于托马森和亨特不知何时就不见踪影了。

走在三楼走廊，冯·修特罗海姆对我说：

"史密斯，你的舅舅每次都这么难对付。他到底藏了什么后手呢？今天调查主塔楼和城墙背后的岩石台子有什么意义？"

"我也完全不懂。不管怎么说，在抓到凶手之前，伯特兰是不会说出自己的推理的……但在城墙背后的岩石平台那里，他看到满月之塔满墙的藤蔓被扯断一根时，说那是重要线索……"

"被扯断的藤蔓？什么意思？"

冯·修特罗海姆歪头思考片刻，叹息道：

"史密斯，下面的话哪儿说哪儿了。我有时觉得伯特兰这个人很可怕——就像地狱的梅菲斯特，嬉皮笑脸之间早已看穿了一切。如果我犯了事，我宁愿被地狱恶鬼追杀也不想被查理·伯特兰追查——"

有点意外。我是伯特兰的外甥，是冯·修特罗海姆的敌对方才对。那他为什么要向我示弱?

难道冯·修特罗海姆的搜查并没有我想的那般顺利,所以才说出示弱的话——

不,要多想。他可是老奸巨猾的冯·修特罗海姆。有可能只是故意示弱诱我放松警惕,再从我口中套话,必须小心应对——

想到这儿,我手搭房门,说道:

"那么,明天见了。晚安,冯·修特罗海姆男爵。"

"晚安。史密斯。"

微微点头致意后,冯·修特罗海姆踏着规整的步伐走远了。

6

有人敲门。

到底睡了多久呢?睁眼时,冷澈的月光从敞开的百叶窗,从窗帘缝隙漏进房内。

我取过床头柜上的手表,指针指向凌晨一点四十分。

我揉着惺忪睡眼,下床,开门。

门外是冯·修特罗海姆,科内根管家站在他背后。深夜里冯·修特罗海姆竟仍穿着西服。

"史密斯,这么晚打扰你真的抱歉。但让我看一下那边!"

不顾一脸迷茫的我,冯·修特罗海姆擅自闯进我的房间,"唰"的一下扯开窗帘。

月色很美,澄清的月光泻进昏暗的内庭。内庭对面的主塔楼和左、右两座圆塔,在月光下留下黑影。

"是新月之塔上层，新月之屋南面的窗户！"

听见冯·修特罗海姆的话，我望向位于主塔楼左侧的新月之塔上层，顿时睡意全无。

新月之屋南窗大敞，里面透出黄色的灯光——

"男爵！那灯光，到底是——"

"大约十五分钟前我醒了，也是在透窗看内庭时，注意到那边有灯光的。而后我去四楼找科内根，跟他确认今天——不，十二点已过，应该算昨天，我们搜查完后是否锁好新月之屋的门。虽然科内根说他确实锁好了，但以防万一，我还是让他检查一遍新月之屋的钥匙——"

"钥匙串上唯独少了那一把，新月之屋的钥匙被人拿走了。"

科内根管家不知什么时候跟进房间，认错般说道。

"也就是说，有人从科内根管家的钥匙串中偷走钥匙，潜入新月之屋？"

"也不能断定。因为新月之塔入口铁门的钥匙并没有被偷。而且科内根说了，入口铁门已经锁好，单独偷走新月之屋的钥匙也无法进去的啊。"

我的头脑已经混乱了。

要进入新月之屋必须同时拥有新月之塔入口铁门的钥匙和新月之屋的房门钥匙。但科内根手里被偷走的只有新月之屋的房门钥匙，新月之塔入口铁门的钥匙并未被偷。

总之，从南窗灯火可以确定，有人入侵新月之屋。

入侵者究竟有何目的？还有他到底是怎么进入新月之屋的？

"史密斯，能麻烦你和我一起去趟新月之屋吗？科内根上了年纪，不太适合冒险。阿尔贝特那家伙偏偏在今晚打发站岗的警察回去了！等我解决了案子，一定要解决他，降他的职！"

原来如此，难怪冯·修特罗海姆才会来找我。

"我知道了，我这就去叫醒伯特兰。"

"哎，我暂时还不想让伯特兰知道。毕竟还没确定此事跟案件有关，再说我也有点条顿人的傲骨……所以我想这次就你我两人去确认新月之屋的状况。当然，若结论与案件有关，我保证一定会从头到尾告诉伯特兰。和伯特兰竞争我一向公平，这点你应该也清楚吧？"

真够自作主张的，但我还是决定先照冯·修特罗海姆的话去做。趁机让他欠我个人情也不错，再说我也想弄清新月之屋灯光的真相。

我在睡衣外面罩了件外套，从科内根手中接过新月之塔入口铁门的钥匙，追赶着先行一步的冯·修特罗海姆，跑向公馆三楼北侧环廊的出入口。

月光从右手边射进来，靠近内庭一侧的木栏杆在环廊地面上映出了清晰的影子。借皎皎月光，直到新月之塔的三十米左右的环廊一览无余，并没有什么可疑人影。

冯·修特罗海姆和我一口气跑到塔下入口。

我抬头仰望远在头顶之上的新月之屋。遗憾的是，塔身有凸起挡住视线，并不能直接看到南窗，但在窗户大概位置能依稀看见透出来的黄色光晕。

"史密斯，开铁门！"

听到冯·修特罗海姆吩咐，我取出从科内根那儿借来的钥匙。

钥匙跟钢笔差不多大小,握柄是个狮头浮雕。狮嘴是镂空的,用来穿钥匙环。之前听科内根管家说,这把精巧的钥匙是从中世纪传下来的。

我将钥匙插进铁门锁孔,扭动钥匙。"咔嚓"一声,锁开了。我尝试慢慢推动铁门。

出乎意料的是,随着合页一阵轻响,厚重的铁门竟慢慢向内推开。

"男爵!这到底是……"

"嗯。看来和满月之塔不同,没上门闩。是连上门闩的时间都没有呢,还是本来就没打算上门闩呢……"冯·修特罗海姆一边打开备好的手电一边说,"那么,史密斯,要夜探新月之塔了……上面究竟是人是鬼……"

手电的光照亮螺旋楼梯间粗糙的岩石表面。在狭窄的视野里,我看不清黑暗的前路,跌跌撞撞跟在冯·修特罗海姆的身后登上螺旋楼梯。

很快,手电筒的光照到内墙塌陷处——宽三米多的暗沟和前后堆着沙袋和砖块的楼梯。到这里应该爬过整座塔的十分之七,前路终于不足三成。

冯·修特罗海姆斜着身体,一口气穿过那道狭路,我也紧跟在他身后。

一瞬间,脑海里晃过一丝奇妙的感觉。

这奇妙的感觉是怎么回事?

我拼命试图捉住那丝感觉,但怎么也想不起来。

"史密斯，怎么了？赶快啊！"

冯·修特罗海姆回头对我喊道。

我放弃回味，追上男爵，继续向上走。

不久后，我俩踏上新月之屋前的缓步台。

冯·修特罗海姆小心敲响新月之屋的门。当然，没有任何回应。

我尝试扭动门板左边的把手，但门似乎从内侧反锁，只发出"咔嚓咔嚓"的声音。

"果然没钥匙还是不行啊……"

冯·修特罗海姆一面说，一面凑近把手下方的锁孔。大概是想确认一下房内的情况吧。

冯·修特罗海姆弯着腰，窥视新月之屋里的情况。但突然，他喉咙里发出一声压抑的惊呼，眼睛一下子从钥匙孔前弹开了。

"男爵，怎么了？里面发生什么了？"

"你亲眼确认吧，但最好先有点心理准备。"

冯·修特罗海姆说着，让出位置。

我学着冯·修特罗海姆刚才的姿势半蹲下去，经小小的锁孔窥视新月之屋里的情况。

房间被南窗边斜射下来的黄色灯光照亮——我瞬间意识到，那是书桌上的煤油灯的光。

透过钥匙孔的狭窄视野，感觉房间里并没有人的气息。那么潜入房间，点亮油灯的人在哪里？

突然，我的视线停留在地面。接着，我看见了极其恐怖的东西。

近在眼前的地面上，铺着本应挂在墙上的哥白林挂毯。根本无法分辨是自然掉落，还是有人把它取下铺在地上。

而在那面哥白林挂毯上，放着那可怕至极之物——

在煤油灯黄色灯光的映照下，孤零零地盘踞在哥白林挂毯的正中。浓密的毛发，暴露在外的白色牙齿，眼睛盯着这边。微风吹进南窗，头发在微风中无声地微颤——

那是从身体上斩落的、男人的头颅。

我大惊失色，跌坐当场。

"男、男爵，那颗头颅，到底是谁的……"

"如果我没看错，是那个叫莱因哈特的年轻人的。我还道他晚餐怎么没出现，没想到竟成了这副模样……"

即使是现在，冯·修特罗海姆的语气还是非常冷静。

"史密斯，帮我再看看。能看清他嘴里咬着什么吗？"

听到冯·修特罗海姆的话，我压着惊魂甫定的心，再次凑近锁孔。

果然有东西。刚才窥视锁孔时，大骇之下没注意到，莱因哈特的嘴里咬着一根金属短棒。那根短棒伸出莱因哈特双唇约五厘米，顶端是刻有精细凸起的——

"男爵，那是……"

"史密斯，是什么？告诉我你想到了什么。"

"……钥匙吗？"

"是的，恐怕就是那把不知何时从科内根管家那里偷走的新月之屋的门钥匙吧。凶手在砍下莱因哈特的头颅后，可能又把钥匙塞进他的嘴里。"

"若是那样,凶手又是怎么离开这间新月之屋的呢?门钥匙就在头颅的嘴里,所以也没办法从外面把门给锁上。难道凶手还在新月之屋里?"

"总之,先破门吧。我记得在螺旋楼梯间的维修段有几根铁钎。我去去就来,你就守住这扇门,若有什么可疑情况就大声喊让我听到,明白了吗?"

我点点头。

冯·修特罗海姆把我留在缓步平台,手拿电筒下楼了。

独守平台的我全神贯注在门后的情况。因为没有手电筒,缓步台被黑暗吞噬。借门缝漏出的油灯光亮,我勉强能分辨物体形状。

如果杀害了莱因哈特的凶手真的还在新月之屋里——

在黑暗包裹的缓步台,我陷入疑神疑鬼的恐惧之中。

那家伙说不定正挥动着割下莱因哈特头颅的凶器,从房内破门向我袭来——

那情形在脑中一闪而过,我慌忙摇摇头。

到底过了多久呢?终于从螺旋楼梯下方出现了左右摇晃向上的光柱。冯·修特罗海姆右手抱着两根铁钎,左手拿着手电筒出现了。

"对不住,我来迟了。找铁钎费了点时间。"

冯·修特罗海姆说着,递给我了一根,重新望向新月之屋的门。

"有没有什么情况?比如,有人从里面出来……"

"没有,连只老鼠都没出来。"

我略带夸张地回答。

"那现在我们撬门？考虑到等一下要进行现场取证，得把破坏控制到最小，请你也注意。"

冯·修特罗海姆把铁钎一头插进门右侧和石壁间的缝隙，开始用力撬。我也学他的样子，同样把铁钎插进门缝。

不知重复了多少遍单调的动作后，突然"啪"的一声，房门向内侧弹开，盒子锁的锁舌像被弹开了。

冯·修特罗海姆和我飞身冲进新月之屋。

我快速扫视室内，确认凶手是否藏在房间。但完全没有藏人的迹象。

房间中央往左一点的地面，哥白林挂毯被胡乱地铺开，其上是莱因哈特的头颅。眼前一幅异样又缺乏现实感的景象，正如目击满月之屋中身首分离的玛利亚·阿尔施莱格尔时的感觉。

书桌上，煤油灯昏黄的灯光加重了室内的异样气氛。每每随着灯光摇曳，室内家具的影子都会微妙地蠕动，让人有邪恶生物潜伏于此的错觉。莱因哈特脸上的阴影也产生了微妙的变化，活像这颗头颅在嘲笑我。同时我察觉到房间里飘过一丝轻微的硫黄味。

（怎么会有硫黄味？）

我觉得可疑，再次观察书桌。油灯旁摆放着一盒火柴。毫无疑问，凶手入侵房间，用火柴点燃煤油灯。

冯·修特罗海姆从口袋里取出手帕，缓缓将钥匙从莱因哈特嘴里拔出。他小心避免抹掉指纹，把钥匙插进门锁，慢慢向右拧。

随着"咔嚓"一声厚重的金属声音，刚才撬门时弹开的锁舌又缩回盒子锁内。

新月之屋 平面图

（平面图：圆形房屋，标注如下）
- 东窗（北方向）
- 镜子
- 书桌、煤油灯
- 椅子
- 简易床铺
- 北窗
- 人头
- 哥白林挂毯
- 南窗
- 铠甲
- 房门
- 衣柜
- 螺旋楼梯（下）
- 螺旋楼梯（上）
- 缓步台
- 通往主塔楼的环廊
- 通往公馆的环廊
- 方位标：N、E、S、W

冯·修特罗海姆又试着转动几次钥匙，锁舌随之弹出又收回。

"史密斯，好像没错。这把钥匙确实是从管家那里偷走的新月之屋的门钥匙。"

"那么这间新月之屋……"

"嗯，完全是从内侧反锁。"

听到冯·修特罗海姆的话，我想起了在满月之屋发现玛利亚的尸体时的情景——

那时满月之塔的入口和满月之屋的入口有两道锁。这次新月之屋的状况不也和上次类似吗！满月之屋的谜团尚未解开，新月之屋里又发生了难解密室谜案。

"史密斯，现已确定房间里发生了命案。不好意思，你能回公馆通知伯特兰和科内根管家过来吗？虽然伯特兰在德国境内没有警察权限，但眼下没正规警察在场，他是最能依靠的人了——即使和他在争胜负，我也想让他看看现场。而作为警察，我有义务保护现场，脱不开身。很抱歉这样使唤你，但可以帮我这个忙吗？"

我二话不说地接下冯·修特罗海姆的委托，因为我也很想快点通知伯特兰。最重要的是，我想尽快离开笼罩在莱因哈特头颅怨恨视线下的新月之屋。

接过男爵的手电筒，借着单薄灯光照亮脚下，我快速地走下螺旋梯。

途中通过内墙施工地时，我忆起来时在此察觉的奇妙感觉。

那感觉，到底是什么呢？

脑海中的记忆在徐徐成形，但就在一步之遥时，没法形成明确的形状。

我放弃思考这些琐事，加快下楼速度。

走出新月之塔来到环廊时，我突然想到要关上铁门，便顺手用从管家那里借来的钥匙锁上门。这么做并没有特别的理由，只是反射性的行为。硬要说的话，可能是下意识防止有人趁我回公馆通知伯特兰和管家之际潜入新月之塔吧。

事后回想起来，这个下意识的行为竟然起到了很重要的作用。

我直奔公馆而去。

7

回到公馆，我先回自己房间，脱下外套和睡衣，换上正常的衣服，然后再到伯特兰的房间叫醒他，并告知其新月之屋发生了案件。

"被害人是莱因哈特啊。虽然可以料想，却没想到这么快便成了现实……我好像低估了凶手的行动力……"

听罢我的报告，伯特兰满脸沉痛。

换好衣服的伯特兰和我跟着已在三楼走廊候命的科内根管家向新月之塔走去。

在新月之塔入口，正当我要把钥匙插进锁孔时，伯特兰在背后问我：

"帕特，这铁门是你在返回公馆时锁上的吗？"

"是啊，怎么了？"

"没什么，只是想确认一下。好了，快去新月之屋吧。"

在伯特兰的催促声中，我手拿电筒走在前面，又开始攀登螺旋楼梯。

我们到达新月之屋的时候，冯·修特罗海姆正坐在书桌边的椅子上，胳膊交叉，盯着室内。房间中央放在哥白林挂毯上的莱因哈特的头颅还和我走时一样，用怨恨的眼神瞪着我们。

看见伯特兰的身影，冯·修特罗海姆从椅子上站起来。

"伯特兰，看来这次我们都失策了啊。你我明明都在城堡，却还是发生了新的案件——但话说回来，没想到凶手做得这么干净利落，我都有点失去自信了。"

发言软弱，不像是冯·修特罗海姆会说的话。看来被凶手抢先下手让他耿耿于怀。

"男爵，现在可不是抱怨的时候。为了逮捕凶手，我们必须全力以赴。"

反过来给男爵打完气后，伯特兰率先搜查室内。我则跟在他身后。

他首先仔细调查的是我和男爵用铁钎撬开的房门。

和满月之屋一样，新月之屋的房门也是上缘呈拱形的橡木门，门板中央偏下处有一个黄铜把手，把手下方是盒子锁。把手上方是四方木材制成的粗门闩，但它已在撬门时被弄折了。

"帕特，仅从房门的样子就知道，新月之屋定是从内侧反锁并上的门闩。门闩只能从内侧插上，虽然用钥匙内外都能锁上门，但问题是钥匙被塞进莱因哈特的嘴里，而他的人头被弃室内，所以外侧上锁实际上不可行。

"也就是说，无论凶手在房间里杀害莱因哈特，还是在别处杀害，后将头颅带进房间，他都不可能从这扇门逃生，那么有可能成为逃走路线的是——"

伯特兰环视室内。房里的三扇窗户中，北面和东面的两扇板窗关得严实并上了插销，唯有南面板窗向内大开，屋外的夜风也在不断灌进新月之屋。

"正如我们所见，唯有那扇南窗。你和男爵察觉到异样，也是因为南窗户开着，透出了煤油灯光吧？那我们假定凶手是从南窗逃走好了。在那种情况下，他的逃生路线又是怎样的呢……"

伯特兰谨慎地、不破坏现场地走到南窗边向外眺望。我也在他身后探出头。

南窗下方是新月之塔通往主塔楼的环廊。从公馆到新月之塔的环廊是木制顶棚加上防跌落栅栏的开放式环廊，而这边是兼备墙壁和顶棚的封闭式环廊。南窗到环廊的高度大约十五米，到内庭的高度大约是三十米吧。

"假设凶手可以从这里扔绳子，下到环廊顶棚，可下一步便无路可走……如果眼前的环廊一样是开放式的话，倒可以从顶棚钻进环廊里……科内根，通向主塔楼的环廊两头上锁了吗？"

科内根管家从进屋看见凄惨光景后就一直呆站着，在听到伯特兰的问话后似乎终于回过神来，用他惯常的平稳语调开口道：

"主塔楼通往环廊的入口是用挂锁锁上的。新月之塔通往环廊的入口也是从塔内上锁，这一点和对面——满月之塔是相同的。所以即使能下到环廊顶棚，但要从那里再去其他地方也是不可能的。"

伯特兰看着下方的环廊，重重地点了点头。

"不能直接降落到内庭里吗？"

我提出了自己的想法。若能直接从窗户下到内庭，不管有没有钥匙都可以逃走。

伯特兰转向我，慢慢摇摇头。

"帕特，在调查满月之塔时我就想过这种可能了，但还是不行。窗户到内庭起码有三十米，若想不留证据，绳子需折叠成两股，则有六十米长。房间里还没有什么可以固定那么长的绳子吧。书桌或床也不能支撑绳子自重外加一个人的体重吧。唯一可行的就是去塔顶，把绳子套在塔顶缘石上。但那样做会在石头上留下明显的绳索勒擦痕，算不上什么好方法。

"接着是技术方面的问题。在完全没有落脚点的垂直墙面，要用绳子下降三十米，这对专业登山员来说都相当困难吧。今晚虽不像满月之塔那时下着暴雨，可算作有利条件，但是仍伴有相当大的危险。

"另外，还有会被公馆的人目击到的风险。满月之塔敞开的东窗完全处于公馆死角，使用绳子下塔尚且还有一定的可能，但这次是南窗，完全能被公馆方面看到。综上所述，费心费力担这么大的风险只为制造一个密室？究竟能给凶手带来什么好处？"

在伯特兰的分析中，我失望地垂下肩膀。一切正如他所说。

"话说回来，莱因哈特的身体到底在哪里？根据传说，在新月之屋死去的盗贼骑士团的首领格哈德被卡尔的亡灵砍下头部，被发现时身首异处……若谋杀莱因哈特是模仿传说实行，那他的身体应该也在房间里才对吧？"

"这个问题就由我来回答吧，伯特兰。"突然，一直沉默地听伯特兰长篇大论的冯·修特罗海姆说道，"莱因哈特的死确实是照传说进行，他的身体就在房间里——"

说着，冯·修特罗海姆走近位于房门左边的，为纪念祖先卡尔灵魂而设的马克西米利安式铠甲，慢慢取下头盔。

我们注视着男爵的动作，不禁倒吸一口凉气。

头盔下是被切断的脖子。切口血肉模糊，惨不忍睹，到处都可以看到神经组织的白筋。观察得再仔细一点会发现铠甲脚边都流了一摊黑色的血泊。

"莱因哈特的身体被塞进铠甲里了啊……"

伯特兰低声说道：

"但是凶手为何要大费周章呢？帮尸体穿上铠甲，不管怎么算，少说也要十五分钟到二十分钟。为什么不让尸体躺在地板上呢……"

伯特兰说着拔出铠甲腰间青铜剑鞘里的长剑，检查起剑身。

果不其然，长剑剑身沾了血。

"男爵，看来肯定是这把长剑砍下了莱因哈特的头颅。虽然不知莱因哈特的直接死因，但满月之屋里，玛利亚·阿尔施莱格尔小姐是被直接斩首致死，所以我们可以推断，莱因哈特也是因斩首而亡的，当然详细情况还是要等法医的鉴定结果。"

"我同意你的说法。不管怎样都要尽快与科布伦茨市总局联系，得让他们派人过来。"

冯·修特罗海姆转向站在一旁的科内根管家：

"科内根，天一亮就让弗里茨到镇上联系科布伦茨市警察总部。现在回公馆再一次召集住客和用人到大厅集合。特别是电影导演托马森和经纪人亨特，这两人必须出席。莱因哈特到底是什么时候来到满月之屋的，我们必须问出准确时间。"

"帕特，你和科内根管家一起回公馆，男爵和我再看一下新月之屋的情况。"

我点点头。说实话，我的胆子也没多大。在之前的案件中还曾有过因看到尸体凄惨死状而被吓得退缩的痛苦经历。

这间充斥着莱因哈特怨毒眼神的房间，我是一秒钟也不想多待了。

我再次从冯·修特罗海姆手中接过手电,与科内根管家走出新月之屋。

"什么!那个莱因哈特在新月之屋里被斩首了?"
诺伊万施泰因博士大声狂叫。

一楼大厅里聚集着诺伊万施泰因博士、多诺万还有好莱坞三人组的托马森和亨特。科内根管家命女仆按人头准备咖啡,并放在旁边的小桌子上。

现在是凌晨三点。与科内根管家一起回到公馆后,我按顺序叫醒了剩下的四名住客,终于赶着睡眼惺忪的四人来到大厅。开门见山,我先告诉他们莱因哈特在新月之屋中被人杀害了。

诺伊万施泰因博士和多诺万震惊是理所当然的,但托马森和亨特似乎更加惊愕。特别是亨特,当我告知他出事时,他脸色大变,站了起来,一把揪住我衣领逼问道:

"真的吗?莱因哈特被杀害了!"
"现在伯特兰和冯·修特罗海姆正在新月之屋现场取证。我也看到了,头被砍下,无力回天……"
"可恶!那该死的德国人,说什么三天破案。早知道会变成这样,昨天说什么我都会带莱因哈特走的!"

就在我想办法平息满脸愤慨的亨特心头怒火之时,通向走廊的门开了,伯特兰和冯·修特罗海姆结束了现场搜证,走进大厅。

一见冯·修特罗海姆的身影,亨特的怒火似乎又被点燃。他把我推开,走到冯·修特罗海姆面前,右手食指指着冯·修特罗海姆怒吼道:

"我信了你的鬼话才推后了莱因哈特的归国日期,结果你把好好一个活人给我查死了!要是我们昨天离开这里,莱因哈特就不会死!是你杀了莱因哈特!你们德国警察要怎么承担这个责任!"

冯·修特罗海姆默默忍受着亨特的谴责。

"亨特先生,我很理解您的心情,但修特罗海姆男爵也不可能预料到这种事啊。现在最重要的是尽快抓捕杀害莱因哈特先生的凶手。为此我们需要您跟托马森先生给我们提供更多的线索,还请您协助我们。"

伯特兰打着圆场,亨特不情不愿地回到座位。

伯特兰再次环视在座众人,开始阐述案件:

"那么,各位,我想刚才你们已经听史密斯说了,今晚午夜时分,在城堡的新月之塔最上层的小房间——通称新月之屋里发现了公馆住客库尔特·莱因哈特的尸体。

"目前情况:房间从里面反锁,人无法进出,加上莱因哈特先生的遗体有极其恶劣的损坏,所以修特罗海姆男爵和我都认为这次的案件跟几天前在城堡里发生的玛利亚·阿尔施莱格尔小姐的被害案件有关,故决定两案合并调查。

"天明时,马车夫弗里茨会依修特罗海姆男爵的吩咐,去科布伦茨市警局报案。虽然大家在城内的行动会受很大的限制,但是这也是为了逮捕凶手,还请大家谅解配合。"

伯特兰的目光扫过大厅里的四名住客,无人反对。

"接下来,据说被害人库尔特·莱因哈特阁下昨天下午在大厅出现后,就一直把自己关在客房,但尸体是在新月之屋里被发现的。从此出发,我们可以推测他在某个时刻离开客房去了新月之屋。至于莱因哈特阁下是主动前往还是被凶手强迫,我们还不清楚。但至少可以推断,在修特罗海姆男爵发现新月之屋有灯光,即凌晨一点二十五分前,莱因哈特阁下就已经被杀害了。

"因此,我希望大家说一下各自从昨天下午到凌晨这段时间的行动。只要说出什么时候、在哪里、干什么就行,请依此回答。"

说着,伯特兰熟练地套出每个人的行动,并把情报记在自己的笔记本中。

后来我借过这本笔记,每个人的行动线都清晰了然。为方便起见,现抄录如下:

下午四点	公馆一楼大厅冯·修特罗海姆宣告满月之屋的死者是玛利亚。全部住客以及科内根、弗里茨、弗里达及其他数名用人出席。
下午四点半	伯特兰和史密斯在弗里茨的带领下去往岩石平台。
下午六点	诺伊万施泰因博士和多诺万参观公馆二楼的武器/铠甲仓库。 莱因哈特、托马森、亨特在各自房间。 科内根和其他用人在各自的工作岗位。
晚上七点	除莱因哈特缺席,其他住客都在餐厅用餐。
晚上八点	晚餐结束。伯特兰、诺伊万施泰因博士、多诺万在大厅畅谈。

	冯·修特罗海姆、史密斯、托马森、亨特各自回房。
晚上十点	伯特兰、诺伊万施泰因博士、多诺万各自回房。
凌晨一点二十五分	修特罗海姆发现新月之屋的灯光。

我看着伯特兰绘制的行动表,向托马森和亨特两人问道:

"这样看来,昨天下午四点以后,就没人再见过莱因哈特先生了?托马森和亨特呢,你们也没见过莱因哈特先生吗?"

托马森和亨特面面相觑,都眨了眨眼,随后亨特说道:

"很遗憾,我们都没有直接看到莱因哈特。晚餐时候我们也去叫过他,但是莱因哈特的房门紧闭,隔着门听到他说'我不吃'。"

"那时大概几点?"

"那是我们下楼去餐厅前的事,所以大概是晚上七点。"

伯特兰点了点头,在笔记本的行动表里晚七点的地方注明"仅确认莱因哈特的声音"。

随后伯特兰一一确认了每个人从晚餐结束的晚八点开始到在新月之屋发现了尸体为止的这段时间里的行动,但因为接近深夜,所有人都没有明确证据,只能暂时相信其本人陈述。

伯特兰的问讯告一段落后,诺伊万施泰因博士对伯特兰提议道:

"伯特兰法官,目前这种情况下大家都很混乱,也得不到有力证据。反正天亮后会有很多警察来对我们问讯吧？在那之前就让大家回房充分休息，会不会更好一点呢？"

诺伊万施泰因博士的提议一出，众人都表示赞同。

时针即将指向清晨四点。东方的天空快要泛白。若这样不让大家休息片刻就接受警方问讯，在道义上也说不过去。于是伯特兰不得不采纳博士的提议。

"那么在科布伦茨市警局的警察抵达之前，大家就暂时回房休息吧。男爵，这样可以吗？"

伯特兰征求同意般地问冯·修特罗海姆，但冯·修特罗海姆只是懒洋洋地点了点头。

大家陆续走出大厅回到了自己的房间。我追上伯特兰，小声地问道：

"案发现场新月之屋怎么办？不需要派个人看着吗？"

"我和冯·修特罗海姆离开时也把出入口处的铁门锁上了。谁也不能进入塔顶的新月之屋。这样就不用监视了。"

伯特兰边说着，又靠近我的脸小声道：

"帕特，我有话跟你说，等一下能来我的房间吗？"

8

我先返回房间，在洗手间用冷水洗了把脸。终于我那不断受惊，似被迷雾笼罩的脑袋清醒了。

对着穿衣镜整理好穿着后，我出门前往伯特兰的房间。

"先来一杯吧，帕特。"

伯特兰招呼我坐在房间沙发上，拿起床头柜上的酒瓶，将瓶中琥珀色液体倒入金星琉璃[1]小盏里，递给我。

"这可是顶级白兰地，我软磨硬泡才从科内根管家那里要来的。虽然红酒也很好，但现在这情况还是白兰地更来劲……酒拿到手时，管家那张脸可臭了……"

伯特兰一边说着，一边往另一只琉璃盏里斟满白兰地，悠然喝干，然后一脸心事地将酒盏放上床头柜。

深呼吸过后，伯特兰开口：

"帕特，你们今晚发现莱因哈特陈尸新月之塔的经过我已从冯·修特罗海姆那里听了个大概，但是还有两三点我无法释怀。这几处疑点我想和你确认。别生气，我这么做绝不是怀疑你的证言和行为，可以吧？"

我点点头。

"首先，事情开端是冯·修特罗海姆注意到新月之屋里透出灯光，随后叫醒了你，是吧？我怎么也搞不懂，为什么冯·修特罗海姆点名要你去呢？就没其他合适的人选了吗？"

"好像是昨天阿尔贝特警长刚好撤了所有的警察，所以他碰巧选中我来干这个倒霉活吧？"

"即便这样，却偏偏选中了如同我私人秘书的你……冯·修特罗海姆不会这般赌意气或发酒疯。我总觉得他这么做暗含深意啊。"

---

1. 金星琉璃：中国古代玻璃，发明于清康熙年间，因在黄褐色透明玻璃体内蕴含细密的金色颗粒而得名。

伯特兰停下话头,像观察反应一般盯着我的脸。我虽想回答,但苦于找不到合适的话,便催促他继续。

"下一个疑点在你通过新月之屋锁眼发现头颅那里……帕特,你窥视锁眼时,看见莱因哈特的嘴里插着新月之屋的钥匙?确定吗?"

我点点头。从锁孔中看见莱因哈特头颅时的冲击,我直到现在都无法忘记。从莱因哈特嘴里伸出的那一小截钥匙,依然清晰地映在我的脑海。

伯特兰继续道:

"然后冯·修特罗海姆和你用铁钎撬开门,进入房间。确认房间里没有凶手后,冯·修特罗海姆和你从头颅嘴里拔出钥匙,插进门锁,确定了是新月之屋的门钥匙……"

伯特兰顿了一下:

"帕特,接下来非常关键,你想清楚再回答我:从头颅嘴里拔出钥匙的是冯·修特罗海姆,对不对?你确定吗?"

"是的,没有错,的确是冯·修特罗海姆。"

我不假思索地回答。

"然后把钥匙插进门锁的,也是冯·修特罗海姆?"

我点点头。

"帕特,我希望你再好好回忆一下当时的情景。冯·修特罗海姆从莱因哈特嘴里拔出钥匙和他插进门锁的钥匙,真的是同一把吗?从钥匙离开头颅,到插进锁眼的整个过程,有没有一瞬间在你视线之外?"

"没,没有……为什么这样问?"

"你好好想想,帕特。如果莱因哈特嘴里的不是房门钥匙,那么新月之屋就不是密室。凶手完全可以从屋外锁门,再扬长而去。当然这种情况下,插在莱因哈特嘴里的就应该是其他的钥匙,即新月之屋门钥匙的替代品。

"试想冯·修特罗海姆从凶手手中得到真钥匙,又从莱因哈特嘴里拔出假钥匙,趁你不注意在手中调个包,这样便制造出一间完美的密室。"

伯特兰的话使我震惊。嗯,的确,如果用这种方法,那个坚固的密室就很容易解释。但——

"伯特兰,你意思是冯·修特罗海姆和凶手为共犯?再怎么说,这么推断是否太跳跃了些?冯·修特罗海姆没有任何动机必须杀害莱因哈特啊。"

"当然,我也不认为冯·修特罗海姆真是共犯,只不过是一种可能。但哪怕只有一丝可能,我都要彻底调查,所以希望你回答时能和我在同一状态。

"帕特,再问一遍:那时候真没有调包钥匙的可能吗?好好确认,再回答我。"

听了伯特兰的话,我拼命回想着当时的情景。

从莱因哈特头颅的嘴里拔出了钥匙的冯·修特罗海姆将钥匙插进锁孔。在那段极短的时间内,真没有机会偷换钥匙吗?

为了不破坏钥匙上的指纹,当时冯·修特罗海姆从口袋里取出手帕,用手帕包住了钥匙。那时候不会真能偷换钥匙吧?

嗯,不对。

我不得不断言——换不了。

当时冯·修特罗海姆用手帕包住的只有钥匙柄，钥匙的前端还看得见。男爵就这样包着钥匙柄验证钥匙是否能打开锁舌，从而确定那就是新月之屋的房门钥匙。

虽然对不住伯特兰，但是冯·修特罗海姆没机会偷换钥匙——这是无法否定的铮铮事实。

"伯特兰，抱歉。我最清楚冯·修特罗海姆没有偷换钥匙的时机，我向上帝发誓。"

听了我的话，伯特兰苦笑道：

"抱歉抱歉。帕特，我绝不是在怀疑你的证言。我只想知道在新月之屋发现莱因哈特尸体时的详细情况……从你刚才的确认中，至少可以排除调包钥匙这一可能。那么要解开密室之谜，还得另找出路……"

伯特兰又拿起床头柜上的酒瓶，往琉璃盏内满上琥珀色的白兰地，呷了一口，又道：

"你和修特罗海姆进入新月之屋时，房间里除了莱因哈特的头颅，完全没发现有人藏身的痕迹吧？床下和门背后也没有？"

"是的。我们最先检查的就是那些地方，哪里都没藏人的痕迹。"

"是嘛。但是帕特，你唯独看漏一个地方，最适合藏身，并且没人想到会躲藏在那儿的地方——"

"什么？！"

我惊叫出来。最适合藏身却没人想到的地方？新月之屋里还有这种隐秘处？

"伯特兰，房间里难道有密道不成？"

"没那么夸张。你肯定见过，但是灯下黑，最显眼的反而成了盲点，谁也不会想到那里竟然藏着人。"伯特兰顿了顿后，漫不经心地说，"那便是房间里的马克西米利安式铠甲。杀害了莱因哈特的凶手穿着铠甲若无其事地站在新月之屋里——"

我惊讶得说不出话来。

新月之屋里为了追忆传说中阿尔施莱格尔城卡尔城主的马克西米利安式铠甲——凶手杀了莱因哈特后竟藏在那里！但是——

"伯特兰，那不可能。铠甲里还装着被砍掉脑袋的莱因哈特呢。凶手想藏身也没空间呀。"

"你进入新月之屋后也没确认过吧？你和修特罗海姆进入房间时，在铠甲里的并非莱因哈特，而是凶手。

"那么莱因哈特的尸体到底是什么时候被换进铠甲的呢？不消说，是你接受修特罗海姆之令，返回公馆报信的这段时间。

"据我推测，事情恐怕是这样的：在新月之屋杀害了莱因哈特的凶手，砍下莱因哈特的头颅后，把其尸体搬到房间外，暂时放在通往塔顶的那段螺旋楼梯上。因为通往塔顶的半圈楼梯是弯曲上升的，所以不用担心会被上来破门查房的你们发现。

"随后凶手穿上铠甲，站上铁台座，等着你和修特罗海姆破门而入。

"终于门破，你和修特罗海姆冲进室内。在确认完没人藏在房间之后，算准合适的时机，修特罗海姆让你回公馆。等你回去后，凶手在修特罗海姆的帮助下迅速脱掉铠甲，把室外的莱因哈特搬进房间，再给尸体穿上铠甲，放回原位。

"在那之后，凶手就暗中逃离新月之塔潜回公馆了吧。"

我已经浑身虚脱。如果用此方法，的确能完美解释新月之屋的密室成因，虽然冯·修特罗海姆是共犯这一点着实令人意外，但除了该方法，确实也找不到另一个能解释目前状况的假说了吧。

冯·修特罗海姆深夜叫醒我，同去新月之屋，都是为了让我成为"目击者"，并让我做证新月之屋里没藏人。在不知真相的情况下，我轻易上钩，成了按照他们计划起舞的、可悲的提线人偶。

羞耻和愤怒让我涨红了脸。心中被一股冲动驱使，我想立刻去质问冯·修特罗海姆，质问他的真实意图。

大概是察觉到我内心所想，伯特兰慢悠悠说道：

"帕特，火气别那么大。刚才的推理完全是空谈，说到底不过提出了一种可能而已。现实中根本没发生过那样的事，修特罗海姆也不是帮凶。"

"什么！"

头脑乱了。

伯特兰的推理很完美，没有丝毫可疑之处，但伯特兰却亲口否定了这则推理。到底是怎么回事？

伯特兰饶有兴致地看着我的样子，解释道：

"帕特，刚才我的推理中有个重大缺陷。即使修特罗海姆是共犯，凶手也无法逃出新月之塔。

"忘了吗，帕特？你回公馆通知我们之际，顺手把新月之塔入口处的铁门锁上了吧——"

我"啊"地大叫一声。对啊，我回公馆通知伯特兰的时候，确实把新月之塔入口铁门锁上了，虽然完全是下意识的行为，现在却有了重大的意义。

"既然入口铁门是从环廊那侧锁上的,凶手即使能逃出新月之屋,也绝不可能逃出新月之塔。你的下意识行为似乎意外起到了重要的作用啊。

"之后你把我们带到新月之塔时,我还和你确认过铁门是否被锁。既然这一点毋庸置疑,那么在你暂返公馆期间,必然没人从新月之塔里出来。

"我们进入新月之塔后,整个登塔过程中也没遇见任何人,因此无人藏身在狭窄的螺旋楼梯。

"综上,凶手藏身于新月之屋的铠甲,骗过你的眼睛这一前提假设,实际上并不可能发生。"

"但如果凶手藏身在通往塔顶的螺旋楼梯呢?确认我们都进入新月之屋后,他再下楼……"

"新月之屋的门被撬开后,一直大开着吧。且当时房间里有我们四个人。要同时避开四人视线经过门口,我觉得不可能。"

我被伯特兰的坏心眼捉弄得有些生气。

"伯特兰!你一开始就知道推理是错的,干吗还装模作样说得像煞有介事!"

"别生气嘛。还记得昨天下午,冯·修特罗海姆对我说'你的归纳推理是有界限的'?所以我稍微模仿冯·修特罗海姆,试了试穷举所有可能性的演绎推理,但这种方法似乎也不是很有效。只列举可能性,却完全抓不住案件本质。"

"那冯·修特罗海姆是共犯也……"

"只是单纯的头脑游戏。想想看,那个自信的、毫不怀疑条顿民族优越性的男人,怎么可能把自己置于共犯这种屈辱立场上?那男人绝不可能做什么帮凶。我很清楚他的性格,这点事实毋庸置疑。"

伯特兰自信满满地说道。

"对冯·修特罗海姆其人就评价到这里吧……新月之屋的调查结果如何?有什么线索吗?"

"跟昨天下午没什么区别——唯一的区别也就是南面的板窗。帕特,那扇板窗是被蛮力从外面破坏的。板窗插销都被弹飞,掉在室内……"

"从外面破坏?但是窗户外面……"

"是的。窗户距离地面约三十米,距离通往主塔楼的环廊屋顶也有十五米。从外面破坏这样一扇高窗,以人力来说不可能。除非像传说中,骑着黑马翱翔天际的黑骑士——"

霎时我脑海中有了画面。

黑夜之中,仅有油灯微亮。莱因哈特立于新月之屋——突然,南面的板窗自外部被暴力撞开。窗外,黑骑士从横停在窗边的黑马身上下来,以可怕之姿进入室内。骑士抽出铠甲腰间长剑,一刀砍下因恐惧而动弹不得的莱因哈特的头——

简直就像二十世纪初德国流行的表现主义猎奇电影——《卡里加里博士的小屋》和《诺斯费拉图》一般,洋溢着荒谬的恐怖场景。

我轻轻摇摇头,把想象抛诸脑后,接着向伯特兰问出我最关心的问题:

"伯特兰,之前你和冯·修特罗海姆的三日破案约定怎么办?

三日为期本就是为了推迟莱因哈特的离开而定。现在他死了，这个期限不也没有意义了吗？冯·修特罗海姆没预料到事情会发展成这样吧？所以要不趁此机会把那个轻率的约定作废吧？"

"约定作废？不可能。一旦接受挑战，我是绝不会半途而废的，更何况对手是那个修特罗海姆。他发起的挑战我更不可能逃跑！"伯特兰坚决地说道。

我叹了口气。

我早知伯特兰会这么回答，说不定我也期待着他如此回答。

虽然立场决定了他拥护法律，但伯特兰比谁都珍视贵族般的美德——骑士精神、体育精神、博爱主义。他也时常告诫我不能忘记那些个人道德规范。

到头来，伯特兰应该属于古典时代吧，那个人们活得像个人的最后的时代。

在视效率和经济性为最优先地位的现代，有伯特兰这样主张的人可能已经落后时代了。但我比任何人都要尊敬、爱戴这位尽管身处今时，却仍贯彻着个人伦理规范的法国人。

"那么接下来要怎么办？"

"焦急也没用。横竖阿尔贝特警长会带着警队从科布伦茨市局过来，过来之后肯定要进行无聊的问讯。在那之前还是抓紧时间休息一下……我也得小睡片刻。帕特你也是，回房间休息吧……今天应该会相当漫长……"

伯特兰把我送到走廊，便赶紧上床休息了。

我回到房间，坐在床上望着窗外的内庭。

在飘荡着黎明气息的现在，恐怖惨剧的舞台新月之塔，不祥的塔影耸立在我眼前。南窗似乎还开着,但那拉开惨剧序幕的煤油灯光已然不见。大概是为了保护现场,伯特兰或者冯·修特罗海姆把它熄灭了吧。

(伯特兰真能在三天之内解决案件吗?不单是玛利亚的案件,如今还要加上莱因哈特被杀这一大谜题。)

我想着伯特兰后面的路,心情黯然。

一团乱麻

1

等不及天亮，弗里茨就驾着双轮马车飞奔出去。而当科布伦茨市警察总部的阿尔贝特警长接到弗里茨的报案，带着警队来到阿尔施莱格尔城时，已是上午十点多了。

阿尔贝特警长垮着一张脸，难看极了。

不奇怪。满月之塔的玛利亚·阿尔施莱格尔被杀案件还没一点眉目时，好莱坞新星库尔特·莱因哈特又被杀于新月之塔。一座古城，两起惨案，且杀人手法称得上复现了城堡的传说。

看来阿尔贝特警长很是懊悔撤走城堡里的手下。在他看来，自己的无能之举正被凶手嘲笑。

不可思议的是，就阿尔贝特警长撤离站岗警察一事，冯·修特罗海姆未做任何指责。昨晚他对警长的疏忽愤慨非常，还扬言"解决完案件就降他的职"，可现在究竟是怎么了？

然而站在冯·修特罗海姆的角度来看，是他阻止莱因哈特先行离开，却在自己留宿阿尔施莱格尔城期间让凶手得手。莱因哈特被害的负罪感让他无意再骂阿尔贝特警长失职了吧。

用从管家那里拿来的钥匙打开新月之塔铁门后，阿尔贝特领着一队制服警察往新月之屋而去。伯特兰、我还有科内根管家因为要陈述发现尸体时的情况，所以被点名同行。不知为何，冯·修特罗海姆留在公馆，没和我们一起。

踏进新月之屋，阿尔贝特警长一眼撞见哥白林挂毯上怨恨地瞪着他的头颅，瞬间双目圆睁。但不愧是职业警察，除此之外便不见他有其他什么反应。

负责搜查的警察给房间各处拍照，仔细彻底地搜查地面，确认是否有凶手的遗留物品。

在常规搜查终告一段落后，身穿铠甲的莱因哈特被人放下台座，与哥白林挂毯上的头颅并排放在新月之屋的地面。

前几天在满月之屋检验玛利亚的尸体的老法医，这次也随众人来到现场。他一见躺在地面上的莱因哈特便突然大叫："喂，我可不是铁匠！穿铠甲的尸体我可验不了，快把铠甲脱了。"

虽说要脱掉，但没一个警察清楚这套十六世纪的马克西米利安式铠甲如何脱下，现场微微陷入混乱。

"那个，算我多嘴，若不介意请让我来吧。"

科内根管家说着走到众人面前，在其他警察的帮助下，将莱因哈特翻过来，使其匍匐在地，然后轻车熟路地脱下铠甲。

在一边旁观一切的伯特兰感叹道："科内根，我不知道你还会这一手，在哪里学的？"

"在管理公馆二楼和主塔楼的武器库时看会的。在这座有年头的城堡里工作，能学到五花八门的东西呢……"科内根说着话，手里也不歇着。

大约十五分钟后，莱因哈特身上的铠甲被全部卸下。他的尸体穿着衬衫、裤子，还打了领带。衬衫左胸上破了个小口，在那周围洇出一块血渍，分明与脖子断面流下的血迹截然不同。

法医解开莱因哈特所有衬衫纽扣，露出他的胸膛。赤裸的上半身，左乳头下方见一处约三厘米的刺穿伤。血大概已流干，伤口看来只如一道黑红裂缝。

"这应该就是致命伤，看来像是用厚刃的短剑瞬间刺入导致死亡的。砍头是在受害人死后三十分钟内进行的吧。从尸僵状态来看，推断死亡时间是在午夜十二点前后。"

"医生，这次和对面那座塔上的女性不一样，是在死后才被砍下头颅？"

"是的。毕竟抵抗时男女力量悬殊，所以凶手这次先用短剑杀死被害人，再砍下其头颅。从切断面状况可知，要是断头时心脏还在跳动，出血量可不只是这些，到时候房间一整面墙都会被喷上血沫的。"

法医说着，又凑近莱因哈特的头颅：

"左前额有异常内出血。看来是在死后不多久被钝器击伤。"

阿尔贝特警长一下子紧张起来：

"医生！这可是重要发现。也就是说被害人头部先遭受重击失去意识，再被短剑刺杀，最后又被长剑砍掉了头？"

"不要着急下结论。我说了前额内出血是死后才发生的，不知出于什么目的，凶手用了某种硬而平整的钝器，照着头颅前额重重一击。难道他对被害人怀有深刻的恨意吗……"

法医慎重地择言道。

阿尔贝特警长背朝法医，转向我："你进屋时，确定被害人的头颅就在现在这地方吗？"

因为冯·修特罗海姆不在，只好由我点头。

"还有你说室内除了被害人的遗体，没发现任何藏人的迹象——怎么可能？窗户呢？"

我向警长说明东、北两面窗户完全从内侧反锁，唯一敞开的是南窗。但阿尔贝特对我的回答并不满意，亲自走到北窗和东窗，确认了板窗的插销。左右对开的两扇板窗紧紧地合着，插销也插得很紧。

阿尔贝特警长还不死心，又走到南窗前。南窗的窗板向内敞开，外面的风也一直朝屋里灌。板窗上的插销扣已经歪曲变形，好似证明之前伯特兰所说，板窗是从外侧被蛮力撞开的。

阿尔贝特警长从窗口探身观察塔的外壁，但不久后一脸失望地回头道："塔外完全没有可以落脚的地方。从窗外破开板窗进入房间不可能。"

阿尔贝特警长又看向窗户的上方。

"还有一个办法，从塔顶放下绳子，再顺绳降到窗口，但一步踏错就会坠落。最关键的，通往塔顶的门还上了锁。想不通，凶手到底是怎么进入房间，又是怎么逃走的呢？"他叹息道。

南窗大敞，我向外望。约十五米开外，正是昨天我和伯特兰、多诺万一起攀登的、威风凛凛的主塔楼。和南窗在同一高度的是主塔楼五楼——武器库北面的大窗户。隔着十五米的距离，两扇窗户遥遥相望。

（如果杀害莱因哈特的不是短剑，而是火枪的话，那就没什么好奇怪的了。凶手在主塔楼五楼，瞄准南窗里出现的莱因哈特，然后一枪毙命。只可惜莱因哈特被短剑杀害，被长剑砍下了头颅，而且身体还被塞进铠甲。要实现这些，凶手就必须在新月之屋里作案。但凶手何以能从反锁两道的新月之屋里消失如烟了呢？到底用了什么伎俩？）

为了不引起阿尔贝特警长的注意，我将视线移向窗外，思考着。

不久，阿尔贝特警长转向我们，却独语自问：

"姑且将现场种种不可思议的状况放在一边，我还是无法理解被害人的行为。被害人为何在深夜来到这鸟不生蛋的地方？"

警长多半是自言自语，应该也没指望会有回应。但从意想不到的方向传来了回复：

"阿尔贝特警长，你注意到了吗？比起夜访高塔，被害人的行为中还有更古怪之处呢——"

我惊讶地望向声音来源。阿尔贝特警长也一脸惊讶地看向那边。

自不必说，声音主人就是伯特兰。他继续道：

"从昨天下午四点之后，再没人见过被害人。经纪人下午七点叫他用晚餐时，他也是隔着房门回答的……

"总之可以推测，被害人从昨天下午四点到深夜这段时间曾与凶手接触，并约定在新月之屋里碰面。在此之前，凶手事先偷拿到科内根管理的新月之屋钥匙，打开房门，使房间任何时候都能进入——帕特，至此你都能理解吧？"

我点了点头。

"但凶手要进屋做准备，就必须通过新月之塔入口处的铁门。

但铁门上锁，钥匙也在科内根管家的钥匙串上好好地挂着。于是事情就很妙了：凶手和莱因哈特到底如何穿过上锁的铁门进入新月之塔的呢？"

我"啊"的一声叫了出来。阿尔贝特警长也像终于理解事态一般，满脸惊愕地听着伯特兰的话。

虽然直到刚才我都没注意到，但这一不可能现象确实与现场密室一样难解。

伯特兰继续说道："以前我们遭遇密室杀人，且不论凶手如何神乎其技地脱身密室，至少他们进入密室都很容易。不仅凶手，对被害人也一样，当被害者畅通无阻地进入房间之后，房间才会变为密室……自是当然，要连被害者都进不得，还谈何密室杀人呢？可在本次案件中，凶手和被害者都应无法进入新月之塔，但现实却是莱因哈特陈尸新月之屋。这到底是怎么回事呢？"

"难不成凶手同时盗出新月之塔入口钥匙和新月之屋房门钥匙？待杀害莱因哈特，把新月之屋伪装成密室后，凶手下楼梯，从新月之塔外面锁好出入口的铁门，最后把钥匙还回钥匙串？"

"凶手都能把新月之屋的钥匙塞进莱因哈特嘴里，为什么要小心谨慎地还回新月之塔入口钥匙？为了不想让科内根发觉他偷过钥匙？要真是那样就更奇怪了。"

"那如果说科内根管家本就是凶手同伙呢？新月之屋的房门钥匙一直由他管理，这样也就能说得通了。"

"如果是这样，管家何不让新月之塔入口钥匙一起被盗？这样才不会招致怀疑。凶手如果真的神通广大，不用钥匙也能来去自如，那他偷新月之屋的房门钥匙做什么？帕特，我觉得这里面藏着个大问题……"伯特兰叹息道。

于是新月之屋的搜证以毫无进展告终。

阿尔贝特警长命手下警察把莱因哈特的尸体搬上古城外的警车,后面估计要送去科布伦茨市警察总部进行司法解剖吧。

头颅和身体都被防水布包裹着的莱因哈特,被三名警察合力搬上担架,送了出去。

又有谁能想象得到,好莱坞电影新星,名利双收的莱因哈特,会在这座他度过少年时代的古城里悲惨地死去呢?

我心怀奇妙的感慨,目送莱因哈特的尸体远去。

2

伯特兰、我和科内根管家三人回到公馆,还没来得及休息,就被阿尔贝特警长叫到一楼大厅集合。

全如伯特兰所料,警长接下要来严厉问讯了。

我不由得感谢伯特兰事先听取了诺伊万施泰因博士的建议,所有关系人员暂时得以休息。关系者在异常紧张的状态下是扛不住警察问讯的,有人会因极度紧张而记忆混乱,明明没看见说"看见",明明看见却想不起来。警方实际问讯时也不希望出现这种混乱。所以充分休息的确是个顾全大局的明智之举。

我们走进大厅,发现所有住客及用人都已候场待命。

人人表情僵硬,绷着脸一言不发。他们或坐在沙发椅上,或站在墙边,紧张地注视着阿尔贝特警长和进出大厅的警察的身影。

其中，唯有一人泰然自若。那便是坐在火炉旁椅子上的冯·修特罗海姆。他闭着眼，跷着腿，看似一动不动地冥想着。

大概是用人给火炉添了柴，炉里发出噼啪声响。阿尔贝特警长两脚分开，威严直立在看得见所有人的位置，满是怀疑的双眼逐一扫过我们每个人。

"想来诸位都已得知，城堡里又发生了残忍的杀人案。这次的被害人是好莱坞知名演员。根据现场尸检的法医所述，已确认被害人是昨晚十二点左右遇害的。"

虽然阿尔贝特警长在阐述案情过程中努力保持着威严，但或许是严苛的上司冯·修特罗海姆在场，他的声调越来越高，语速也越来越快。

"据伯特兰以及科内根管家的证言确认，昨晚的遇害者莱因哈特自下午四点在大厅露面之后，就一直独自闷在客房。请问昨天下午四点以后有没有人见过他或目击其身影？有的话请现在立刻告诉我们。"

现场无人回应。

"那么就请你来详细说明发现尸体时的情形。"阿尔贝特警长转向我，一抬下巴示意道。

不得不反复做同一件事让人烦躁，但我还是耐着性子开始叙述不知第几次的尸体发现始末：

"因为白天累着了，所以晚餐后我早早入睡。凌晨一点四十分左右冯·修特罗海姆男爵敲门叫醒我。我依男爵指示看向窗外，发现新月之屋南窗大敞，里面还透出煤油灯的昏黄灯光。"

我停住了话语，看向火炉边的冯·修特罗海姆。

冯·修特罗海姆还是闭着眼,但为了证明自己也在听,他轻轻点了点头。

"我直觉不对,问同来我房间的科内根管家,得知有人从他保管的钥匙中偷走了新月之屋的门钥匙。

"商议过后,我和男爵决定先上新月之屋看看,便从管家那里借了新月之塔的入口钥匙,出发了。

"新月之塔出入口的铁门上了锁,我用钥匙打开锁……"

"铁门上门闩了吗?"阿尔贝特警长追问道。

"怪的是没有上门闩。按照满月之屋案发经验,这边的铁门也应该从内侧闩上才对……

"总之,我俩进入新月之塔,借着男爵的手电筒灯光,登上螺旋梯,朝新月之屋走去。

"终于到达新月之屋门前,男爵敲了敲门,但里面没有任何回应。没办法,男爵和我轮流通过钥匙孔窥探房间内,随后便发现了莱因哈特被砍下的头颅。"

我隐瞒了自己初见头颅时惊坐在地的事。

"我们认定事情不对,决定破门入室。在男爵去找破门工具的那段时间,我站在新月之屋门前,防止凶手趁机逃跑。不久后男爵拿了两根铁钎回来。我们用铁钎破开了新月之屋的门,进入室内。"

"铁钎!这么说来,新月之屋前的缓步台上的确丢着两根铁钎。我还想是怎么回事呢,原来是用来破门的……"

阿尔贝特警长转向火炉旁的冯·修特罗海姆,敬畏地询问道:"男爵阁下,恕我失礼,但请问那两把铁钎是从哪里找来的呢?"

冯·修特罗海姆睁开眼，目光锐利地盯着阿尔贝特警长，呵斥道："阿尔贝特！你这个蠢材！你眼睛干什么使的？昨天我们上新月之塔时，不是看见内墙修补施工处放着几把铁钎吗？我从那里拿的，这么点小事都推不出来！"

意外地挨了一顿骂，阿尔贝特警长的肩头被吓得一缩，都忘了催我继续讲下去。伯特兰不忍，帮腔道："帕特，继续吧。"

"男爵和我彻底搜查了房间。床底、衣柜里、门后等可以藏人之处我们都看过一遍，但没有发现凶手。

"对了，在那之前，男爵和我发现地上头颅的嘴里插着一把钥匙。男爵小心地抽出来，发现那正是被偷走的新月之屋房门钥匙。"

"你们凭何断定那是新月之屋的钥匙？说不准是其他钥匙呢？"

阿尔贝特警长顺理成章地追问。看来这位乡下警察也想到伯特兰之前提出的偷换钥匙之可能。

"不，那确实是新月之屋的钥匙，因为男爵立马就用那把钥匙试了门锁。在确认过锁舌可以弹出、收回后，我们才肯定那就是新月之屋的钥匙。"

"明白了。然后呢？"

"然后就没什么需要报告的了。我遵照男爵吩咐回了公馆通知伯特兰和科内根管家……对了，虽不知道跟案件是否有关，但破门闯进新月之屋时，我闻到一丝淡淡的硫黄味……"

"硫黄味？"

做出反应的不是阿尔贝特警长，而是我身边的伯特兰。

"帕特，怎么回事？我还是第一回听说——"

"对不起，因为好像跟案件无关，我就给忘了。在进入新月之屋时，我注意到房间残留了一点硫黄味。书桌上的煤油灯旁扔着一盒火柴，我想应该是凶手点燃火柴点亮油灯时留下的硫黄味吧。"

我如是说明，但看伯特兰的表情应是尚未释然。他若有所思，沉默不语。

"不管怎样，也不是什么重要线索。那么回到公馆后呢？"

阿尔贝特警长催促道。

"我先回自己房间换衣服，因为那时我穿的是睡衣加外套。换好衣服后我就去拍伯特兰房间的门，叫醒他后，告诉他发生了案件。

"再然后我就和伯特兰、科内根管家所知道的一样。我们三人一同前往男爵留守的新月之屋。"

"有没有一种可能：在你返回公馆叫醒那边的法国人期间，藏在新月之塔某处的凶手又逃回公馆？"

这也是和伯特兰商议过的可能。我缓缓摇头，说出了那件事实依据：

"阿尔贝特警长，很遗憾，不可能。因为我在出新月之塔时，顺手用钥匙把新月之塔入口的铁门锁上了。所以在我、伯特兰、科内根管家赶去之前，没人能进出新月之塔。"

阿尔贝特警长一脸为难，最后还是不情愿地点点头。

"好吧，那就按你说的，假设没人能逃出来吧。你把两人带去新月之塔过后呢？"

"我确认了新月之塔铁门没有异常，便再次打开铁门，和伯特兰他俩一起登上了新月之屋。当然，在螺旋楼梯间我们没有发现任何可疑的人。

"我们和独自看守新月之屋的男爵会合,再次巨细靡遗地搜索了一遍房间,但依然没有发现疑点……"

我结束了冗长的叙述,终于能歇一口气了。

阿尔贝特警长继续询问伯特兰和科内根管家发现尸体时的情况,但也不过是再度印证我的证词。

警长又问了诺伊万施泰因博士和多诺万,但因为他俩在晚餐上喝了太多,直到和管家先行返回公馆的我叫醒他们,他们都在呼呼大睡,根本不知道出事了,所以并没有提供什么有用的证词。阿尔贝特警长很快就结束了对他们的问讯。

最后轮到托马森和亨特。

"你们在被这位美国青年叫醒之前,似乎完全不知道发生案件了啊——是这样吗?"

托马森和亨特面面相觑,两人似乎还没从莱因哈特惨死的冲击中恢复过来。恐怕在几小时前,在大厅中伯特兰公布噩耗之后,他俩就一直没有休息,在商讨善后对策吧。

"是的,没错。简直是晴天霹雳,一时间我都无法理解发生了什么。"

亨特一脸憔悴地回答。

"还有,被害人似乎一直把自己关在房间……他是什么时候去的新月之塔?或者你们还曾注意到什么?"

"不,完全没有。我们笃定莱因哈特已经睡了。我们也想知道他去那塔顶上的房间要做什么……"

"这我也不知道……不过各位到底为何暂住城堡?听说你们一

开始是为了寻找电影的外景，但后来不知不觉那男人就跟双胞胎城主中的妹妹好上了。结果就在公布婚讯的当晚，他的未婚妻，也就是那个双胞胎妹妹在满月之塔塔顶房间里被杀，接着这位帅哥也在新月之塔内被人砍掉了头——这前前后后都发生过什么，希望你们能解释清楚。"

"我也不大清楚。最先谈到拍电影的是莱因哈特，他说有位富豪想出资把德国西格弗里特传说改编成电影，并让他主演，希望我们来德国实地寻找合适的拍摄地。莱因哈特还拿到了一笔可观的定金。

"老实说，我觉得这事相当可疑。不在好莱坞实际工作过可能不清楚，哪儿那么容易就碰上这样一位慷慨的赞助者。我觉得背后应该有内幕，建议莱因哈特婉拒，但他不听我的，带着认识的电影导演托马森来莱茵河中流地区选景——所谓物色外景拍摄地。

"要拍摄西格弗里特传说，就需要一位熟悉当地传说的顾问。于是我们诚邀刚好休长假、调查此地的传说的报社记者多诺万加入，一起暂居在城堡里。听说莱因哈特的双亲曾是这里的用人，他自己也曾在这里度过童年时光，因而得到了暂住许可吧。

"我们被引见给城主阿尔施莱格尔姐妹。姐姐好像并不欢迎，但妹妹和莱因哈特是青梅竹马，现在他一跃成为好莱坞电影明星，于是妹妹也对莱因哈特抱有少女般的憧憬吧。她对我们的照顾可谓面面俱到，也是她说服了姐姐允许我们暂住。

"但莱因哈特好像忘了最初找外景的任务，赖在城堡里，并瞒着城主姐姐，多次跟妹妹幽会。因为次数太多，我看不过去，就提醒他：'喂，莱因哈特，别光顾着骗人家古城小丫头，重要工作也

得拾起来！你还打算在这里住多久啊？'

"随后莱因哈特露出轻蔑的笑容：'哼，跟古城小丫头谈情也是工作的一环啊。你就看着吧，趁这段时间我赚的钱将比拍电影至今所得要多得多。'

"那时我还不知道莱因哈特正在盘算什么——对，直到那天晚宴为止。

"那天的晚宴之上，两姐妹上演过那出闹剧后，莱因哈特回到房间叫上托马森和我，终于对我们和盘托出。

"他真正目的是与玛利亚通婚，获得自由支配城堡财产的权力。而且在到达这个国家之前，莱因哈特就已经和他提过的富豪赞助者签订了城堡的转让契约，即他提前就做好准备，只要拿到城堡处分权，就一定会用这座古城从那个大富豪那里换得一笔巨款。至于西格弗里特传说的电影改编更是彻头彻尾的大谎言。美国富豪中想把欧洲历史悠久的古建筑据为己有者一抓一大把，和莱因哈特签订契约的富豪大概也是其中之一。而且因为德国在之前的大战中战败，土地和建筑都以极低的价格在市场流通。

"我听说少年时代的莱因哈特好像曾对妹妹玛利亚动过真心，却因这件事连累了父母，全家被逐出城堡，所以征服那位小姐应该不单单是为了钱，大概还有对老雇主的报复吧。

"听说玛利亚小姐怀了自己的孩子，莱因哈特就更加得意了。若仅是婚约，保不住任何时有毁约的风险，但若孩子出生，便坐实了孩子父亲的身份，孩子才是莱因哈特最有力的底牌。但万万没想到，那位小姐当晚便在塔顶房间遇害了。

"但那时莱因哈特还没有多大的动摇。即使小姐死了，只要她确实怀孕，那莱因哈特还可以争取孩子父亲所拥有的权利。

"而当得知玛利亚小姐并未怀孕时，他彻底崩溃了。唯一一张王牌也不复存在，他受到的打击可想而知。自那以后莱因哈特就一直把自己关在房间，还说想尽快回美国。我当然毫无异议，因为放任莱因哈特这样的人气红星在德国的穷乡僻壤虚掷光阴着实浪费。

"虽然我想尽早出发，但那位叫冯·修特罗海姆的警察却油盐不进，最终莱因哈特也被杀了。

"老实说，我所做的一切都没了意义。我也不在乎到底是谁杀了莱因哈特，可能是那个行踪不明的卡伦搞的鬼，但都无所谓了。

"想想莱因哈特也真可悲。为报复给自己童年带来痛苦回忆的雇主来到这乡下，还想要通过自由操控老雇主家的女儿们来一雪屈辱记忆。

"我觉得莱因哈特向那位小姐求爱并非全然做戏。所谓恨，也是爱的另一种表现……"

亨特说完后颓然垂肩。

"原来如此，怪不得那男的这么着急回国。"

"双胞胎妹妹死了，自己又没得到城堡的财产继承权，莱因哈特不仅要返还富豪的定金，还可能面临违约赔偿，需尽快返美向对方说明情况，寻求善后。莱因哈特他也是被逼无奈啊。

"当然，他感觉局势危及自身是另一事实。若在塔顶被杀的是玛利亚小姐，则行踪不明的姐姐行凶的可能性就很高。如果那样，那位卡伦小姐必不会原谅玩弄亲妹并诱使自己谋杀亲妹的莱因哈特吧？把自己关在房间也是害怕遭受袭击。"

虽然亨特所说跟伯特兰的推理如出一辙，但阿尔贝特警长似乎是初闻，一边点头一边在笔记本上记录。

"原来如此。我大概了解被害人的立场了……结果到最后你们也不知道被害人到底何时、出于何种目的去新月之塔的，对吗？"

亨特和托马森再次互看对方一眼。

"很遗憾，我们全无头绪。莱因哈特好像真感到了自身的危险处境。他为什么要在夜里独自去那座塔呢……"

亨特大叹了一口气。

3

过了中午一点，问讯结束。阿尔贝特警长一行人分头行动。一组人继续调查新月之塔，另一组人地毯式搜查莱因哈特的房间。

警方似乎把宝都押在"从被害人周边关系找出破案线索"上，结果完全弄错了方向。莱因哈特身边什么涉案线索也没发现。

在那期间，科内根管家在餐厅安排下迟来的早餐，我们陆续坐到桌边。

住客们都倦意阑珊。

自是当然。深夜被案件惊醒，接受完伯特兰的连夜问讯后，白天还要再受一轮阿尔贝特警长严厉的问讯。虽说两次问讯之间能回房小憩，但在这异常事态下根本得不到真正的休息吧。

只有冯·修特罗海姆没有出现在餐厅，他应该正和阿尔贝特警长一起指挥搜查吧。

见身旁的多诺万默默消灭着蔬菜炖牛肉，我小声道："多诺万，你不去取材吗？'好莱坞人气演员遇害'可是大头条吧？"

多诺万停下正往嘴里送菜的手，哭笑不得地看着我：

"现在哪儿还有力气哟。首先，我是嫌疑人之一。其次，跟平时不同，修特罗海姆男爵和阿尔贝特警长不可能允许我去取材。而且老实说来很奇怪，我对这次案件并没有平时那样的探究欲望。

"莱因哈特虽不值得尊敬，但再怎么说我们也同吃同住了将近四个月。他说他们为了西格弗里特传说的电影改编在找外景，并邀请我做顾问，我这才有机会跟他们来到城堡，但没想到竟会发生这种事。

"刚才听亨特说电影改编只是借口，但莱因哈特确实就莱茵河传说和双月城的黑骑士传说问过我很多问题。现在想来，大概是为将来出售这座城堡给美国富豪时准备的，所以才会调查它的历史背景吧，但即使如此我还是惊讶于他的求知欲。我想或许是出于不假思索的乡愁吧，想要了解自己度过童年却出于各种缘由不得不离开的这片土地。

"而莱因哈特被残杀，身首异处。你能理解我为何无法积极报道他的死讯了吧？

"史密斯，我在想，要么等案件顺利解决后，干脆从报社辞职算了。"

"辞职？这么突然吗？"

"很久以前就在考虑了。如你所知，学生时代起我就对文学和历史深感兴趣。虽然也曾梦想像你一样成为作家，但看来我没有你那样的好运。由于我擅长写评论文章，所以选择了报社记者的道路，可我却开始对每天忙着抢头条的日子感到疑惑。在我脑袋里经常会冒出一句自问：这真的是我想做的事情吗？

"我计划辞掉报社记者后,回老家当个乡村小学教师。我觉得一边跟孩子讲讲故乡的历史和传说,一边悠然度过余生也不错……"

多诺万露出羞涩的微笑,看来他已经深思熟虑过了。

听罢多诺万的话,我开始回想自己。突然,我想起还在巴黎等着我的玛丽·凯利。

可爱的玛丽。自与她相识于一起难解事件,如今已过四年。其间虽屡遭危机,但我们还是合力渡过难关,终于要在今年五月结婚。

(一定、一定要平安归来啊……)

离开巴黎时,玛丽为我担忧,含泪颤抖着的纤瘦身影浮现脑海。我在心中坚定起誓:顺利解决完案子,回巴黎和她结婚,之后我绝不再离开她。

而把我召唤到莱茵中流地区的始作俑者——诺伊万施泰因博士离我们稍远,正和伯特兰说话。

"所以嘛,伯特兰先生,可以看出这起案件的凶手是个典型的偏执狂啊。分明严守着古城传说实施犯罪,将尸体斩首就是最明显的证据。凶手肯定对那个传说异常执着。在这点上最可疑的就是直到现在去向不明的双胞胎姐姐卡伦小姐了吧。"

"如此说来先生认为是卡伦小姐接连杀害了妹妹玛利亚和莱因哈特,然后把他们的头颅,甚至连同玛利亚小姐的双手也砍下了?"

"嗯。我虽不想怀疑那位美人，但前有卢克雷齐娅·波吉亚[1]小姐，后有'血腥伯爵夫人'伊丽莎白·巴托里[2]，美丽女性有时会做出连男人都自愧弗如的残忍行为……要说自小在这阴郁古城中居住成长、不识城外世界的卡伦小姐近乎异常地执着于古城的传说，也不是不可能。

"在卡伦小姐看来，莱因哈特和妹妹结婚就是奔着城堡的所有权而来，届时他定会以财政困难为由转卖城堡。这样的人即使大卸八块也不够解恨，于是她迁怒到与莱因哈特结婚、给他获得自由处置城堡权的妹妹玛利亚身上。更何况那日晚宴上，玛利亚小姐公布自己怀了莱因哈特的孩子，虽然只是谎言，更是打破了卡伦小姐的精神平衡。"

"妹妹玛利亚小姐怀孕对卡伦小姐的冲击竟如此之大？"

"是啊——你想想，如果只是单纯结婚，那还能离。但若两人有了孩子，只要孩子一出生，作为父亲的莱因哈特就有权处置这座城堡了。简直就是给了莱因哈特一把决定性的武器。我们也都看到卡伦小姐听闻此事后有多么激动——一向以冷艳示人的她形同厉鬼，狂扇莱因哈特好几巴掌不说，还和妹妹玛利亚扭打起来，最后双双倒地。真是何等疯狂的情景哟……"

诺伊万施泰因博士似乎回想起晚宴上的情景，浑身发抖般地摇

---

1. 卢克雷齐娅·波吉亚（Lucrezia Borgia，1480—1519）：罗马教皇亚历山大六世私生女，长期赞助艺术家从事美术等相关事务，是欧洲文艺复兴时期的幕后支持者之一。她一生数次结婚，相传前几任丈夫皆被其谋杀。
2. 伊丽莎白·巴托里（Elizabeth Báthory，1560—1614）：匈牙利女伯爵。十七世纪初，伊丽莎白因迷信巫术，利用少女鲜血沐浴来永葆青春，在匈牙利一个城堡里残害了六百多名女孩。

摇头。

"难怪……我明白先生为何认为卡伦小姐是凶手了。但是卡伦小姐究竟是如何实施一连串犯罪的呢？发现玛利亚小姐尸体的满月之屋和发现莱因哈特尸体的新月之屋都从内侧反锁且上了门闩。特别是玛利亚小姐一案，不单是满月之屋，还有满月之塔下入口处的铁门也从内侧上锁且上了门闩。假设卡伦小姐是凶手，她该用什么方法实施犯罪，又用什么方法从双重封锁的密室中逃脱？只要不弄清楚这些，案件就无法解决。"

"正是如此，我也想不通。不过这些问题你知道的比我多，你办过那么多疑难案件，不也曾完美破解过密室杀人案吗？这回请再次发挥你那过人才智如何……"

伯特兰苦笑着望向诺伊万施泰因博士：

"先生，同为密室杀人，但我遇过的案件跟这次性质完全不同。过去那些密室，大多有密道或是目击者做伪证，只是看起来像是个无法进出的密室。但本次案件，作为案发现场的两个房间，在物理上完全封闭……或许比起我，那个人更适合这个案子——"

"那个人？你指的是谁？"

"一个古怪学者，在伦敦警局做顾问。我有个在巴黎警局共事过一段时间的朋友，后来他搬去伦敦汉普斯特德街居住，但因为有兴趣研究犯罪学，机缘之下结识了那位学者。

"听朋友说，那学者是个巨汉，长得活像圣诞老人，经常穿一件肥大的黑衣，身披帐篷大小的斗篷，靠两根拐杖走路。他特喜欢啤酒和喜剧，平时像个孩子一样单纯，可一旦碰到罪案调查方面的事，就会发挥出'看穿砖墙'般敏锐的洞察力，不管多么无解的事件都能当场破案。他特别擅长破'密室杀人案',还搜集过古今东西的密室犯罪案例,写成'密室讲义'——"

"有这等厉害人物!还和我一样是位学者,真令人高兴。他名字叫什么?"

"全名我有点忘了。好像是叫 Dr. Fell。"

"Dr. Fell?菲尔博士?怎么像《鹅妈妈童谣》里出现过的名字?"

说着,诺伊万施泰因博士用走调的嗓子唱起《鹅妈妈童谣》里的一节:

> 遭人嫌弃的菲尔博士
> 并没有什么理由——

午后的餐厅里,回荡着博士走调的歌声。眼前的场景奇妙荒诞,脱离现实,免不了让人想起《爱丽丝梦游仙境》中的疯狂茶会。

"……能别唱了吗医生?即便给阿尔贝特警长发现,也会怀疑我们外国人的脑袋了。结果就是助长他们对本族群的骄傲自大。真是,那帮人根本不把条顿民族以外的人当人看……"

多诺万愤恨地说。

"哎呀,抱歉,劲头一上来就……但是伯特兰,现在也不可能拜托菲尔博士从伦敦赶来了呀。这样不就只能等修特罗海姆男爵和那个叫阿尔贝特——讨人厌的警察有什么进展了吗……你昨天和修特罗海姆男爵约定的'三日破案'真有胜算?三天期限不过是为了拖住电影明星莱因哈特才定下的吧？现在他人都死了，这个期限也该无效了吧……"

"今天凌晨帕特也问了我同样的问题。但是先生，我伯特兰奉行'言出必践'。况且对手是那位冯·修特罗海姆，我更不可能临阵退缩。而且嘛，也不是完全没有胜算。"

"哦，这么说来，你找到了什么线索？"

"今天凌晨发生的莱因哈特事件，现在还没到发表意见的阶段，但之前在满月之屋发生的密室杀人案件，我已基本掌握全貌。只要再确认两三件事，我想就完全明白了。"

"是吗，你已弄清满月之屋的案件——"

听到伯特兰的话，不光诺伊万施泰因博士，连多诺万和我都倒抽一口气。

"伯特兰，这是真的吗？如果你真的破解了那个牢固的密室，对搜查来说可是个极大进展啊，请务必告诉我们真相。"博士说道。

"很遗憾，现阶段还不能告诉你们，因为涉及的问题非常敏感。所有事情我都会在三天后——不，两天后的正午——道来。请大家再坚持等待两天。"

伯特兰说完，不管博士再怎么套话，也对案件绝口不提。

午饭结束，我们四人准备回自己房间，却在公馆三楼走廊看到了奇怪的一幕。

在南面环廊——通往满月之屋的那条环廊出口附近正站着电影导演托马森和女仆弗里达。全程只有托马森说话，弗里达则是别过脸,一副想要尽快离开的样子。而托马森则把手撑在墙上阻止她离开,仍固执地说着话。

"什么情况?这时候好莱坞导演也不忘调情啊。"博士漫不经心地说道。

"不,看着不像是追求女孩,倒像是在威胁——"多诺万低声说。

"嗯,的确像。帕特,要化身白马骑士拯救公主吗?"伯特兰暗示道。

我点点头,小跑上前:"托马森!你在那儿干什么!"

听到我一喝,托马森吓得扭头回望。弗里达看准时机,钻出托马森的手臂,跑上通往四楼的楼梯。

托马森望着她的背影"啧"了一声,等弗里达身影消失在四楼后,他重新望向我:"净搅事,马上我就要从那小姑娘嘴里问出重要情报了……"

"重要情报?什么情报?"

"哼,你们是不会明白的。毕竟你们是一帮既没本事阻止莱因哈特被杀,又看不透那该死凶手鬼蜮伎俩的无能侦探和小跟班。"

虽愤懑于托马森的谩骂,但我还是努力压制怒火。

这时伯特兰、诺伊万施泰因博士和多诺万也来到这边。

"托马森,到底是怎么了?我看你一直在跟弗里达说话……她似乎很害怕。你对她说了什么?"

"哼,我学你们扮一回侦探,再次问她死在满月之塔上的那个笨蛋双胞胎妹妹被害时的情景……别吃惊啊,我发现了不得了的事。那可是能一举解决案件的重大发现。你和那个讨厌的男爵怎么调查都没发现的关键线索，终于被我给找到了！"

"什么！"我不由自主地叫出声。

伯特兰和冯·修特罗海姆，德、法两大侦探尚未找到的关键破案线索，被这个刑事搜查经验全无的胖子发现了？

"托马森！那个线索到底是什么？"

"哎哟，我可不能在这儿说出来。"

托马森带着胜利般的沾沾自喜环视我们四人。

"但毫不夸张，那可是重大发现哦。只要有了这一线索，案件真相就显而易见了！这可是我发现的！是属于我的！"

托马森一边高叫着，一边返回自己房间。

托马森那令人意外的发言，让留在原地的我们相视无言。

"伯特兰，托马森到底发现了什么呢？"我终于回过神来，问向伯特兰。

"我也不知道。但听那人的口气，不全是故弄玄虚，应该是有什么根据的。到底是什么呢……帕特，我好像有种不好的预感。那男人太自信于发现的'线索'，我觉得他会做出一些不理智的行为。若一张白纸的人自以为是地插手调查，有可能会有重大伤亡。希望他不会有事……"

伯特兰一脸担忧地对我说。

旋梯之死

1

下午直至日暮，公馆安然无事。

冯·修特罗海姆和阿尔贝特警长率领的警察队伍仍在搜查案件现场新月之屋，但似乎并没有什么新发现。

大概是吸取了昨晚的教训，阿尔贝特警长安排两名制服警察通宵值守新月之屋。两名警察似乎利用房间床铺轮流休息，通宵站岗。

在房间睡足后，我便下楼，打算去餐厅享用晚餐，那时已是晚上七点多了。

其他住客似乎用过餐了，餐厅里只有经纪人亨特孤零零地坐在餐桌前。我向他轻轻点头致意，便和他隔开较远的距离坐下。不管是托马森还是这个男人，我跟所谓的好莱坞人都有点合不来。

草草处理掉晚餐，我打算回房。刚要离开餐厅，亨特意外地从背后追上来对我道：

"喂，我有些话想跟你说。虽然唐突了，但你等会儿能来我房间一下吗？"

我虽略感意外，但也没拒绝的理由，便答应下来。

我先回房，整理完仪容后再次出门。来到三楼北面，亨特的房间门口，我轻轻敲门。

门很快便打开了，亨特的脸出现在门后。

"欢迎。来，快请进。"

亨特催促我走进房间。

"抽烟吗？还是喝酒？"

"不，都不用。那个，你有什么话跟我说？"

我摸不透亨特的想法，单刀直入地问道。

"其实是托马森。从今天下午，那家伙就一个人追查着什么。嘴上还说'我抓到了能解决案件的重大线索'，还到处逮用人、女仆问东问西的。"

"这事我之前也遇见了。他拦下弗里达似乎想追问出些什么。"

"我问过他到底在追查什么，但他只是说'亨特，这可是很重要的线索。我要靠它解决本次案件，让那个鼻孔朝天的混账男爵惊掉下巴，你就瞧好吧'，但线索的具体内容他却守口如瓶。你是那法国怪侦探的助手，会不会有什么头绪？"

"完全没有头绪。如果真有必要，不如你直接再问他一回？"

"我也是这样想的，所以去餐厅前顺便到他房间看看，但屋里没人，他好像还没回来，估计现在还在城堡四处转悠呢。"

亨特深深地叹了口气：

"莱因哈特已经没了，我也想尽快回国处理后续事务。好在为了这次旅行把其他工作全都推了……但即便如此，安排葬礼、通报媒体等工作还是一堆。德国警察把我当嫌疑人，不让离开城堡，这时候我正想和同伴托马森商量呢，他却这副德行……"

"我能理解你的心情，可要说被当作嫌疑人，我们也一样。总之，现在只等搜查有进展了。而且伯特兰说了，后天会解决案件……"

"你是指那个法国人昨天在餐厅接受挑战'三天破案'？他真打算后天之前把案件全部处理掉？不单是城主妹妹横死满月之屋案，还要解决莱因哈特被害案吗？说来那男人对修特罗海姆男爵心怀敌意，真没问题吗？"

"伯特兰是个言出必行的人，到目前为止他从未食言过，我相信他！"

我坚定地说道。

"……真令人羡慕啊。"

亨特嘟哝了一句。

"什么？"

"有值得信任的朋友啊。我和莱因哈特曾经也是这样的——"

亨特眼神渐远，像是回望过去。

"我和莱因哈特本是不被看好的演员，在好莱坞一面做着洗碗和环卫之类的活儿，一边不停地参与试镜，但始终都没能获得角色，最后在廉价、肮脏的酒吧喝着劣酒，混着日子。之后莱因哈特终于得到迈克·福克纳导演的赏识，在警匪电影中崭露头角。而我则放弃了演员梦想，当起了莱因哈特的经纪人。

"走电影演员这条路的，心中都有出人头地的强烈欲望，莱因哈特更是如此。怎么说呢，他给我一种感觉——终日憎恨着自己的过去。

"现在想想，我觉得莱因哈特会走电影演员这条路，有比赚钱、成名等更为切实的理由。莱因哈特一定是想变成另一个人。"

"变成另一个人?"

"是的。这次弄清楚莱因哈特的童年生平,使我更加确信。

"想想看,他是城堡马车夫家的孩子,而自己首次表白的对象是雇主家的女儿。莱因哈特此举让他们全家被逐出城。年幼的莱因哈特因此受到多么深的伤害,可想而知。

"不过一次示爱,凭什么全家都要遭受无理对待?因为自己和家人是下等人,对面那位小姐是贵族。他必须脱离下等人的阶级,爬到和那位小姐同样的高度——莱因哈特如此下定决心。而电影演员简直是阶级跃迁的利器,不仅能名利双收,还能通过扮演角色变成完全不同的人。"

亨特好像着迷般激动地说着。

解开案件的钥匙说不定就藏在莱因哈特的性格中——我这样想。

"亨特先生,我明白了。但伯特兰也说过,犯罪调查不是外行人心血来潮,头脑一热就能插手的事。还要你万分留意托马森先生的行动,如果发现他有过激的行为,请立刻通知伯特兰或者我。"

"就这么办。我再也无法忍受还有同伴在这异国他乡遇险。莱因哈特已经没了,我只希望托马森平安无事。那家伙也是,到底在想些什么……"

我向仍在烦闷的亨特点头示意,便离开了他的房间。

我回到房间。闲来无事,便想用书来打发睡前的时光。幸亏我带来不少书。

从旅行包中取出几本，最终还是决定读 M.R. 詹姆斯[1]的短篇小说集《古物鬼话》。这位博学先生的故事舞台都是他专业研究领域内的古寺、古迹等。在这样一座古城里阅读，倒也相得益彰。

在作者细致的文笔和层层恐怖堆积的故事情节中，我忘记了时间的流逝，抬头一看手表，已经十一点多了。

（是我读书太入神了？明天还有事，今晚先睡吧。）

我合上书，走到面向内庭的窗户前，正要拉上窗帘——

就在此时，不经意的一瞥，让我看见一幕意料之外的情景。

公馆南面通往满月之塔的环廊出入口，有个白色人影在晃动。我立刻熄灭房间的灯，确认对方没发现我在窥视之后，便一直盯着窗外。

人影向满月之塔的方向缓缓移动。不知是没有带手电筒还是不想引人注意，人影只凭星光前进，可能因为看不清脚下，一步一步谨慎地一边确认周围路况一边往前走。

待眼睛习惯黑暗后，我发现人影是位女性。她穿着白色西班牙风格的礼服，散发着光泽的金发梳成蓬帕杜大背头——那个人影，我记得在哪儿见到过。

（对！人影跟失踪了的双胞胎姐姐——卡伦小姐一模一样！）

酷似卡伦小姐的人影走到满月之塔入口处的铁门。前些天撞开的铁门还没有修好，入口像一张深渊巨口，等待着新的猎物。

接着，人影慢慢消失在敞开的门内。

---

1. M.R. 詹姆斯（Montague Rhodes James，1862—1936）：英国中世纪宗教历史学者，曾任剑桥大学国王学院教务长。但他更为世人熟知的身份是业余怪谈作家，著有短篇故事集《古物鬼话》《古物鬼话续篇》等。

不一会儿，满月之塔侧面不时能看见忽隐忽现的暗光。

（明白了！那是登螺旋楼梯而打开的手电灯光，从塔侧面的"十"字形枪眼透了出来！）

这个深夜，酷似行踪不明的卡伦小姐之女性登上满月之塔——到底意味着什么？

我不顾夜的冷气从微开的窗缝中滑进房间，只是紧紧盯着对面的满月之塔。

晚冬寒风催动树木，敲响玻璃窗。以星空为背景，满月之塔漆黑的轮廓耸立在庄严冷峻的夜空中。

塔内能称得上设施的，只有位于螺旋梯尽头的满月之屋。我不认为那个酷似卡伦小姐的女人会在如此深夜登上塔顶，所以毫无疑问，她去的是满月之屋。阿尔贝特警长在发现莱因哈特尸体的新月之屋安排了两名驻守警察，但这边的满月之屋应该没有做任何部署。

（好。就由我来揭开那女人的真面目！）

我当机立断，在上衣外披了件长袍，悄悄打开房门来到走廊。

我蹑手蹑脚，慢慢挪到公馆南面的环廊入口，四下打量。其他住客好像都已经睡了。

我紧盯着通向满月之塔的环廊。

呈一条直线延伸的三十米昏暗环廊上，空无人影。

我移动视线，望了一眼星光照耀下的内庭。即使没有满月那么明亮，星光下的内庭也足够清晰，其中还有城墙黑黑的影子。

环廊和内庭皆无人的气息。

我心意已决，踏上昏暗的环廊，向满月之塔走去。

寒冷的落山风横扑向我，我右手挡在脸前，低着腰，慢慢前进。

终于来到满月之塔的入口，我穿过损坏的铁门，站在了螺旋楼梯下方。我想要看清上方的旋梯，但因为太暗，什么也看不见。

（失策了，应该准备个手电筒或者蜡烛的——）

我气自己的大意，但还是打算先登上螺旋梯，于是迈出一步，就在这时——

我感到后脑勺挨了一记猛烈的撞击，身体不由得向前倾倒。意识迅速远去，接着所有感觉都逐渐消失——

在失去意识之前，我拼上最后的力气向后望，我想知道搞背后偷袭的小人是谁。

逆着星光，一个不知是男是女的黑影站在满月之塔的入口，接着我的意识便坠入了黑暗的深渊……

2

远方仿佛有雷鸣……

轰隆轰隆，似响彻心底，令人不快……

哎呀，雷电好像落在附近。"滋"的一声，冲击贯穿了我的身体……

"喂，这里也有人倒下了！"

"欸，这不是史密斯吗！"

听见头顶正上方响起人声，我迷迷糊糊地恢复了意识。

"啊，肩膀能动。史密斯还活着！"

那是多诺万的声音，我正打算回应，但惊觉自己完全说不出话。好像我嘴巴里被塞了布，又在上面紧紧地绑着根布条。

我急忙想解开封口的东西，但又发觉双手也动弹不得。我被反绑住了，双手手腕被绳子束在一起。

"真狠——帕特，你忍忍。我这就给你松绑。"

应该是伯特兰的声音。塞住嘴巴的布团被拿了出来，接着绑手脚的绳子也被解开。

最后松开的是蒙眼布，恢复视觉的我首先看到的是以伯特兰为首，围在我身旁的众人手中的手电筒灯光。

"帕特，没事吧？有没有受伤？"

"……我没事。就是头有点——突然被人从背后袭击了……"

我皱着眉，摸了一下后脑勺。

眼睛渐渐习惯了手电筒的光，发现围住自己的有伯特兰、多诺万、诺伊万施泰因博士和马车夫兼马厩管理员弗里茨。

"……这是哪里？我现在在哪儿？"

"满月之塔通往主塔楼的出入口——从环廊铁门起绕过四分之三周的地方。"

伯特兰动了动手里的手电筒，照亮周围。

我背后有扇铁门，样子和前几天被战锤砸烂的铁门一样，只不过这面铁门完好且庄严地紧闭。门中央横插一根四方粗木门闩，把门锁得更加严实。

手电的光游移，停在铁门前一件奇怪的东西身上。那是载货车使用的木制大车轮，粗实的车轴连接着两个木车轮。乍一看像是放大了几百倍后的缝纫机上线轴。

可能是注意到我的视线，弗里茨说道：

"那是双轮马车的车轮。本来是放在马厩的，但是马厩太小，所以便搬到这里来了。"

我懵懵懂懂地听着，脑袋里还是一片云雾，对发生在自己身上的事没什么真实感觉……

"话说回来，你竟然平安无事。史密斯，你真该感谢凶手啊。如果他不是这样费事地把你绑了而是直接做掉，那我们就会发现两具尸体了——"

诺伊万施泰因博士的话让我大吃一惊。

"两具尸体？这么说，还有人被杀？"

"是啊，帕特。"

伯特兰沉痛道。

"是谁？谁被杀了？"

"电影导演托马森。就在刚才，在满月之塔螺旋楼梯上发现了他的尸体，是被中世纪长剑砍死的。看起来像大力士用尽全力的一击，托马森左肩到心脏被一刀劈开。凶器长剑就在那边——通往公馆的环廊入口。"

我从头到尾听完了伯特兰的话，头脑再次混乱，意识的海面上逐渐浮现出一个女性身影。

我像是发烧说胡话一般，不断重复着一句话——

"那个女人！那个女人！穿着和卡伦相同衣服的女人……"

虽然写得颠三倒四，但我还是把发现托马森尸体的经过记录于此吧。这些都是我被偷袭，失去意识后发生的事情，也是后来从伯特兰那里听说的。

事情起因是从亨特想劝说托马森停止莫名其妙的侦探行动开始的。那时已过午夜十二点，亨特去托马森的客房找他。本来这个点儿拜访别人很是失礼，但对于昼夜颠倒的好莱坞人士来说其实正常，据说二人像这样的深夜互访并不罕见。

亨特来到托马森房间，发现门并没上锁。亨特觉得奇怪，便朝屋中窥探，竟发现房间无人。感到惊讶的亨特又去我的房间找我，发觉我也不在房内，最后他叫醒了三楼所有住客。

直觉不妙的伯特兰和冯·修特罗海姆分别叫醒了熟知古城情况的科内根管家和弗里茨，组成了搜索队。

搜索队分成两组，伯特兰、诺伊万施泰因博士和弗里茨为一组，冯·修特罗海姆、科内根管家和多诺万为另一组，分头在城内搜索。

伯特兰率领的第一小组正顺着三楼走廊向南搜索，弗里茨突然发现通往满月之塔的环廊入口门洞大开，便告知伯特兰。第一小组立刻前往满月之塔内部搜查，由此发现了托马森的尸体。

伯特兰让弗里茨去通知修特罗海姆男爵他们，第一小组和随后赶来的第二小组会合，在满月之塔的内部进行了地毯式搜查，中途发现了蒙着眼、被捆绑的我。

"那托马森的尸体呢？"

"还在现场，冯·修特罗海姆正在保护。一起去看看？"

听伯特兰这么说，我坚定地点点头。

他们搀扶着步伐还有些虚浮的我，沿塔内侧绕了四分之三周，回到螺旋楼梯正下方。

"没事吧？帕特。如果还爬不了楼梯，就不要勉强。"

走在前面的伯特兰担心地说。

"不，让我去看看。这次的事件我要亲眼见证！"

我扶着楼梯扶手支撑着自己摇晃的身体，跟在伯特兰后面攀登螺旋梯。

在我身后跟着的是诺伊万施泰因博士、多诺万和弗里茨三人。

抓着扶手沿旋梯顺时针向上爬，途中我注意到楼梯间的扶手设计得非常实用。普通扶手是在一排垂直凸出于墙壁的铁棒前端装上横木，而这里螺旋楼梯的扶手则是在横木下方安装上垂向地面的铁杆，铁杆在接触到台阶之前垂直弯曲，钉在墙壁。

由于普通扶手有连接墙壁的铁棒，人抓着扶手每经过一段距离便被连接处的铁棒挡住，但这里的扶手构造让人一直抓着扶手上下成为可能。

特别是需要快速跑下如此陡峭的楼梯时，无铁棒碍事的扶手能有效地防止跌倒。

大概登了两圈，伯特兰的手电筒照出前方几个蹲在楼梯间的人影。

"修特罗海姆男爵，发现什么了吗？"

听到伯特兰问话，背对我们半蹲着的人影中站起一人。不用说，那便是冯·修特罗海姆男爵，剩下的人影是科内根管家和在新月之屋值班的制服警察。他们定是接到报案，和冯·修特罗海姆一起来现场取证的吧。

在其脚边，是如揉烂的旧抹布一般，头朝下躺倒的——电影导演维克多·托马森惨死的尸体。

托马森身穿睡衣,外罩睡袍,脚上本该穿着拖鞋,估计垂死挣扎时弄掉了,现在脚上只套着袜子。

看起来他像是在登楼途中突然被砍,头冲下仰面倒地。一道很深的刀伤从左肩延至胸口,从伤口流出的大量血液滴落在螺旋楼梯。

双月城的第三名死者——

电影导演托马森是第三名死者,我有些意外。

之前两起案件,第一位死者是玛利亚,第二位死者是莱因哈特,这两位都与双月城深有渊源。玛利亚,无须多说,是双月城现任城主之一,而莱因哈特则在这座城堡中度过童年,且与玛利亚有婚约。

而托马森到底不过是莱因哈特带来为电影选景的工作人员,一名暂居在双月城的住客。

托马森为什么会遇害?

冯·修特罗海姆没搭理我的疑惑,跟伯特兰共享起现场调查的结果。

"如你所见,伯特兰。被害人遇到了强而有力的斩击,几乎一下就被干翻——左肩、锁骨、肋骨悉数斩断,切口一直到心脏。基本上一刀毙命——

"之前法医也提过,凶手应该是个力量惊人的男性,不然也是个剑术高手。在如此狭窄的螺旋楼梯上,以如此精准的一击就解决对方……

"不可思议的是,被害者右半边身体上也有类似刀伤。但那边的刀伤很浅,自被害人右肩起,经腹部,直到右侧大腿。凶手究竟出于什么目的，要在被害人身上再添一道伤痕呢……"

"右侧伤痕有可能是先留下的吗？凶手的第一剑落空，靠第二斩才解决了被害人？"

"不，尸体右半边的刀伤明显是在被害人仰倒楼梯之后才划上的。且被害人明明都头朝下倒地，这道伤口却还是明显地由肩向腿划了一道。

"不奇怪吗？头朝下仰面躺在楼梯间，肩膀位置明显比大腿要低。不管凶手站在哪儿，要给被害人再来一刀，也应该是从高往低砍。但是凶手却特意从被害人的肩膀往腹部方向这样砍——换言之，从低往高地挑剑。凶手用如此不自然的方式挥剑有什么目的啊？"

冯·修特罗海姆一语破的，那正是我最在意之处。第一击已经造成了致命伤，为何凶手还要给托马森增添一道看似完全没有意义的第二击呢？而且是用那么不自然的方式？

此外我还注意到了另一个关键点。

"凶器呢？凶器在哪里？"

伯特兰回答了我的疑问：

"帕特，凶器在你倒下的不远处找到了。是一把中世纪后期的长剑。但奇怪的是，长剑不是一把。"

"不是一把？什么意思？"

"我们发现了两把长剑。两把剑上都有血迹，应该都来自托马森——也就是说凶手一人双剑发动攻击，虽不知道他为何要这么麻烦……这和刚才男爵指出的'无意义的第二击'一样，也成了一大不可理解之谜。"

两把长剑——

无意义的"第二击"——

以及消失在满月之塔的神秘女性——

托马森之死中藏有好几个不可解的要素。果然这起案件和满月之塔以及新月之塔上发生的两案一样，系同一凶手所为？

"真是的，棘手案子一件接着一件。"

诺伊万施泰因博士靠在楼梯间侧壁说着，我也深有同感。

"那么男爵，接下来您打算怎么办？现况之下，搜查也只能到此程度。若再让外行人四处乱走，可能会破坏重要证据。总之，先让警察们保护好现场，让弗里茨立马赶去科布伦茨找阿尔贝特警长吧？"

"我也是这样想的，伯特兰。这次是我失误，只考虑到新月之屋的警卫，没对阿尔贝特做出万全的指示。出了这样的事，哪怕派出整个警队，也必须连夜彻查古城，完全警备……"

冯·修特罗海姆表情沉郁地说道。即使自信如他，也被连续两夜的惨剧完全击倒。

弗里茨和管家简单交代几句后，便前往马厩准备马车。我们留下那两名值守现场的警察返回公馆，在大厅集合。大家都被深深的疲倦和徒劳支配，或坐椅子，或靠墙，等着警队赶来。

3

阿尔贝特警长带着警队到达时，大概过了一个小时。

警长的脸已经因为惊愕和烦躁而扭曲了。也难怪，昨晚刚在新月之屋死了个莱因哈特，今晚又死了个导演。已经连续两天发生目不忍睹的杀人案了。

即便如此，阿尔贝特警长从上司冯·修特罗海姆那里听过事件梗概，在托马森尸体发现现场留下两名警察，领着剩余警力彻底搜查满月之塔。

手拿电筒的警察们忙碌地在螺旋楼梯间跑上跑下。警长甚至命令科内根把满月之塔塔顶吊门打开，确认是否有人藏在塔顶。但遗憾的是，并没有人藏在那里。

阿尔贝特警长现身大厅时，城堡住客正因极度的紧张与不安，或低声交谈，或心神不宁地抽烟。可警长不顾这些，单方面宣布道："现在开始案件问讯。城堡里的人都在这里了吧？"

"现在？已经半夜了，我想大家也都很累了，要不先暂时休息，等天亮后再问话可以吗？"

诺伊万施泰因博士建议，但阿尔贝特警长立即驳回：

"说什么呢！从前后状况判断，凶手肯定就在你们之中，你们还在这里优哉游哉？！"

阿尔贝特相当激动。凶手连续行凶毫无疑问刺激到他的神经。

冯·修特罗海姆抬起右手阻止情绪激动的警长，站到所有人面前：

"各位，阿尔贝特忠于职守但缺了点冷静，还请大家见谅。但昨晚在新月之屋惊现惨剧，今晚又发生了杀人案件。现实不由人，事态已经令人担忧，希望在座各位能够理解。作为德国警察，我们定会全力查明真相。当然，我们也会尽量避免对各位做出失礼行为，也请各位配合阿尔贝特的调查。"

虽然男爵的言辞比阿尔贝特警长更加恭敬，但语气却明显更不容反对。

有了冯·修特罗海姆的加持，阿尔贝特警长似乎也找回了几分冷静。他语气稍微和缓地宣告问讯开始：

"那么我们就开始案件问讯吧。首先，今晚最先发现异常的是你？你注意到被害者，那个叫托马森的男人不在自己房间？"

阿尔贝特警长盯向亨特。

"是的。当时我正在房间喝红酒，却总是在意托马森。从今天白天开始他就瞒着我不停地调查。因为他的调查似乎关于城堡中的杀人案件，所以我叮嘱过他，即使获得了什么线索也不要去模仿侦探，而应该直接告诉警察，但那家伙只是笑笑，根本没把我的话放在心上。

"差不多快到半夜十二点，我打算再劝说一番，于是去了托马森的房间。那时间他通常都要喝点睡前小酒，我想在酒精的作用下，双方对话也更能听得进去。

"但托马森的房间里没有人。也不知怎的，我有点心慌，转身去了史密斯的房间。几个小时前我才跟他聊过托马森，我想或许从他那儿能得到什么好建议。但没想到的是史密斯的房间也空空如也。

"一个晚上两人失踪，这可不是小事。更别说昨晚莱因哈特刚被杀害。我觉得一定是出事了，便叫醒三楼其余房间里的人。

"听我说明事情经过后，男爵和法国侦探商量了片刻，最终加上科内根管家和弗里茨组成两队进行搜索。就在搜索公馆内外的过程中，弗里茨发现公馆通向南面环廊的门开着；我们就去搜查满月之塔内部,并发现了尸体。"

亨特一口气说到这里,终于停了下来。他所说的和我苏醒时从伯特兰那里听来的几乎一样。

这次阿尔贝特警长转向了我:

"那就听听你的证言吧。据亨特先生刚刚所说,他去你房间时你不在……那时你去哪儿了?"

面对阿尔贝特警长的追问,我终于说出自己追踪一个酷似卡伦的女人进入满月之塔,在螺旋楼梯入口处被人偷袭,并被蒙上眼睛、堵上嘴巴,扔在满月之塔深处的角落。

"什么!你看到了一个女的酷似卡伦!怎么不早说!"

阿尔贝特警长涨红了脸大吼。

"但我自己也半信半疑。毕竟那样地毯式搜索都没找到她的藏身地,现在竟然自己现身——所以我想先看清楚她的脸,接着便看见她进入满月之塔,所以我通过环廊前往满月之塔。就在我正要登上螺旋楼梯时,突然就被人从背后袭击了。"

"那时你看到凶手的样子没?"

"遭袭后只有一瞬间,我借着星光看到一个黑影……但我觉得黑影和酷似卡伦小姐的女性不是同一人。因为我在进入满月之塔之前看到有灯光从塔壁'十'字形枪眼漏出。那名女性似乎打着手电登上螺旋楼梯的。所以在我正要攀登楼梯时,她应该已经在塔上了,不可能神不知鬼不觉地绕到我背后。"

"你的意思是凶手有两个:那名女性和袭击你的神秘人?"

"无法断定,但我觉得很有可能。"

听罢我的证词之后,阿尔贝特警长点了点头。

"所以大家在塔底发现了失去意识的你。那么被害人尸体是谁发现的？"

"是我。"

马车夫兼马厩管理员弗里茨报上名字。

"能说说当时的情况吗？"

"好。之前亨特先生也提过，我注意到公馆通往南边环廊的门洞大开，在向伯特兰阁下报告后，就抄起手电先人一步进入满月之塔，紧接着在螺旋楼梯口看到两把沾血的长剑遗落在地面。我意识到事情绝对不小，于是小心地用手电筒照亮周围，登上螺旋梯，后来就发现了托马森先生的尸体，再后来我慌慌张张地赶回公馆向伯特兰阁下报告。"

弗里茨好像回想起当时恐怖的场景一般，身体颤抖。

"发现尸体大概是什么时候？"

"应该是凌晨一点半左右。这点伯特兰阁下及其他贵客应该都知道……"

弗里茨忐忑不安地瞥了一眼伯特兰。伯特兰起声证实了弗里茨所说。

阿尔贝特警长不怀好意地盯着弗里茨：

"也就是说，发现被害者尸体只是你的一面之词？说不准你去满月之塔时被害者还活着，而你当场斩杀了他。之后你再假装发现尸体，返回公馆。是不是也有可能呢？"

"没、没有的事。我杀托马森先生图什么？"

弗里茨被这毫无根据的怀疑吓了一大跳，求救般地望向伯特兰。

伯特兰悠然开口：

"阿尔贝特警长，很遗憾，不得不说你刚才的推理错了。接到弗里茨报告后我实地调查过托马森的尸体，发现那时他已经死亡超一个小时了。从伤口出血状态和体温降低情况来看，弗里茨明显不是凶手。"

伯特兰轻巧地否定了警长的推理。阿尔贝特怨恨地瞪了一眼伯特兰：

"哼。姑且看你面子……被害人死亡的准确时间等法医来了之后再说。好，大致情况我已从刚才各位的说明中有所了解。除此之外，你们今晚还发现过什么不寻常的事情吗？不管多小的事情都要说。"

听了警长的话，在场众人面面相觑，却没人积极发言。阿尔贝特警长不大死心，又问了一遍，见还是没有人回答才让我们解散。这时已是清晨四点多了。

"又是一起杀人谜案啊……"

我将要离开大厅之际，听见阿尔贝特警长自言自语道。

内庭之死

1

回到房间,我外套一脱便倒在床上。

被打过的后脑勺又开始痛了。大概是先发现托马森的尸体,后又接受警长问讯,神经一直紧绷,之前才不觉疼痛吧。

我出门找诺伊万施泰因博士要了些镇痛剂,服用完躺回床上,睡死过去。

不知道睡了多久,我听见敲门声。睁眼一看,明亮的阳光已透过窗帘照进屋里。

看了一眼枕边的手表,时针指向上午十点,我大约睡了五个小时。经历过那样的异常事故,五个小时完全不够让身体得到充分的休息。

但我还是匆匆起床,打开门后,伯特兰站在门外。

明明和我一样没怎么睡,但他已换好衬衫、打好领带,西装三件套也修身得体,潇洒依然。

"早啊,帕特。头上的伤怎么样了?"

我让伯特兰进屋,他坐上桌旁的椅子问道。

"嗯,睡前找诺伊万施泰因老师要了镇痛剂,已经好多了。"

"别太勉强哦。头部受伤可不是小事。为了以防万一，过会儿还是让诺伊万施泰因先生再给你看看。"

"好啊。话说回来，搜查进展如何？"

"早上八点多，法医和鉴定人员总算来了。他们姗姗来迟，但也立刻开始验尸。据法医推断，托马森的死亡时间是午夜十二点前后约半个小时，即昨晚十一点半到今天凌晨十二点半。"

"我在螺旋楼梯遇袭大概是晚上十一点。那么之后托马森就……"

"嗯，我们假设犯罪时刻是半夜十二点。把你打昏的凶手有可能一直潜伏在塔里等着托马森，也可能先回公馆，去客房花言巧语把托马森诓上满月之塔。在登梯途中，突然用长剑斩杀他。若是第一种情况，便会出现一个问题：凶手何以知道托马森会在那时前来满月之塔……"

"要是凶手和托马森约好午夜零点在满月之屋见面呢？玛利亚的尸体被发现时，满月之屋的房门就已毁坏，今晚站岗的警察都在北面的新月之塔，一时成死角的满月之屋正是密会的绝佳地点。所以凶手预先携长剑埋伏在螺旋楼梯的中途，等托马森即将通过时一刀斩杀之——"

"推理得很漂亮帕特，就是这样。那么托马森为何跟人约在大晚上见面呢？"

"今天白天——不，是昨天，托马森说他发现了破案的重要线索。所以趁夜色见面，应该与之有关吧？或者是与他会面之人握有案件的关键钥匙……"

"原来如此。帕特，看来你对那个见面之人已有了大致的推测。"

伯特兰盯着我。短暂沉默后，我下定决心说出那个名字：

"那人便是——卡伦·阿尔施莱格尔。"

"如果托马森赴满月之塔去见一直以来行踪不明的卡伦·阿尔施莱格尔，那么一切都能说得通了。"

我对伯特兰说出自己的推理。

"托马森所说的'破案的关键线索'不用说，自然是卡伦小姐。发现玛利亚小姐尸体的同时，卡伦小姐也消失不见。没有什么比她的证言对破案更有帮助的了。

"虽然不知托马森是怎么查到卡伦小姐的，但结合玛利亚小姐的尸体被发现后城堡守门人从未见过卡伦小姐出城来看，可以猜想她应在用人们的帮助下，藏身城堡之中。而不知什么时候托马森撞见了她，并强行要求她在满月之塔碰面……

"而对卡伦小姐来说，自己藏身于城堡是无论如何也不能让警察知道的，于是使出非常手段，欲干掉托马森。

"卡伦小姐与托马森约好午夜零点在满月之屋见面，自己却提早一个小时，即深夜十一点秘密潜入满月之塔，不想被我看见。我为了确认人影的真相而前往满月之塔，所以被卡伦小姐的帮凶袭击了……"

我苦笑着说道：

"卡伦小姐的帮凶绑好昏迷的我，为了不碍事，还把我拖进塔底与楼梯口相反的深处。毫无疑问，一切都是为了让托马森在约定时间来到满月之塔时，不会抱有多余的戒备。

"浑然不知的托马森按照约定时间来到满月之塔,在前往满月之屋的途中遭遇卡伦小姐的伏击,被斩杀了……"

"那她用两把剑的理由呢?你刚才的假说好像没提及这一点……"

"不管怎么说对方是男性,力量更强。只凭一把剑,卡伦小姐也会不放心吧。所以以防万一,她在伏击处还多准备了一把长剑。

"体力处于劣势的卡伦想要出奇制胜,一击致命,却被托马森发现,接着两人发生了激烈的肢体冲突。在此过程中,她的长剑被托马森夺走。

"被逼入绝境的卡伦小姐抽出事先藏好的第二把剑,再次攻击托马森。走投无路时的冲动是很可怕的,只一刀就把托马森左半身砍成那副模样。托马森头朝下倒在螺旋楼梯。

"卡伦小姐一下子呆住了,她靠近尸体取回被托马森夺走的剑。她一根根地掰开托马森已经开始僵硬的手指,终于收回了剑。在离开尸体时,她拿着或夹在腋下的另一把长剑在托马森右半身上留下了浅浅的伤痕,但惊慌失措的她并没有注意到,而是拿着两把长剑跑下楼梯,和在塔下入口处等待的帮凶会合。卡伦小姐当场丢弃长剑,然后和帮凶一起离开满月之塔……"

"那么帮凶,你认为是谁?"

"具体是谁还不知道,能将卡伦小姐藏在这座城堡而不被别人察觉,应该是城内的工作人员。科内根管家、马车夫弗里茨,还有女仆弗里达都有嫌疑。没准卡伦小姐就藏在他们的房间呢。"

"嗯。阿尔贝特警长也因为这次事件而变得相当敏感,说不定在此期间会检查我们全员的房间。但我不认为卡伦小姐会藏身在那么容易被发现的地方。"

伯特兰这样说着，从长椅上站起：

"我马上要去新月之塔。帕特，你呢？要一起吗？你刚受袭击，我不勉强你……"

"去新月之塔？去那儿干什么？"

"这不是明摆着的吗？再去一趟新月之屋，解开莱因哈特被害之谜啊。幸亏阿尔贝特的警队全去了满月之塔，现在去新月之塔正好不会被打扰。你忘了吗，帕特？我和冯·修特罗海姆约定的破案期限就是明天，我可一分一秒都不想浪费了……"

如伯特兰所说，新月之塔里没有警察的身影。

我和伯特兰从管家那里借来钥匙和手电，自公馆北侧出入口过环廊，又用钥匙打开新月之塔的铁门，小心翼翼地登上逆时针旋转的楼梯。

在绕行到第五圈时，便接近内墙塌陷处。因警方查案，工人不得入城，修补工程一直搁置。塌陷破口处拉起好几道绳子，并在其前后的楼梯上堆放着沙袋和砖块。砖堆之间能看到几捆备用绳子。

伯特兰和我加快脚步，迅速通过，继续上楼。又绕过两三圈后，我们终于到达了新月之屋。

新月之屋和之前的样子没什么不同。只有白粉笔在莱因哈特头颅所在处画了个大大的"×"，算作唯一区别。

那套藏尸的马克西米利安式铠甲也被复原，重新放回了原来的位置。铠甲脚边，从莱因哈特尸体里流出的血在地面残留了乌黑的痕迹。

我想起跟冯·修特罗海姆发现莱因哈特头颅时的情景，不禁身体一颤。

但伯特兰并不在意那些，他毫不忌讳地穿过房间，抽下东窗紧扣的插销锁，一下把窗板向内拉开，然后探身出去，观察外墙周围。

我一时不能理解伯特兰的行为。

"伯特兰，你在干什么？莱因哈特的尸体被发现时，那边的板窗是从内侧扣死的。开着的是南面窗户吧？"

可伯特兰没打算回答我，又快步走出新月之屋。我疑惑愈深，但下一秒还是紧追在后。

伯特兰出了新月之屋，往缓步平台右侧走去，登上螺旋楼梯。应该和满月之塔一样，楼梯前方有扇通往塔顶的吊门。伯特兰用钥匙打开吊门，往外推开，来到塔顶。我跟在他身后也上了塔顶。

新月之塔的塔顶是平的，呈现出王冠的形状。齐腰高的缘石组成一圈矮围墙。伯特兰靠近围墙一侧，仔细观察，不久后转头对我说："帕特，你仔细看看这块缘石边缘。虽然很轻微，但有像被绳索摩擦过的痕迹，而且看来是最近新留下的。"我心中一惊，看向伯特兰指着的地方。果然，虽然很轻微，但石头上确实有被绳索之类的东西重重摩擦过的痕迹。

"伯特兰，这到底是——"

"很有趣吧？而且痕迹所在位置刚好是新月之塔东窗的正上方，这意味着什么呢？"

我惊讶地再度检查那块缘石。确如伯特兰所言，那块缘石在塔顶最东侧——直面断崖的地方，正下方五米左右，是伯特兰刚刚调查过的东窗。

"伯特兰,你认为凶手将绳子绑在这块缘石上,再顺绳而下,通过东窗进入新月之屋?很遗憾,不可能。首先,那扇窗户的窗板从内侧扣死。虽然也有可能是凶手行凶后才扣上的,但面对着稍有不慎就跌落万丈悬崖的危险,凶手没必要冒如此大的风险制造密室。

"其次,案件发生时,连通塔顶的吊门是锁着的,而且钥匙好好地在科内根的钥匙串上。也就是说不论凶手是谁,那一晚都无法来到塔顶。有此两重封锁,我觉得凶手用绳索从塔顶入侵很难成立……"

"步子别迈得太大,帕特。我可没说凶手用绳索从塔顶入侵房间,他不可能使用这么单纯的把戏。我怀疑留在缘石上的痕迹有更恐怖的意义。"

伯特兰说着站了起来:

"好了,这样该看的地方都看过了。得赶在警察回来之前尽快离开……"

用钥匙锁好新月之塔的铁门,我俩经北面环廊返回公馆。在伯特兰的房间里小歇一会儿后,科内根管家就来给阿尔贝特警长带话:

"阿尔贝特警长正在一楼大厅等候二位。"

伯特兰慢慢地点点头。

2

一进大厅,阿尔贝特警长就让我们落座,他也坐了下来。在他身边,冯·修特罗海姆冥想般地抱着胳膊,闭眼坐在椅子上。

"……听说你们去了新月之塔,是有什么发现咯?"

阿尔贝特警长语带挖苦,看来是想挑衅我们以获取情报。伯特兰和我都缄口不言。

阿尔贝特警长"啧"了一声,很快进入主题。

"昨晚案发时,你们分别在哪里?老实回答我。"

看来是要调查相关人员的不在场证明。

"哎哟,要不在场证明吗?我还当自己是受害者呢……"

听到我的讽刺,阿尔贝特警长撇了撇嘴。

"以防万一,所有人员都会过问。昨晚十一时许,你从房间窗户看到貌似卡伦·阿尔施莱格尔的女性通过环廊走向满月之塔——没错吧?"

"是的,的确如此。"

"然后你尾随那名女性前往满月之塔,随后在螺旋楼梯口被不明人士袭击。为什么去满月之塔的时候不跟你旁边的侦探说一声?你俩一起不就不会遇到那种事情了吗?"

"因为当时我也是半信半疑,毕竟我只看到那位女性的一点背影。我觉得在弄清事态之前,不应该麻烦别人,于是就擅自行动了。"

"哼,所以你才会被人打晕、蒙眼、堵嘴、反绑着拖到塔下通往主塔楼环廊的入口。在众人发现托马森尸体的同时你也获救了,这期间你完全没有记忆吗？"

"很惭愧，我完全没有。我在被发现之前一直都没有意识。"

"哼，真是净拣对自己有利的话说。可换言之，托马森遇害，你离案发现场最近。被人袭击不过是你的一面之词，没有客观证据。"

"你说什么？！"

我不禁沉下脸来。阿尔贝特竟然怀疑我的证言。

"警长！你认为我在说谎？我被人绑着，伯特兰还有其他好几人可都看见了！"

"只要有点小手段，自己绑自己根本不算事。而且我们搜遍城堡每个角落都没发现你看到的女人。这可能又是一起奇怪的人类消失事件，但再想想，本次事件中声称看到女人身影的只有你一个。比起大活人凭空消失，你出于某个理由而撒谎更符合情理啊。"

阿尔贝特警长的表情恶意满满。我转头向旁边的伯特兰求救。

"阿尔贝特警长，帕特并没有杀托马森。说起来帕特最讨厌看见血了。他可没胆子犯下如此血腥的凶案……而且我看过绑帕特的绳结，明显是第三者所为，帕特一人绝无可能做到。"

阿尔贝特警长恼火地听着伯特兰的话。

"哼，就先当是这么一回事吧。但我也只是暂且保留意见，绝没有完全采信你的话……那么再说说你？大放厥词的法国侦探肯定有充分的不在场证明吧？"

"阿尔贝特，不许你侮辱我多年好友！"

突然，冯·修特罗海姆的语气尖得像刺。

"伯特兰的不在场证明由我冯·修特罗海姆担保——因为亨特

前来告知异状时,他和我在一起!"

"昨晚十点多,我去伯特兰的房间找他,邀他去我那里下棋。伯特兰也爽快答应。我们下了三盘,结果伯特兰三局两胜。正当我们要开始下第四盘的时候,亨特来敲房门,告诉我托马森和史密斯都不在房间。我和伯特兰分头前去托马森和史密斯的房间确认。证实了亨特的话后,我们便叫醒了诺伊万施泰因博士和多诺万,再加上熟悉城堡的科内根管家和弗里茨,组成了临时搜索队。伯特兰队伍里的弗里茨跑来告知满月之塔发生异状,我们便赶往那里会合,并发现了托马森的尸体和昏迷并捆绑着的史密斯。"

冯·修特罗海姆说完经过,接下来开始分析:

"从晚上十点开始下棋到十二点半亨特敲门,我们中途除了去洗手间,一直在专心对弈。我可以担保伯特兰没有往返满月之塔的时间。当然,我的不在场证明也由伯特兰担保。阿尔贝特,你不会认为我跟伯特兰合伙杀了托马森吧?"

"我、我哪里敢。我完全相信男爵阁下的证言……那么伯特兰先生在本起案件中有绝对的不在场铁证。"

阿尔贝特警长一动不动地站着,擦着冷汗回答道。

"知道就好。那么其他人员的不在场证明呢?"

"胡戈·诺伊万施泰因和威廉·多诺万本人都说在房里睡觉,没有第三者为其做证。虽说那个时间点作息正常的人都会睡觉,但就不在场证明来说等于没有。

"另外,用人大多同住一个房间,能够互相做证。例外的是配有单独房间的科内根管家、马车夫兼马厩管理员弗里茨和女仆弗里达。但昨晚弗里茨刚好去了管家房间，详细评估修理老化的双轮马车等事宜，从晚上十点到午夜零点左右，其间除了各自去过洗手间，再没有离开过座位。

"而没有人能证明女仆弗里达深夜在哪儿。但考虑到杀人手法怎么都不可能是手无缚鸡之力的女性所为，因此应该能从嫌疑人里排除。"

阿尔贝特从警服前胸口袋中取出手帕擦了擦汗，结束了报告。

"好吧。这两位的调查结束了吧……抱歉了伯特兰，因为这些无聊事给你添麻烦了。主要是这蠢材无论如何都要调查全部相关人员的不在场证明。当然不是真怀疑你……你可以自由行动了。"

冯·修特罗海姆抬手制止了还想说什么的阿尔贝特警长，宣告问讯结束。

离开大厅时，伯特兰对冯·修特罗海姆说：

"男爵，明天就是三日之期，让我们互相期待对方的表现吧。"

离开大厅，伯特兰马不停蹄地前往四楼。

"伯特兰，四楼不是只有卡伦和玛利亚两姐妹的房间吗？去那儿干什么？"

"我想见一下女仆弗里达，问她点事。我记得她说因为要照顾阿尔施莱格尔姐妹，所以房间也在四楼。而且我还想去看看两姐妹的闺房。"

伯特兰说着，继续走上公馆南侧的楼梯。

不一会儿，我们来到四楼走廊。南北直线纵贯公馆的走廊铺着深红色的地毯，靠内庭那边墙壁上隔了很长一段距离并立着两扇极尽奢华的房门。

毫无疑问，这就是姐妹二人的房间。从房门间隔距离来看，姐妹的房间足有我们客房的三倍大。

和满月之屋及新月之屋一样，两扇门中间放着一副马克西米利安式铠甲。看来管家说过的"四楼小姐们的寝室前的走廊里也有一副铠甲"指的就是它了。

走廊遥远的尽头，公馆北面楼梯边的墙壁上有扇朴素的门。那里就是弗里达的房间了吧。

伯特兰和我走过走廊，站在那扇门前。

伯特兰轻敲几声房门，听见门内传来"哪位？"的应答，身穿藏青色女仆服的弗里达出现在门后。

看见是我俩，弗里达露出惊讶的表情。

看着她的表情，我不由得心生怜悯。才短短数日，她原本丰满的双颊都瘦损了。双眼充血，眼下还有淡淡的眼圈，应该是在房里偷偷哭过吧。种种迹象都在诉说着这位姑娘几天以来遭受的激烈心痛。

伯特兰似乎也注意到了，尽量不吓着对方地轻声问道：

"弗里达，我想看看卡伦小姐的房间。房间钥匙是你保管的吧？"

"……是、是的。但如果没有科内根管家的允许……我不能擅自做主……"

"没关系。科内根那边我之后跟他说，说我事情紧急……好啦，时间宝贵，能赶紧带我过去吗？"

几分钟之后——

弗里达终于屈服，用她手里的备用钥匙打开了卡伦的房间。

卡伦的房间由客厅、卧室、洗手间和化妆间组成。隔壁玛利亚的房间也一样，只不过布局和这边左右对称。

打门后就是客厅，在弗里达的带领下我和伯特兰走进室内，环视着豪奢的房间。

地板铺满了长毛地毯，从天花板上垂下一盏枝形吊灯。客厅中央摆放着一张猫脚形弯脚桌和四把弯脚椅子，房间正面设北欧式壁炉。墙上贴着鸢尾花纹的壁纸，房间左手边有了点年轻女性的气息，立着一面大镜子。

虽然家具和日用看起来难免古典，但每件都是极富洛可可风格或装饰的典雅物品，也彰显出符合双月城城主身份的高雅品位。

伯特兰在客厅里转了几圈，不一会儿又走到站在门内侧的弗里达面前：

"弗里达，对你来说可能有些痛苦，但为解决城堡内的杀人案，我们无论如何都需要你的证言，希望你以此为前提回答我几个问题，可以吗？"

弗里达看起来很不安，但还是点了点头。

"我想问的是帕特刚到城堡当晚发生的事。那晚欢迎宴会上，玛利亚小姐公布了和莱因哈特的婚约，随后和卡伦小姐展开了激烈的争执对吧——

"我希望你回想一下，餐厅骚乱结束，姐妹俩回到四楼后的事情。卡伦小姐十点左右回房，让你服侍入浴。十点半，玛利亚来找卡伦小姐。你被半强迫地支回自己房间，又过了一个小时，你听见两人争吵的声音，心里一惊，来到卡伦的房门前。只见玛利亚小姐异常激动地从房里出来，并让你去餐厅拿红酒冰桶，接过冰桶后便回自己房间去了。你担心卡伦小姐便敲门喊她，但里面没有任何回应……这就是那天晚上发生的事对吧？"

"……是、是的……"

弗里达不安地点头。

"你确定争吵声是从这个客厅传出的？不是旁边卧室或者其他什么地方？"

"是、是的。虽然隔着门，但听得很清楚，应该不会错。这——怎么了……"

弗里达惴惴不安地回答道。

"谢谢你，我想问的就这些。我们再随便看看，你先回房间吧。"

听到伯特兰这般催促，弗里达明显松了一口气，行过一礼后，便开门出去了。

"伯特兰，这就放她回去了？她明显有所隐瞒啊。还有托马森的事情呢……"

"我知道。但目前逼她，她也只会像贝壳一样闭口不谈吧。比起她，当务之急是调查房间。"

伯特兰说着调查起客厅。

不一会儿，伯特兰的视线落在房间正面的北欧式壁炉上。伯特兰走近壁炉细细察看，不放过每一个细节。在靠近火源的地方，有一面预防危险而设的铁栅。

伯特兰仔细检查过铁栅，自言自语道：

"真是太惊人了。夏洛克·福尔摩斯的故事竟在现实中发生了——"

"啊？你说什么？"

一瞬间我搞不懂伯特兰在说什么。

"没什么，帕特。接下来是走廊……"

说着，伯特兰快步走出客厅，来到走廊，我只得跟在他的后面。

来到走廊，伯特兰走向正好摆放在姐妹房间正中位置的马克西米利安式铠甲。

和放在满月之屋、新月之屋的铠甲一样，这副铠甲也由脚下的铁台座支撑着。铠甲高约一米八，腰间也有一把中世纪长剑，插在青铜剑鞘里。

"帕特，还记得吗？参观二楼武器库时，科内根管家说过——因为剑也是铠甲的一部分，所以平时都有保养，保证真能使用。我还开玩笑说，那这样凶手在凶器方面不会捉襟见肘，如今看来并不是玩笑了。"

伯特兰说着，手握剑柄，轻松地从青铜剑鞘拔出剑身，置于眼前，仔细观察。

在窒息般的紧张中，我来回看着剑身和伯特兰的脸。

不久后，伯特兰松了口气，指着剑身一处对我道：

"正如我预料，帕特。你看这儿。"

我看向伯特兰指着的剑身，在接近剑格处粘着微量的褐色污渍。

"伯特兰，这是？"

"虽没有经过正式检验，但九成九是血迹。且剑身处处可见血液脂肪造成的污渍。可以肯定这把长剑因为某个不明的目的，被使用过。"

我头脑乱了。卡伦和玛利亚房间外的铠甲所配长剑上有被抹掉的血痕——这意味着什么？

"帕特，看来最后一块拼图也回到自己的位置了……我已基本看清这起案件的全貌。只要再确认两三件事，应该就能完全破案了！"

伯特兰对一直不得要领的我说道。

3

那之后，伯特兰连午餐都速战速决，精力旺盛地四处奔走。

他先是拦下科内根，让他提供新月之塔内墙维修工人的姓名和住址。管家一脸迷茫地把工人在科布伦茨市的住址告诉我们。

接着伯特兰又拜托管家一件奇怪的事——如果有玻璃刀的话，他想借用一下。

"玻璃刀？我也不知道有没有……我让弗里达帮忙找找。"

科内根管家说着，但从他的表情来看，还是摸不透伯特兰请求的用意。

之后伯特兰去马厩找到弗里茨，拜托他用双轮马车载他去科布伦茨，找那个修缮工人。我提出与他同行，但是不知为何，伯特兰让我留守城内。

"帕特，我们在这个国家只是游客，没有任何搜查权。我可不想一下子去那么多人，招来对方多余的警戒心。而且如果我俩突然都不在城堡里，冯·修特罗海姆和阿尔贝特警长也会猜疑，免不了又要烦人地打听一通。所以你可以留在这儿，以防万一。"

不知为何，总有种被婉拒的感觉。我虽有不满，但还是顺从了伯特兰的意思，留了下来。

我目送载着伯特兰的双轮马车奔出城门，见它在飞扬的尘土中越来越小。

伯特兰回来前的这段时间，落单的我打算在房间看书，便向公馆三楼走去。突然看见走廊中，女仆弗里达孤零零地站在伯特兰房间门前。

"弗里达，怎么了？"

我搭话道。弗里达好像吓了一跳，肩膀一颤。

"……啊，那个，我从科内根管家那里听说伯特兰先生要找玻璃刀……"

"伯特兰现在去科布伦茨市了，玻璃刀就先交给我吧。"

"……不，没有，最后还是没有找到……"

弗里达的声音小得快要听不见。

"啊，是吗？那也没办法嘛。伯特兰那边我会跟他说的。辛苦你了，弗里达。"

说着，我准备走进自己的房间。

"……啊，那个，史密斯先生……"

弗里达一脸窘迫，把我叫住。

"怎么了，还有什么事吗，弗里达？"

"……那个，您头上的伤，不要紧吧？……"

弗里达意料之外的关心让我有些困惑。

"啊？嗯，谢谢。没事了。"

"……真的吗，没什么大事真是太好了……"

弗里达那双大眼睛湿润了，不断地点头。

感觉有些怪。这位可说还是少女的女仆，为何这样关心我的状况？

"……那个，史密斯先生……"

弗里达似乎下定决心一般对我说道。

"怎么了，弗里达？"

"……昨天，真的很感谢您帮了我……"

"我帮了你？有吗？"

"……是、是的。那个，在被托马森先生不断追问的时候……"

啊，想起来了。我昨天赶走了执意纠缠弗里达的托马森，可因为那本是伯特兰的主意，我并没意识到在帮弗里达，但她好像觉得承了我一份恩情，所以担心我昨晚遇袭的状况。

"……那时候我真的很开心。"

"不是啥大事。当时托马森也太旁若无人了，于是我就挺身而出。你也别太在意。"

我结结巴巴，好不容易才把话说完。这位年轻女仆似乎误解了我昨天的行为，把我当成白马王子了。

通常被年轻可爱的女仆所倾心，当然会开心。但现在我正处于杀人事件的旋涡中，不是儿女情长的时候，再说我已有未婚妻了。我赶紧打住话题，打开房门，准备回房。

"……那个，史密斯先生。我还有件事想……"

"不好意思啊，弗里达。下次吧，下次再说。"

我就这样终结了话题，稍显蛮横地关上门。在门关上的一刹那，弗里达欲言又止、满腹心事的脸映在我眼中——

弗里达到底想跟我说什么？

最终它成了一个永远的谜残留我心。

已近傍晚，伯特兰回来了。

他连门都没敲就走进我房间，带着满足的笑容，坐上沙发。

"有什么收获吗？"

"嗯。意料之外的收获，几乎完美验证了我的假说。"伯特兰兴高采烈地喝着我加了威士忌的红茶，"对了，帕特，玻璃刀的事怎么样了？"

"科内根管家让弗里达找过了，但好像没有找到。"

我在犹豫是不是该跟伯特兰说说弗里达奇怪的态度，但最后还是选择了沉默。弗里达那双流露着哀伤的眼眸在我脑海中挥之不去，但最终我还是错过了谈论的时机。

"嗯，我猜大概也是，所以进城时买了一把回来。"

伯特兰说着，从上衣内侧口袋里取出一把崭新的玻璃刀，在我的面前晃了晃。

"伯特兰，我不是很明白，为什么玻璃刀这么重要？满月之屋和新月之屋里都不是玻璃窗，用玻璃刀也无法将房间改造成密室吧？"

"当然不用那么粗糙的手法。嗯，你就期待着明天吧。我也打算做一下实验……"

"实验？"

"是的。如果我的假说没错，那个满月之屋和新月之屋的不可解状况也应该能通过这个实验完美解决。我还让弗里茨过来帮忙——"

"弗里茨？你们到底在做什么？"

"我在让他帮忙制作明天实验中不可或缺的道具，而我没告诉他那些东西的用途，弗里茨自己也不知道我为何让他做那东西吧——"

伯特兰开心地说道。我有经验，每当伯特兰露出这种表情时，任凭别人再怎么问也不会得到满意的回答。我只能沉默地看着他的侧脸。

窗外，冷月。

风声穿过溪谷，如骤雨般扑来。晴朗夜空中，繁星熠熠生辉。

夜色如此静谧，仿佛与我们直面的血腥现实不在同一世界。宛若异世的光景飘荡着深远的寂寥。

晚上十一点，我在餐厅吃完晚餐后返回自己房间，凭窗看着外面的风景。

伯特兰与冯·修特罗海姆约定期限就在明天。他看起来已有了解开城堡一系列事件的眉目，但不肯告诉我个中详情。

其他住客似乎也感到案件即将迎来终结，午餐时揪着伯特兰和冯·修特罗海姆发问，但两人都巧妙地避开问题，对重要情报只字不提。大概他俩也在严防对方吧。

他俩明天究竟会开展怎样的对决呢？

我离开窗口，坐在床边。一摸胸前口袋，取出烟盒，衔一根烟，点着火。

我感觉尼古丁正通过肺部的血管，扩散进血液。我沉浸舒畅的微醺之中，回顾这座城堡里发生的一连串案件。

起因是我收到诺伊万施泰因博士来信。仿佛受那封信的召唤，我来到双月城，从诺伊万施泰因博士和新闻记者多诺万那里得知那起疑似毒害电影演员莱因哈特未遂事件。实际上中毒的是城堡双胞胎城主之一的妹妹，玛利亚·阿尔施莱格尔。但从诸多的因素推测，真正被盯上的是莱因哈特。

对啊，因为后来发生了一连串案件，这件事都给忘了。那起毒杀未遂事件的凶手是谁？说到底这一连串不明案件的开端，就是那起毒杀未遂事件。难道我们一直都忽略了那起事件，才导致后续一连串案件难以解开？

接着，在我来到城堡的当晚，玛利亚小姐公布了她和莱因哈特的婚约。姐姐卡伦激动之余和玛利亚发生了激烈的争执，勃然大怒的玛利亚在深夜冲出自己的房间，把自己锁在满月之塔塔顶的满月之屋里。到了早上，众人破坏满月之塔出入口的铁门，赶到满月之屋时看到的是玛利亚头部和双手都被砍下的凄惨尸体。

虽然在多诺万的提醒下，我得知这起杀人案模仿自双月城从中世纪流传的传说，却完全不明白凶手的意图。

终于，伯特兰来到失意的我面前。不但如此，伯特兰的毕生劲敌，阿尔贝特警长的上司冯·修特罗海姆男爵也加入了事件乱局。

伯特兰和冯·修特罗海姆各自为政，独立展开搜查，最后约定以三日为限，用案件决一胜负。

第二晚，第二名死者出现了。在新月之塔塔顶的新月之屋中，电影演员莱因哈特和玛利亚一样，成了身首异处的尸体。现场又是一个房门反锁的密室，而凶手本应无法出入密室。到底凶手用了怎样的方法，才能从固若金汤的密室中脱逃呢？

和玛利亚死时一样，莱因哈特的尸体状态也模仿自双月城传说。至此几乎可以确定凶手是以古城传说为蓝本作案。也因如此，大家都认为两位死者已出，凶手也该罢手了。

但似是在反驳我们的想法，第三名死者出现了。

令人意外的是这次死的是电影导演托马森。为什么一定要杀他呢？这对我来说还是个未解之谜。

托马森好像掌握了玛利亚被害案的重大线索。不排除他因此触到凶手的霉头，才被凶手杀人灭口。

而这一案的现场也与前两起不同，托马森是在满月之塔的螺旋楼梯间里被杀害的。所以仅就该案来说，不存在不可思议的密室。

顺带一提，在托马森被害之前，我还遭人偷袭，被蒙眼、堵嘴、捆绑起来。

其实对这次变故，我也心存疑惑。

为什么凶手不杀我，还费劲地把我的双眼蒙上、堵上嘴巴并且绑起来呢？虽然我不愿这样想，但把我跟托马森一起杀了不是更省事吗？但凶手还是让我活了下来。这到底意味着什么呢——

仅仅粗略地过一遍全部案件，也还发现了不少疑点。

先不论那些具体的疑点，我冷静地回顾这三起案件，总感觉整体上很不对劲、不和谐，奇怪——这样的想法在我心中不断膨胀。

至于哪里奇怪，怎样奇怪，我没法明说。就好像在完美的管弦乐合奏中混进了不和谐的乐音。

不明白——到底是什么让我如此不安？

但事实确凿，三人已丧命城堡。犯下恐怖罪行的到底是谁？

香烟烧到了根部，我从床上站起，走向书桌，拉开抽屉取出纸笔。

我没有伯特兰和冯·修特罗海姆那般卓越的推理能力和搜查能力，我想用最切实有效的推理方法——排除法来找出可能的嫌犯。

我首先列出在第一起案件——玛利亚满月之屋被杀案时，城堡定居者和住客的名单：

  双月城的定居者：
   卡伦·阿尔施莱格尔（双月城城主）
   玛利亚·阿尔施莱格尔（双月城城主）
   科内根（管家）
   弗里茨（马车夫兼马厩管理员）
   弗里达（女仆）
   用人 若干

  双月城的暂住客：
   库尔特·莱因哈特（电影演员）
   维克多·托马森（电影导演）
   蒂莫西·亨特（经纪人）
   胡戈·诺伊万施泰因（精神科医生）
   威廉·多诺万（报社记者）

帕特里克·史密斯（我）

这些人中，玛利亚·阿尔施莱格尔是被害者。因头颅严重损坏，此前我们还怀疑尸体有可能是双胞胎姐姐卡伦，但后因齿形这一颠扑不破的证据，怀疑消除。我先划掉玛利亚的名字，把她从列表中删除。

之后我又在自己名字上画了一条线。我最清楚，我不是凶手。

除了这两个名字，还有谁能从列表中被排除呢？

事发现场的密室先不考虑，不然永远都翻不了篇，无法更进一步。

每个人的不在场证明？很遗憾，因为案件是在深夜发生，每个人都说自己在房间睡觉，没有明确的不在场证明，成不了锁定嫌犯的决定性因素。

那么动机呢？这些人里谁心怀强烈的动机，一定要杀死玛利亚？

定居者中，包括科内根、弗里茨、弗里达的用人们并不符合该条件。无论如何，玛利亚是他们的主人，杀害她，自己还想不想在城堡里继续工作了？

我把科内根、弗里茨、弗里达以及其他用人划掉，把他们从名单中删除。

那么，访客呢？

首先被排除的是莱因哈特。他企图通过和玛利亚结婚，得到自由处置阿尔施莱格尔家财产的权力。若是玛利亚在正式婚礼之前死了，他所有的计划都会泡汤。因此，他不可能杀害玛利亚。我划掉莱因哈特的名字。

接着是诺伊万施泰因博士。玛利亚是他的患者，杀了玛利亚对博士没任何好处。我把博士的名字也从名单中删除。

然后是威廉·多诺万，他和玛利亚完全没有利害关系。虽然最开始他和以莱因哈特为首的好莱坞小组一起行动，但莱因哈特只看中他对莱茵中游历史熟悉，让他做个观察员，可以说和我的角色相近。我又在多诺万的名字上画了一条线。

由此，纸面只剩下三个名字——双月城的另一位城主卡伦·阿尔施莱格尔，电影导演托马森以及经纪人亨特——杀害玛利亚的凶手就在三者之中。

为缩小嫌疑人的范围，我几经思考，但还是缺少决定性的证据。

对于重视昔日名门体面的卡伦来说，无疑不允许妹妹和莱因哈特这种男人结婚。所以她有杀害妹妹的强烈动机——我想起之前和诺伊万施泰因博士、多诺万商量时听到的话。

托马森和亨特无法忍受莱因哈特倾注太多时间、精力在阿尔施莱格尔姐妹身上。特别是亨特，他说希望莱因哈特能专注于好莱坞的事业。如果他们其中有一个认为是玛利亚迷惑了莱因哈特的心智，从而要将她铲除——

最终我还是排除他们三人当中任何一个，于是便转向第二起案件。

第二起案件——莱因哈特新月之屋被杀案，此时住客中多了两人：

查理·伯特兰（巴黎警局预审法官）

冯·修特罗海姆（柏林警局主任探长）

但第一起案件发生时这两位不在城堡，所以必然不可能为凶手。我划去刚刚写好的名字，将他俩从嫌疑名单中剔除。

在第一起案件中，筛剩下的三人——卡伦·阿尔施莱格尔、托马森和亨特，在这起案件中有可能被排除吗？

托马森和亨特是莱因哈特的工作伙伴，没有杀害莱因哈特的理由。虽然可能对他抱有隐藏的杀意，但也没必要特意在眼下风声正紧时顶风作案吧。踌躇片刻，我最后还是把托马森和亨特的名字从名单中划去。

如此看来，名单中只剩一人——双月城另一位城主，卡伦·阿尔施莱格尔。

她杀害玛利亚和莱因哈特的动机强烈。杀害玛利亚的动机不再赘述，杀害莱因哈特的动机，毫无疑问出于对他笼络玛利亚，想借此染指阿尔施莱格尔家族财产的憎恨。至于第三起案件——托马森被害案，合理推测她被独自调查的托马森抓住了意外的证据，于是杀他灭口。在托马森被杀害之前我也曾看到一个酷似卡伦的背影前往满月之塔。最重要的是，自从玛利亚被杀以后，她便失去踪迹，相当可疑。

卡伦之所以能成功地躲藏到现在，必然得到了用人们的帮助。不管怎么说，玛利亚已经死了，她是双月城唯一的主人。

但之后也只是时间问题。冯·修特罗海姆和伯特兰约定之期就在明天，他会让阿尔贝特警长彻查整座城堡，届时卡伦还能躲过那场追捕吗……

时间已到午夜零点。我把信纸摊在桌面，筋疲力尽地躺回床上。

一切都会在明天迎来终结。不，零点已过，是今天。今天正午，伯特兰和冯·修特罗海姆就会解开一切。我只需切实地见证那个结果。

拿定主意后，我便一心倾入眠梦。

*　*　*

淡淡曙光开始照进双月城的内庭。

天空虽被铅灰色云层覆盖，但阳光还是不时从云缝间化作金带投向地面。这是晚冬恬静的清晨。

内庭石板地——靠近公馆的部分，匍匐着一名女性。

她趴伏着，双手伸开举在头顶，身体下面，石板地殷红一片，如一朵红花艳丽绽放。梳成蓬帕杜式大背头的金发亦被染红。

那名女性身上穿的——正是那次晚宴上的某位城主西班牙风格的礼服。

伯特兰的实验

1

隔着玻璃，三具尸体倒在地面。

跪地伸手，宛如伊斯兰教徒朝拜真主安拉的玛利亚·阿尔施莱格尔，颈部和手腕断面还在汩汩流血。

地面上散乱摊开的哥白林挂毯上，孤零零地端放着库尔特·莱因哈特的头颅。

还有头朝下，仰面倒于螺旋楼梯的维克多·托马森。

我好像被绑住似的呆立在原地，看着玻璃壁障那边的尸体——

就在这时，玻璃对面转暗，忽然漆黑。

背后传来"咔嚓咔嚓"有规律的响动，那是金属触碰地面的声音。

回头看，在我眼前的是那副马克西米利安式铠甲。

表面有棱条状褶皱的上身，外星人般的面颊，肩上披着纯黑斗篷。

闪着银光的护臂伸向挂在左腰的青铜剑鞘。面罩下传来闷沉的笑声，铠甲从剑鞘里拔出长剑。

我拼命地大喊，却完全发不出声音。铠甲高举起长剑，对准我的头颅挥下来……

连续不断的敲门声强行把我从噩梦中拽出来。

晚冬早晨，我却满身大汗。昨晚没换睡衣就睡着了，如今衬衫已被汗水浸得透湿。

一看腕上的手表，已是早上七点多。

急躁的敲门声又连响数下。

我用刚睡醒的沙哑声音应了一声，门外传来伯特兰的声音：

"帕特，是我。起了吗？"

"起了，来了。"

我一面开门，一面疑惑向来晚起的伯特兰怎么一大早就来找我。而且房门外的声音反常地带着与他性格不符的急迫。难道说——

我刚打开门，伯特兰也不等我允许，莽撞地冲进来，走向正前方的窗户。拉开窗帘，打开窗。

"帕特，你看那个。"

在伯特兰的催促下，我从洞开的窗户望向内庭。一瞬间，我仿佛当头又挨一棒，甚至比托马森殒命螺旋楼梯那晚的偷袭更狠。

与公馆相连的内庭北侧石板地上匍匐着一位女性身影，身下流了一大摊血——

从现场情况来看，那名女性应该是从公馆的高层——三楼或四楼的窗户跌落下来的。可以肯定，内庭石板地面没有任何缓冲物，女性的身体已经完全粉碎。

但她到底是谁？在这座公馆里的女性只有弗里达和其他数名女

仆，她们的发色都是浅黑或是黑色，没有如她那样耀眼的金发。而且那头金发盘成了中世纪贵妇的蓬帕杜发型。

中世纪贵妇的蓬帕杜发型？

有什么从我脑中一闪而过。还有那人身上穿着的，覆盖到手腕，严防皮肤裸露的西班牙风格礼服——我之前见过这套礼服！

"伯特兰！那名女性，难道是——"

"虽然没法断定，但那套礼服是你多次提到的，当日晚宴上卡伦·阿尔施莱格尔所穿的那身吧？"

伯特兰淡淡说道。

亏得昨晚没有换衣服，我不带一丝犹豫地冲出房间，沿走廊笔直向北面跑去。

中途右手边客房的门打开一扇，亨特跑了出来。

"啊，史密斯。你也看到内庭了？"

亨特跑在我身后，冲我问道。

"嗯。你怎么想？尸体真是卡伦吗？"

"大概错不了。那身礼服跟她那晚穿的一模一样。"

我俩边跑边说，匆匆来到北面楼梯。

下一楼，出小门，来到内庭。

尸体伏在距离公馆约两米远的地方。

似乎是面部直接砸上石板地，估计她的脸已血肉模糊，手脚看来也部分折断了。

我抬头看向公馆。尸体坠落处的正上方的四楼，一扇窗户大开着，窗帘在风中飘扬。看来这名女性是从那里跌落的。

我记得那扇窗的位置，昨天我才和伯特兰去过那个房间。

"那是……弗里达的房间。"

我一脸沉痛地说道。

果然,卡伦就藏在弗里达的房间里。恐怕从玛利亚的尸体被发现开始,她就藏身于那个房间里了。

那么卡伦为何要藏匿行踪?当然因为她就是杀害玛利亚的凶手。虽不知她如何进入处于密室状态的满月之塔的,但终归是她杀害了玛利亚,接着又把罪魁祸首莱因哈特也杀害了。而她藏身弗里达房间一事被托马森知悉,所以干脆也把托马森杀害了——

昨天伯特兰和我拜访弗里达房间时,恐怕卡伦就藏在里屋。她清楚伯特兰和冯·修特罗海姆今天中午要彻底解决案件,自知无法脱逃的她便从四楼窗户纵身一跃,陨落在内庭的石板地上吧。

我深深叹了口气。虽说没弄明白满月之屋和新月之屋的密室之谜,但双月城三起连环杀人案件的真凶已亲手结束生命,再不会有人被杀了——我长吁一口气的同时感到深深的虚脱。

"史密斯,不觉得这女人的头发有些不对吗?"

突然,身边亨特的话把我拉回现实。

亨特蹲在伏于石板地上的女性身旁,仔细观察她的头部。正如亨特所言,那头发是有些不自然。即使是直撞石板地,这盘起的蓬帕杜大背头也太过于向左歪斜,就像帽子戴歪了的感觉。

(嗯?难道……)

我抓住头发,用力一扯。

一瞬间,令人震惊的事发生了。

盘成蓬帕杜发型的金发一整块从女人头上掉下来,就像脱掉一顶帽子——

金发移去，黑发涌出，披散在女人的肩上。

"这金发，是假发啊……"

亨特倒吸一口凉气后说道。

"亨特，卡伦小姐是一直都戴着假发吗？"

"不，不可能。她是真正的金发。我从莱因哈特那儿听说过她从小就是金发。"

"这么说，这名女性不是卡伦？倘若如此，那这人是谁——"

亨特没有回答我的话，而是从衣服口袋里取出手帕，小心地把趴伏的尸身翻了过来。

女人的脸正面撞向石板地，已经损毁变形，沾满鲜血。亨特却不顾弄脏衣服，用手帕细细擦净她的脸颊。

随着脸上的血迹慢慢消去，女子本来的面容也显露出来。

虽然因为撞击，那张脸已严重受损，但即使这样，我还是认出了她。

"弗里达！"

亨特脸色惨白地喊出声。估计我当时的脸色也是一片惨白，不比他好到哪里去吧。

从四楼窗口坠落，在内庭摔得面目全非的竟是服侍双月城城主姐妹的女仆，天真可爱的弗里达。

在弗里达身上到底发生了什么？

从现场状况看，弗里达的确是从四楼自己的房间跌落的。但为什么会发生这种事？

公馆窗口下沿在我腰部往上，弗里达比我矮，应该不会在那里失足。难道是自杀？还是说——

最不可思议的是她的装扮。这不就是行踪不明的双胞胎姐姐卡伦·阿尔施莱格尔的打扮吗？披着金假发，穿着晚宴上的礼服。弗里达到底想干什么？

这时，伯特兰终于带着科内根管家赶到。见躺在石板地上的弗里达之惨状，两人竟一时无言。

"伯特兰，她是——"

"我知道，是服侍姐妹的女仆弗里达吧？"

伯特兰一脸沉痛，在胸口默默画了个"十"字。

"……没想到竟发生这种事……我应该早点注意到的……"

伯特兰轻声自语。我还是第一次见他为某人如此哀悼。

"看来她是从自己房间的窗口坠落的。为弄明原因，我们先去房间确认一下。"

伯特兰抬头看着公馆四楼大开的窗户说。当然，我没意见。

我们没有再动弗里达的尸体，四人一同往公馆四楼走。科内根管家最前，接着是伯特兰和亨特，我在队尾，登上刚跑下的北面楼梯。

来到四楼，科内根管家站在弗里达的房间前，手握门把想转动几圈，却见房门丝毫没有打开的迹象，看来是从内侧反锁了。

"科内根管家，有备用钥匙吗？"

伯特兰看着管家问道。

"同住一个大屋的用人每人都有钥匙。但弗里达单独住，原配和备用的钥匙都给她了，我手上也没有备用钥匙了啊。"

科内根一脸愧歉。

"嗯，那就是说只有破门一条路咯？眼下也不得不——"

没等伯特兰说完，亨特的身体已经撞了上去。重复两三次后，门被撞开。亨特第一个冲进房间，站在门边的科内根管家紧跟其后。缓了口气，伯特兰和我也冲进房间。

正对房门的墙壁上开着两面对开式玻璃窗，左面的窗户向外大敞。毫无疑问，弗里达正是从那里跌落的。

除了床以外，屋里只有一桌、两椅、一衣柜、一妆台而已。到处都没有藏人的迹象。

房间右手边有个小浴室和化妆间，但那里也没有人。

我们分头调查房间内部。

"钥匙在这儿。"

亨特对我们道。回头一看，见他右手捏着一把小钥匙向我们展示。

"放在梳妆台的瓶瓶罐罐后头。"

"应该还有把备用钥匙。"

科内根管家一说，我们继续搜查室内。不久后，从衣柜抽屉中找到了另一把钥匙。

"两把钥匙都在室内。科内根，别嫌我啰唆，房间钥匙确定只有两把对吗？"

"是的，没错。"

科内根肯定地回答了伯特兰的问题。

也就是说，弗里达的房间也是密室。既然仅有的两把钥匙都在室内，那么就不可能在房门外锁门。如果弗里达是被某人推下去的，那么凶手也必然留在屋里。但该房间并没有藏人的迹象。

我走近大开着的左窗，探身往下看。

正如我们所想，弗里达的尸体就在窗户的正下方。可以肯定，她从此处坠落。

窗户下沿比我的腰稍高。弗里达比我矮十厘米，窗沿应该与她胸口齐平。无论如何，这绝非单纯失足可以解释。

（如此说来，是自杀？还是被人推下去的？……）

就在我思考之时，楼下躁动起来。看来三楼其他的住客也发现了弗里达的尸体。

不知何时，伯特兰来到我身边，小声道：

"看来一会儿风波又起。等冯·修特罗海姆再联系上阿尔贝特警长，事情就有点难办了。本来我打算在中午前解决所有案件的……帕特，看来这案子到最后都不让人好过啊……"

2

约莫一小时之后——

接警后，阿尔贝特带着老法医、鉴定员和数名制服警察匆匆赶来，一进弗里达的房间，他就满脸通红地怒吼：

"太不像话了！竟不等我们到场就擅自进房间调查！"

即使这样，阿尔贝特警长还是熟练地指挥部下对事发现场的内庭和弗里达的房间进行取证。

毕竟一周多以来双月城里已出现四名死者。即使是这个没遇到过杀人案的乡野警长，在搜查指挥方面也渐渐熟练起来，虽说一个正经的凶手都没捉到——

大致做完现场取证，阿尔贝特警长又让众人在大厅集合，照例进行案件问讯。

作为案件第一批发现者的伯特兰、亨特、科内根管家和我优先接受问讯。整个过程以我为主答人，其余三位适时补充。

阿尔贝特警长听着我们的叙述，偶尔会点点头，在黑皮笔记本上做记录。

"嗯，我大致了解了。作为参考，我先说一下法医尸检的结果。

"死者死因是坠落造成的头骨骨折。除此之外，全身上下有多处因撞击而成的骨折。由此判断，被害人肯定是从公馆四楼自己房间窗口坠落的。

"从尸僵情况推测，死者死亡时间是今天凌晨两点到三点间。经其他女仆确认，死者身上礼服是现在行踪不明的卡伦·阿尔施莱格尔之物。据说礼服平时放在四楼卡伦房间的衣橱里的，由于死者是城主姐妹的贴身女仆，负责管理她们的房间，可以推测这件礼服是她偷拿出来的……而死者头上的金色假发，同辈女仆表示皆不知情。但问题不是这些东西哪儿来的，而是死者为什么要这样打扮……"

警长说到这里停下话荏，看向我：

"昨天凌晨，那个叫托马森的美国人被斩杀在满月之塔的螺旋楼梯。而案发前约一小时你看到了酷似卡伦·阿尔施莱格尔的女性进入满月之塔，没错吧？"

阿尔贝特警长的双眼闪着寒光，我没来由地不安起来，但也承认那个事实。

"好，可你只是从自己房间窗户看到那女人进入满月之塔的背影吧？换而言之，你没从正面认清她的容貌。

"如果那名女性就是头戴假发、身穿卡伦衣服的死者，你也无法分辨，对还是不对？"

警长的话让我惊愕。没错，的确有理。我只看到那女人的背影，凭借发型和服装简单推测那是卡伦，但没有任何铁证坐实那个背影就是卡伦本人。

万一是弗里达假扮的呢？

疑惑如黑雾般涌上心头。

如果系弗里达假扮，那她在托马森被害案中便扮演了一角。

我无法相信那个笑容可爱的弗里达是杀害托马森的共犯……

我又想起昨天在伯特兰房间门口偶遇弗里达，她似乎有话想对我说。

难道弗里达那时想对我坦白她假扮卡伦之事？

我不明白弗里达为何会有那样的心境。可能是看见托马森的尸体，良心受不了苛责。总之，弗里达本打算向我坦白，但我没察觉到她拼尽全力的真心，反而无情地将她求救的手甩开。弗里达在绝望中从房间窗户跳了下去……

不对！弗里达不是自杀的！她是被杀害托马森的主犯杀害的！

我确信。

弗里达无法忍受良心的苛责，打算向我坦白真相，而主犯的名字一个万一就可能被她泄露出去。对于主犯来说这样的同犯成了定时炸弹，不能不管。

今天凌晨，主犯借机进入弗里达的房间，乘其不备直接推她坠楼；又有可能用暴力或药物使其失去意识，凶手再抱起她，从窗口扔向内庭——

噩梦般的场景令我脊背一阵恶寒。

接着我再次撞上同样的障碍。

若果真如我所想,弗里达被人从四楼窗口推下,那凶手又该如何逃脱房间呢?

房门钥匙只有两把,都由弗里达保管。诚实的科内根管家坦然承认,想来不会有错。

而且两把钥匙都在弗里达的房间里找到了,即弗里达的房门是从内侧锁上的,那么杀害弗里达的凶手又怎样通过反锁的门离开房间呢?

(又是密室杀人吗……)

我呆立当场。

警长的问讯开始转向我们四人之外的其他人员。得以解放的我回到房间,直接倒在床上。羞耻之情让我全身像铅一般沉重。

为什么我当时没好好听完弗里达的话呢——

从刚才起,自责的质问就反反复复没有停歇。如果当时认真听她说话,可能杀害托马森的真凶姓名就供出来了。届时我只要处理得当,警察便能抓到主犯,弗里达也许就不会死。

罪恶感无情地叱责着我。

不知过了多久,突然响起拍得山响的敲门声,我登时回过神来。

下床,打开门,站在走廊上的是多诺万。

"噢,史密斯。不好了!女仆弗里达……"

"从四楼房间摔死了是吗？我知道。"

我说着，抬起双手制止多诺万再说下去。

估计他不知道我是发现者之一吧。一定是他刚醒来就被阿尔贝特拉去问讯，在得知弗里达的死讯后，慌慌张张跑来告诉我。

"不，不只是这个。阿尔贝特警长把莱因哈特的经纪人蒂莫西·亨特逮捕了！"

"什么！"

像锤子全力一击，直中我的面门。

我先让多诺万进屋，问他详细情况。

"你说亨特被逮捕了？到底是怎么回事？"

多诺万坐在了沙发上，我拖了把椅子坐在他身边，催问道。

"我九点左右被科内根管家叫醒，稀里糊涂地去大厅接受问话，那时我才听说弗里达死了，也才弄清楚问话目的。

"和我一同接受问讯的还有诺伊万施泰因医生和马车夫兼马厩管理员弗里茨，以及其他用人。冯·修特罗海姆坐在警长旁边，一直看着他问讯的全过程。

"大致问完后，阿尔贝特警长和冯·修特罗海姆嘀咕了一阵就让科内根管家把亨特叫来。

"不一会儿，亨特来到大厅，阿尔贝特警长突然指着亨特的脸叫道：'蒂莫西·亨特，你涉嫌杀害维克多·托马森和弗里达·维尔克。现将你紧急逮捕！'然后不容分说，给他戴上手铐——"

"杀害托马森和弗里达的嫌疑人？那么玛利亚和莱因哈特的死呢？"

"不知道，还不清楚。话说回来，伯特兰法官提出异议，现在两边正在大厅僵持不下呢。你不去看看吗——"

听到多诺万这么说,我立马站起来。

3

当我和多诺万走进大厅时,大厅里充斥着异样的空气。

首先映入眼帘的是戴着手铐、颓唐坐在椅子上的亨特。那模样就像面对突然被逮捕完全不知如何是好,甚至有一些疑惑。

在亨特身旁两脚张开、巍峨站立的是科布伦茨市警局的阿尔贝特警长。本次事件无疑是他警察生涯中史无前例的大案,而眼下正是关系到嫌疑人能否被他铐走的紧要关头。一眼即知,因为过于紧张,他整张脸都紧绷着。

冯·修特罗海姆正闭目端坐在阿尔贝特斜后方的椅子上,看来是打算把现场指挥交给警长。

而伯特兰则站在阿尔贝特警长面前,双方对峙。

"阿尔贝特警长,你一定要逮捕亨特吗?"

伯特兰低声说道。

"当然。经过我科布伦茨市警方严密的搜查,得出结论:这个蒂莫西·亨特就是杀害了维克多·托马森和弗里达·维尔克的凶手。由不得你们外国人插嘴!"

"那我问你,你凭什么认定他是凶手?"

"涉及案件机密,恕我无可奉告!"

阿尔贝特警长说着,严厉地将伯特兰的要求顶了回去。

伯特兰看着坐在阿尔贝特警长背后的冯·修特罗海姆:

"修特罗海姆男爵,我国警察有一项执法规定:在逮捕嫌疑人时必须诵读逮捕令,并说明逮捕理由。我在这个国家虽不过一介旅客,但同为一名警察,在不说明理由之下就强行把外国旅客亨特先生定为杀人案的嫌疑人,我绝不能置之不理。

"即使为了证明德国警察机关享誉世界的优越性,我认为你们也有义务解释清楚亨特先生为凶手的事情经过。"

听到伯特兰的话,冯·修特罗海姆无声地睁开眼:

"阿尔贝特!正如我的朋友所说,好好说明你认定那男人为凶手的经过!"

阿尔贝特瞪着伯特兰,眼里写满了"又要浪费口舌",但还是不情不愿地开口:

"从今天凌晨发生的女仆弗里达坠楼案件中,我确信这个叫亨特的就是凶手。

"我想你们也知道了,女仆弗里达从公馆四楼自己的房间坠窗,死于其下二十米的内庭石板地上。

"房门从内侧上锁,死因是坠楼导致的头骨骨折。最初我认为这是一次意外,和前三起杀人案件不同。但从尸体穿着卡伦·阿尔施莱格尔城主的礼服,以及戴着酷似卡伦头发的金色假发这两点中,我认为必有其他人参与,于是断定弗里达的死系他杀。

"恐怕她是在房间里遭到毒手,失去意识,又被人从窗户扔下去的吧。之后凶手拿走了梳妆台上的钥匙,出走廊,从门外上锁——"

听到阿尔贝特警长说到这儿,我不假思索地反驳:

"阿尔贝特警长,不可能!那两把钥匙都在房间里,我们进房间时都已经确认过了！"

"哼哼，这就是这男人的狡猾之处。方才问讯中你是怎么说的？在梳妆台上发现房间钥匙的不正是这个人吗？"

我惊呆了。诚如阿尔贝特警长所言，在梳妆台发现房间钥匙的不是别人，就是亨特！

阿尔贝特警长掏出记载着问讯要点的黑皮笔记本，慢慢翻页：

"根据你的证言，你们四人进入弗里达房间时的情景是这样的：

"得知科内根管家没有备用钥匙后，这男人就用身体撞门，两三下后，门向内撞开。他带着惯性第一个进入室内，接着是科内根管家，再然后是你和这位法国怪人。

"不觉得奇怪吗？明明有你这么个精壮小伙在，这人却主动用身体撞门……费力气的活儿交给你就行，为何他要特意亲自上阵呢？答案很简单。因为这男的必须第一个进入弗里达的房间。他要把藏在身上的钥匙放回梳妆台！"

阿尔贝特警长脸上挂着胜利的笑意，扬扬自得地面向我：

"再想想你们进入弗里达房间时的情景。

"房间里没开灯。也就是说照亮房间的是窗外照射进来的晨光。房间如此昏暗，梳妆台上的化妆品又那么杂乱，怎么就让他轻松找到了钥匙？不可疑吗？仅凭这一点，就足以认定这男人是疑犯了吧？正是出于这个理由，我才坚决逮捕这个男人的。"

我紧咬嘴唇听着警长的话。

阿尔贝特的说明确实合乎道理。即便是平庸的乡野警察，到底也是刑事搜查的专家。

在他解释时没人插嘴，足以证明其发言相当具有说服力。

"但光凭钥匙也够不上'亨特是凶手'的决定证据。要说把钥匙放在梳妆台,伯特兰、我或者是科内根管家都做得到。"

我努力反击。

"当然,所以我也把你们当作嫌疑人分类讨论,但从进入弗里达房间时的不自然言行来看,不得不断定这男的就是凶手。"

"那么托马森被杀案凭什么也算到亨特头上?"

"托马森被害当晚,你看到酷似卡伦小姐的女性进入满月之塔吧?那可能是弗里达假扮的,即弗里达打扮成卡伦小姐的样子,故意演给你这个第三者看,从而把杀害托马森的嫌疑转移到卡伦身上。

"弗里达被害时衣装打扮还是卡伦小姐的样子,那是因为凶手想让她再扮作卡伦招摇过市,加深卡伦存在的印象。但因为罪恶感,弗里达在最后一刻拒绝了,两人遂引发激烈争执,最后凶手袭击弗里达,使她失去意识,再将她从窗口扔出去——

"也就是说杀害弗里达和杀害托马森的凶手是同一人。而根据刚才的分析,能够杀害弗里达的只有这位亨特。所以自然也是亨特杀了托马森。"

"动机呢?动机是什么?"

"那就靠后头慢慢查明了。但不管怎么说,他作为好莱坞的电影人,似乎从前就和托马森一起共事了,说不准里面有什么旁人不知道的隐情⋯⋯"

我惊讶极了。阿尔贝特警长所言毋宁说只是推测。总之,托马森被害一案,并没有丝毫决定性的物证指向亨特。

这时,一直沉默着的伯特兰慢慢开口:

"阿尔贝特警长,我姑且认同亨特先生在弗里达一案中的嫌疑。退一百步,也暂且认同你在托马森一案中的主张吧。

"但玛利亚·阿尔施莱格尔以及库尔特·莱因哈特的被害案又如何解释呢?根据你目前为止的推理,全然不提这两起杀人案件。难道说你认定这两起杀人案也是亨特所为?"

伯特兰的目光落在阿尔贝特警长身上,带着几分讥讽。

阿尔贝特一时支支吾吾起来:

"这点我只能说,还在调查中。关于玛利亚和莱因哈特的被害案,我没有指向这男人的证据。但是,根据今后调查的进展,这点也会慢慢查明——"

软弱无力。到最后,玛利亚和莱因哈特被害案件,阿尔贝特并没有抓住任何详细情报。

"冯·修特罗海姆男爵,从刚才开始您就一言不发,是因为您和阿尔贝特警长看法相同吗?"

伯特兰把视线转向冯·修特罗海姆,询问他的真实意思。

冯·修特罗海姆悠然开口:

"伯特兰,阿尔贝特是这起案件搜查的实际负责人。虽然他有些愚钝,但我绝对信赖他的工作态度。我相信他逮捕嫌犯亨特是基于一名警察的良心而做出的行为——"

"也就是说,您不打算对阿尔贝特警长的决定提出任何异议是吗?"

伯特兰语速很慢,像在压抑着内心的激动。他看了一眼手表,动作略带夸张地开口:

"噢,已经正午了!男爵,还记得吗?三天前,在这个大厅隔壁的餐厅，您与我约定'三日破案'。现在期限终于到了。

"男爵，您不打算修正阿尔贝特警长的推理，可否认为您的答案也是如此：发生在双月城的连环杀人案的凶手就是坐在那儿的亨特先生？"

冯·修特罗海姆听着伯特兰的话，他用沉默作答。

"好的，我明白了。但我独自推理得出的结论，和你们德国警察完全不同。

"正如我们听到阿尔贝特警长刚才的推理，'亨特是连环杀人凶手'没有任何决定性的物证，一切结论都建立在不确定的间接证据之上。我坚信亨特先生是清白的，所以我彻底反对阿尔贝特警长的主张。"

伯特兰说到这里停顿了一下，环视大厅众人。

"但德国警察也要面子，应该不会那么轻易释放到手的嫌疑人吧。

"所以在此我有个提案。接下来为了证明我的假说，我准备在满月之塔上层的满月之屋里做一个小实验。我想请冯·修特罗海姆男爵作为德国警方代表参与这个实验！"

周围响起异样的嘈杂声。阿尔贝特警长也惊讶地瞪大了双眼。

伯特兰不顾周围反应，继续说道：

"看完实验后，若男爵认为我的假说没有参考价值，我也干脆地收回意见。德国警方就按照最初计划，把'杀人犯'亨特逮捕归案。

"但是如果男爵承认我的假说哪怕有一点价值，并且对逮捕亨特感到一丝犹豫，那么届时希望你们能撤回逮捕亨特的决定。

"我没有德国境内的搜查权，这么做也相当失礼，但同为警察，我不能默默看着无辜之人遭到诬陷而被逮捕。请作为警察的男爵，坦诚地做出判断。"

伯特兰说完，低下头。

"知道了，伯特兰，我接受你的提案。我们德国警察不是完全容不下批评建议的顽固官僚主义。如果你的假说确有探讨价值，我们就撤销对亨特的逮捕吧。"

见冯·修特罗海姆点头，阿尔贝特警长急忙阻止：

"男爵阁下，那我们德国警察颜面何在——"

"闭嘴！阿尔贝特！这是我和老友之间的问题，轮不到你插嘴。老实地给我待在这儿！"

呵责声中，阿尔贝特警长老实地闭上了嘴。

"那么我们这就去满月之屋吧。跟我一起去的人……是了，警方代表修特罗海姆男爵；案件相关人诺伊万施泰因先生、多诺万还有帕特；古城人员科内根管家和弗里茨。啊，对了男爵，如果能借一位体重较轻的警察协助我完成实验，那就再好不过了……"

冯·修特罗海姆也平静应下伯特兰的提案。

"那么辛苦各位了，请刚才叫到名字的各位移步满月之屋。阿尔贝特警长，抱歉，你和亨特先生就留在大厅等我们吧。"

伯特兰对吹胡子瞪眼的阿尔贝特丢下一句话，又向他身边戴着手铐的亨特说道：

"别担心，你很快就没有嫌疑了。"

4

风穿过河谷,发出细碎的哼鸣。满月之塔尽管耸立在湛蓝如洗的碧空之下,沐浴在阳光之中,却飘荡着荒凉的气息。

科内根管家手拿钥匙走在最前面,带领我们穿过环廊,走进满月之塔,排成一队,登上熟悉的顺时针螺旋楼梯,向最上面的满月之屋攀登。

若在旁人眼中,我们这一行人就像篝火之夜[1]的变装队伍吧。毕竟走在管家身后的弗里茨正抱着个麦秸扎成的等身人偶。

人偶做成了女性模样,穿着廉价连衣裙,头上绑着黄色毛线当作头发。看来这些材料应该是昨天伯特兰去科布伦茨市顺道买到的吧。

"怎么样,还可以吧?人偶是我拜托弗里茨制作的,只花了一个通宵,效果也不差吧?"

跟在弗里茨身后的伯特兰扭头对我得意地说道。我不知该如何评价,只是默默地爬着旋梯。

我身后的诺伊万施泰因博士像在拉风箱一般大口呼吸,抓着扶手,把全身重量压在螺旋楼梯上向上爬,多诺万还在博士背后推着他攀登楼梯。

---

1. 篝火之夜(Bonfire Night):英国传统节日,又称盖伊·福克斯之夜(Guy Fawkes Night)。一六〇五年,罗马天主教徒盖伊·福克斯及其同伙因不满国王詹姆士一世的新教徒政策,企图炸死国王和议会大厦。后因被揭发,国王用车裂处死盖伊并将残肢全国示众。为纪念福克斯,英国民众在每年十一月五日都要扎一个福克斯的草人放进篝火烧掉。

冯·修特罗海姆表情沉郁，默默地跟在多诺万身后，而伯特兰从冯·修特罗海姆那儿借调的警察负责殿后。

警察腋下夹着用报纸包起来的某个扁平物体。那东西是伯特兰特意从自己房间带来，拜托那位警察拿好的。

我问伯特兰那包东西是什么，但他只是笑笑：

"没什么，实验中的一个小道具而已。"

至于更详细的信息，不管我怎么问，他都没有再告诉我。

总之，我们这队奇怪的人马终于到达满月之屋。弗里茨用木锤撞破的门还放在那里，让我不由得回想起当时的惨状。

似要消去我阴惨的记忆，满月之屋安睡在静谧中。三面板窗全部打开，屋里满溢着晚冬的暖阳，唯有地板上的粉笔轮廓还提醒着我们那些事件并不是梦。

我们八人各自找好位置站定。伯特兰从弗里茨手里接过稻草人，走近正对房门的东窗，把它安放在窗前摇椅上。接着伯特兰又走到那位警察旁边，在他耳边低声交代几句。那警察看起来非常惊讶，但之后点点头，抱着报纸包着的东西走出满月之屋。

目送着他离开，伯特兰又转向我：

"帕特，麻烦你帮我把那扇门关上好吧？合页坏了，估计关不严……总之，只要有种房门紧闭的感觉就行……好，可以了。"

看着我艰难地把合页几乎完全脱落的房门固定在门口，伯特兰露出了满意的笑容。

"那么，我们站到……诺伊万施泰因先生和多诺万请到右手床边。科内根，你和弗里茨去左手书桌旁……修特罗海姆男爵，您请站在铠甲前面……帕特，你和我一起站在房门前面。嗯，大家排成一个半圆,所有人都能看见摇椅上的稻草人了吧……"

伯特兰一边说着,一边走向门边和我站在一起,并环视着其余六人。

"正如刚才我在大厅所说,关于发生在阿尔施莱格尔城——通称双月城里的凄惨连环杀人案,我,查理·伯特兰独立侦察推理,得出与德国警方完全不同的结论——蒂莫西·亨特先生不是这一系列案件的凶手。

"当然,在德国境内我不过是个旅客,没有执法权,也无意诽谤优秀的德国警察机关。但是把明显清白的亨特先生认作嫌犯并逮捕,我认为不管是对亨特先生,还是对德国警察都非上策。所以我向冯·修特罗海姆男爵提议,发表我的推理,大家一起讨论。感谢男爵宽容地接受了我的提案,并和我约定,若我的推理值得深入研究,便撤销对亨特先生的逮捕。"

伯特兰说着,向冯·修特罗海姆轻轻地行了个礼。

"那么,承蒙各位好意,在开始我的分析推理之前,请先让我们大致回顾一下在双月城发生的所有案件。

"虽然看起来连环案件是以六天前的二月二十日深夜(虽然发现事件时已是第二天一早)城主之一的玛利亚·阿尔施莱格尔惨死在密室状态下的满月之屋为开端,但在那之前还发生了一件令人不安,可说是前兆的事件——没错,正是二月十五日玛利亚小姐毒杀未遂事件。

"不喜甜酒的莱因哈特把'影迷赠送'掺入士的宁的红酒转送给玛利亚小姐,玛利亚喝酒后立刻中毒昏迷。幸亏摄入剂量少,且有诺伊万施泰因先生妥当的处理才转危为安。但先生担心城内涌动的暗流，于是去信巴黎给帕特——我的外甥，告知事情经过之余向我求助。不巧的是那几天我手头尚且有事，遂先让帕特独自前来双月城。可仅仅错开几天，便产生了无法挽回的后果。帕特抵达双月城当夜，满月之屋便上演了玛利亚小姐惨死的悲剧。"

听着伯特兰的话，我自感羞愧，不觉低下头。不知道伯特兰知不知道我的心思，只见他继续说下去：

"发现玛利亚小姐尸体的始末也着实不可思议。满月之屋的门锁和门闩都从内侧锁上，唯一能到达房间的满月之塔出入口也一样，从内侧上了锁和门闩。塔里还有一个连通主塔楼环廊的出入口，但那里多年以前就是锁着的。

"发现尸体时，满月之屋里只有东面窗户——正对着房门的窗户的两扇窗板向室内大开着，但凶手不可能从这个窗口逃脱。因为窗口正下方就是悬崖，中间仅有一条两三米宽的岩石平台，但即使那片岩台距离这扇东窗也有三十米左右，再加上案发当晚下着大暴雨，即使凶手登山技巧相当了得，也不可能在如此恶劣的天气中利用绳索沿塔外壁降下。

"而尸体状况更是难解。被害人的头部和双手都被齐齐斩下，并被淋上煤油烧焦。身体部分则跪伏在房间中央，宛如伊斯兰教徒朝拜。而且房间里的镜子也彻底粉碎。

"综合以上状况可以推测，凶手杀害玛利亚时模仿了自古流传于双月城的传说——身中盗贼骑士团奸计被害的阿尔施莱格尔家祖先卡尔化身冥界黑骑士复活，手刃盗贼骑士团的首领格哈德和副首领盖林斯基的复仇传说故事。"

伯特兰顿了一下，舔湿自己说干的嘴唇。

"三天后的二月二十三日深夜，与满月之塔相隔一座主塔楼遥遥相望的新月之塔最上层的新月之屋里惊现库尔特·莱因哈特的尸体。

"这次新月之塔的出入口虽没被上锁，但新月之屋的房门和满月之屋一样，从内侧上锁、上门闩。虽然南窗户大敞，但同样，凶手无法从那里逃脱。

"和玛利亚一样，莱因哈特的头部被砍下，孤零零地摆放在铺在地面的哥白林挂毯上。身体部分则穿上房间里的马克西米利安式铠甲，就好像尸体本是一件装点房间的怪异饰品。"

伯特兰再次停下，环视众人，像在确认大家的反应。

"紧接着二十四日深夜，电影导演维克多·托马森在满月之塔螺旋楼梯上被中世纪长剑斩杀。且在托马森被害前，帕特目击到酷似先前玛利亚小姐被害案后消失了的双胞胎姐姐——卡伦·阿尔施莱格尔的身影。帕特想弄清楚那个身影的真面目，却在满月之塔出入口附近被人偷袭，最后发现时见他身体被绑、蒙住双眼、堵住嘴巴。"

伯特兰接着说：

"又过一天，二十五日深夜——实际是今天凌晨时，女仆弗里达·维尔克坠楼身亡，死在内庭石板地上。虽然确定弗里达是从公馆四楼自己的房间窗户坠落，但究竟是他杀还是意外，又或是自杀，现在尚不清楚。

"这起案件也有难以理解之处。被害人竟然穿着行踪不明的卡伦·阿尔施莱格尔的礼服，戴着和卡伦发色相同的金色假发，从这两点来看，不得不怀疑她与前天维克多·托马森被害之前现身满月之塔的酷似卡伦之女性有关。

"发现尸体后，我、帕特、亨特先生和科内根管家调查了弗里达的房间，果然也是从内侧反锁。依阿尔贝特警长所言，亨特先生在调查弗里达房间时行为很是可疑，并以此理由逮捕亨特先生，但对于其他三起杀人案没有头绪。

"案件概况大概就到这里。还有什么要补充的吗？"

伯特兰环视一遍在场六人，谁也没有吱声。

"回顾所有案件，首先感到疑惑的就是托马森和弗里达的案子。对比玛利亚和莱因哈特两起严格模仿传说的精心设计，托马森和弗里达的案件有种临时起意的粗枝大叶。

"客观来看，前两起案件利用了长久流传在双月城的传说进行'模仿'，案发现场也选择在互为镜像的满月之屋和新月之屋，更是布置成彻底的'密室'，种种迹象表明两案存在一定的关联。

"而与此相对，托马森和弗里达之案却没有前两起案件那样的要素。托马森案中，虽然也有尸体上的斩痕和疑似卡伦的女性等难解之处，可不管哪个都很零散，缺乏像玛利亚和莱因哈特两案那样强烈的不可能。而到了弗里达之案，甚至分不清是他杀、自杀还是意外，欠缺不可能犯罪的特异性，只有弗里达打扮成行踪不明的卡伦这点透露出一丝古怪。

"到底是怎么回事呢？同一时期、同一地方、四起案件，为何会存在如此大的差别？

"答案只有一个：凶手当初只计划了第一案和第二案，所以前两起案件布局才会那般精细。但在进行计划过程中发生了意外，其结果导致了托马森和弗里达死亡。

"如此一想，那两人被害状况中的不协调和粗糙感便说得通了。"

包括我在内的其他六人完全被伯特兰的话吸引。我吞了口唾沫，等着伯特兰接下来的话。

"凶手最初的目标是玛利亚和莱因哈特两人——乍一看难以理解的真正动机就在这里。

"只要知道了动机，再推断案件凶手便不再不可能。现在我们就尝试着用简单的排除法来推理出凶手吧。

"第一起案件——玛利亚被害案时，双月城内的人如下：双月城的定居者有卡伦·阿尔施莱格尔、玛利亚·阿尔施莱格尔、科内根管家、弗里茨、弗里达，以及其他用人若干。

"而彼时双月城的暂住客有库尔特·莱因哈特、维克多·托马森、蒂莫西·亨特、胡戈·诺伊万施泰因、威廉·多诺万和帕特里克·史密斯。

"在这之中，首先排除的是被害人玛利亚·阿尔施莱格尔。尸体刚被发现时，因为身份特征被毁，众人一度怀疑过是双胞胎姐姐卡伦跟她互换过身份，但后来对比过齿形，确认了死者确系玛利亚，消除了互换身份这一怀疑。

"紧接着要排除的是包括科内根管家、弗里茨、弗里达在内的双月城的用人。不管怎样，玛利亚是城主，他们也没有必须杀害主人的切实动机。所以这三位，及其他用人大可以从嫌疑中排除。

"暂住客又如何呢？首先莱因哈特刚刚公开自己和玛利亚的婚讯，其目的是借婚姻染指阿尔施莱格尔家的财产处分权，所以他不会杀害玛利亚。莱因哈特也能从嫌疑人中排除。

"托马森和亨特都想莱因哈特尽早回好莱坞,说不定也对他赖在双月城而不快,但他们没有杀害莱因哈特——第二案死者的动机。凭这点就可以把他们从嫌疑人中去除。

"对诺伊万施泰因先生来说,玛利亚是自己的患者。而多诺万,我认为他跟玛利亚接触都不够,更遑论产生杀机了。最后,帕特当天刚到双月城,只在晚宴上见过玛利亚,也没有动机。因此这三人不可能是嫌疑人。"

伯特兰将我们一个一个从嫌疑人中排除。

虽然可能是碰巧,但这和我昨晚难眠时排除的结果相同。这样,嫌疑人备选单上明显只留下了"那个人"……

终于,伯特兰指出"那个人"。

"最后只剩下一个人,双月城的另一位城主,双胞胎的姐姐,卡伦·阿尔施莱格尔!"

5

"对卡伦来说,玛利亚和莱因哈特的事让她忧心忡忡。莱因哈特明摆着想通过和玛利亚结婚插手阿尔施莱格尔家产处分权,再以维护费用过高为由,把双月城卖给事前已签好协议的美国富豪。

"对德国名门出身,以源远流长的高贵血统为傲,自打出生就在古堡生活的卡伦来说,莱因哈特无异于传说中的盗贼骑士团的首领——格哈德。而不仅对莱因哈特的阴谋毫无察觉,还傻傻地要和他结婚的妹妹玛利亚自然也成了她憎恨的对象。

"卡伦一生最大的失策是四个月前,莱因哈特以取景为由提出留宿古城时没看清他的真面目。在后来的四个月里,莱因哈特巧妙地迷惑了玛利亚,还骗她订下婚约。等卡伦察觉时为时已晚。

"即使这样卡伦还是想尽办法要铲除莱因哈特。所以手段粗暴了一点,寄给莱因哈特一瓶加了士的宁的红酒——"

"什么!"

我不禁叫了出来:

"送红酒的是卡伦吗?!"

"至少我确信如此,帕特。本来这时的卡伦也不想直接毒死莱因哈特。因为如果混入的士的宁剂量过大,红酒味道会变,服用者立马能够察觉,说到底这瓶红酒不过是个警告吧,但她不知道莱因哈特不喜欢甜红酒,最后阴错阳差被玛利亚喝了,于是便发生了那起奇怪的毒杀未遂事件。"

听完伯特兰的话,我的心情难以形容。那起毒杀未遂事件对凶手卡伦来说也是个意外的展开吧。

"接着,命运般的二月二十日终于到来。这天,在欢迎帕特的晚宴上,莱因哈特宣布自己和玛利亚正式订婚。仅仅这一句话,对卡伦来说就是晴天霹雳,而玛利亚的一句话更是把她逼到绝境。玛利亚竟然宣称自己怀了莱因哈特的孩子……"

"但那是玛利亚说谎吧?解剖结果清楚表明,玛利亚没有怀孕。"多诺万疑惑地问道,我也抱有同样的疑问。

"多诺万,这里面包藏着该案里最可怕的欺骗。玛利亚怀有身孕是不容置疑的事实!至少在晚宴当晚,玛利亚体内肯定是有胎儿的!"

"什么!"

多诺万不禁喊了出来。

惊讶的不只是多诺万,我也无法相信伯特兰说的话。诺伊万施泰因博士更是张大嘴巴,呆若木鸡地盯着伯特兰的侧脸。

与此形成对比的是冯·修特罗海姆、科内根管家和弗里茨三人。他们连眉头都没有皱一下,看来是在等着伯特兰接下来的话。

这到底是怎么回事?冯·修特罗海姆作为警察统领,有可能做到喜怒不形于色,但科内根管家和弗里茨听到这里本该大吃一惊才对,怎么会没有任何的反应?

伯特兰没有理会我混乱的思绪,继续道:

"多诺万,司法解剖显示玛利亚的尸体没有任何妊娠迹象,我等一会儿详细说明。现在我希望你能先接受玛利亚实际怀孕的事实,否则你无法理解我接下来要说的话。

"这个事实让卡伦多么愤怒?正如大家所见,卡伦扇了莱因哈特好几巴掌,接着又和想要阻拦她的玛利亚扭打在地。心气如此之高的卡伦竟做到这种地步,充分表明她有多么愤怒。

"从某种意义上说,那也是理所当然的。如果只是订婚或结婚,只要取消婚约就好,但两人有了孩子就不同了。即使解除婚约,莱因哈特还能以孩子生父这一不变事实作为武器,插手阿尔施莱格尔家产管理权。若发展成那样,这座双月城迟早会被他以财政困难为由卖掉。

"或许财政问题还是其次,对卡伦来说,最不能容忍的是高贵的阿尔施莱格尔家族的血脉被贱民玷污。卡伦似乎执着于维护阿尔施莱格尔家高贵血统的纯正流传……这样的偏执我们这等庶民无法想象,虽然现在维护血脉并没有多少实际意义,不过是一种虚荣罢了……"

伯特兰说到这里又停下来，从大开的窗户遥望晚冬的虚空，轻轻地叹了口气。

"总而言之，在诺伊万施泰因先生等人的劝解下，晚宴骚动暂时平息，但在卡伦看来，问题不能就此放任不管。所以又叫玛利亚等一会儿去她的房间，之后卡伦自己也回房间去了。

"根据弗里达的证言，玛利亚去卡伦房间是晚上十点半。那时卡伦让弗里达回自己房间，然后和玛利亚就婚姻问题谈话。

"说是谈话，但卡伦从一开始就没打算妥协，她想的是消除玛利亚怀孕这一事实，所以理所当然地强迫玛利亚接受流产手术。

"但卡伦显然低估了母亲在保护孩子时的强大潜力。在其他事情上唯唯诺诺顺从姐姐的玛利亚当场就强硬地拒绝，并对强迫自己的卡伦使出了王牌：'如果你打算害死我的孩子，我就把姐姐送毒酒给莱因哈特先生的事公开，那时，让高贵的阿尔施莱格尔家族名声扫地去吧。'"

"什么！玛利亚知道送那瓶酒的是卡伦？"

轮到诺伊万施泰因博士惊讶了。

"是的，我想她知道。当然在喝酒时应该是不知道里面下了毒的。

"恐怕玛利亚是偶然目睹卡伦往红酒里加入士的宁吧。后来她发现自己喝的毒酒和当日看到姐姐做手脚的红酒是同一品牌，联想到红酒的收件人，便察觉出卡伦的意图。

"之后玛利亚便拿'中毒'一事作为筹码逼迫卡伦认同自己和莱因哈特的婚姻。在卡伦看来，自己送出的毒红酒差点害死亲妹妹，实在是桩致命的丑闻。而玛利亚打算以公布丑闻为要挟，要挟卡伦不得不同意她跟莱因哈特的婚事。这才是玛利亚对卡伦唯一有效的王牌。

"实际想想玛利亚那时的情绪，我都有些害怕。为爱殉情的女性如此奋不顾身，有时会超出我们男性的理解范围……这样看，还是单身好啊……"

伯特兰苦笑道。

"另一方面，妹妹出其不意的反击彻底激怒了卡伦。正如多次提到的，对卡伦来说，为高贵的阿尔施莱格尔家族延续纯种血脉是她至高无上的使命。在卡伦看来，妹妹行差踏错，打算跟过去自家用人之子的电影演员结婚尚属于一时糊涂，但她终究无法容忍玛利亚顽固地反抗着好言相劝的自己，竟还要拿丑闻来要挟于她。

"姐妹争吵逐步升级，勃然大怒的卡伦不禁猛推一把玛利亚。玛利亚一个趔趄，被房间里铺着的长毛地毯绊住，仰面倒下，后脑勺重重地磕在壁炉的铁格栅上，当场死亡……"

"什么！玛利亚不是在满月之屋被杀，而是死在卡伦的房间？！"

我大叫道。

"是的，帕特。还记得吧？昨天一起搜查卡伦房间时，我仔细查看过壁炉的铁格栅——

"虽然只有一点点，但那铁格栅上粘着一点血迹和头发。光这一点就让我确信了玛利亚不是死在满月之屋，而是身亡在卡伦的房间。唉，自从《夏洛克·福尔摩斯回忆录》中的名篇《驼背人》以来，这倒霉的壁炉铁栅到底是以这种姿态杀了不少人吧。"

听伯特兰这么一说,我顿感天旋地转。

"但是伯特兰,有点奇怪啊。"

诺伊万施泰因博士仍然一副无法理解的表情:

"根据弗里达的证言,玛利亚从卡伦的房间活着出来了,还让弗里达从厨房把红酒和冰桶拿来,短暂回房后,又拿上那两样东西上了满月之塔。当时托马森在环廊还向她搭话了呀?如果玛利亚在卡伦房间意外死亡,你又如何解释这一矛盾呢?"

伯特兰没有丝毫动摇:

"根据弗里达的证言,玛利亚从卡伦房间出来,片刻后下楼。接着弗里达便敲响了卡伦的房门,但里面无人应答。再然后卡伦就消失不见了,直至今日也没人切实见过她的身影。

"一边是理应死了的玛利亚从卡伦的房间出来;另一边是本不该消失的卡伦消失如烟——这两点事实在说明什么?"

我搞不懂伯特兰话里的意思,博士和多诺万好像也一样,歪头思索。

理应死了的玛利亚从卡伦的房间出来;本不该消失的卡伦消失如烟……

突然我脑海里冒出一个可怕的想法。

"伯特兰!难道说,你——"

"你终于明白了啊,帕特。没错,正是如此。

"从卡伦房间里出来,前往满月之屋的是换上玛利亚衣服乔装成她的卡伦。她俩本就是双胞胎,样貌、身材自然相像。只要披散下扎紧的头发,再换上玛利亚那件张扬的红色礼服,在别人眼中可不就是玛利亚了吗?"

那晚，前往满月之塔的不是玛利亚，而是乔装成玛利亚的卡伦——

惊人的事实直接把我打垮，博士和多诺万似乎也一样，他俩都看向伯特兰，一副难以置信的表情。

与我们仨形成鲜明对比的是冯·修特罗海姆、科内根管家、弗里茨三人。冯·修特罗海姆始终面无表情，科内根管家和弗里茨则是脸色略有些苍白，都在等着伯特兰继续。

不久后，多诺万说道：

"伯特兰法官，还是不对啊。在满月之屋发现的尸体匹配过齿形，毫无疑问就是玛利亚啊。如果玛利亚死在卡伦的房间里，卡伦又代替玛利亚来到满月之屋，那尸体到哪儿去了？如何解决这一矛盾呢？"

"多诺万，正如你所说。在满月之屋里发现的尸首齿形和玛利亚一致，但这并不是说明房间里的尸体全都是属于玛利亚。"

"尸体？全部？到底什么意思？"

伯特兰的话似乎让多诺万有一丝不祥的预感，他追问着伯特兰的真意。

"多诺万，你再好好回想满月之屋里的尸体特征。头颅和双手被砍下，且那三部分被浇上煤油烧焦。齿形一致证明了这个头颅是玛利亚的——"

听了伯特兰的话，多诺万暂时陷入了沉思。

突然，多诺万脸上现出万分惊恐的神情：

"伯特兰法官！您，难道您的意思是——"

"你也注意到了对吗?是的,多诺万,正如你所想,满月之屋的尸体之中,头和双手毫无疑问是玛利亚的。因为卡伦从已经死去的玛利亚身上砍下了这三部分,把它们运到满月之屋里!"

6

这次轮到我语塞了。

满月之屋里的尸体之中,被砍下的头和手是卡伦从意外死亡的玛利亚身上砍下来,带进来的——

我脑海里浮出双手提着玛利亚的断肢,嘴里咬住玛利亚的长发,衔着一摇一晃的头颅,在夜的环廊慢慢走向满月之塔的卡伦的身影。

那真是只有在噩梦中才会看到的景象。不,那是中世纪画家描绘的阴森画作。

"但是伯特兰,还是不对啊。"诺伊万施泰因博士终于从惊愕中回过神来,说出自己的疑惑,"那晚玛利亚从卡伦的房间里出来,前往满月之塔——实际上是卡伦假扮的——全过程可都被管家科内根和导演托马森看在眼里。若她提着头颅和断手,肯定会被他俩发现,然而两人证言都没提到这一点。若按你所说,卡伦是如何把玛利亚的头颅和双手运到满月之屋的呢?"

"当然不会大大咧咧地搬运,诺伊万施泰因先生。"伯特兰沉着开口,"她可有一件绝好的工具不是吗?"

"绝好的工具?有吗?"

"忘了吗?在前往满月之屋之前,卡伦命令弗里达从厨房拿了瓶红酒，那瓶红酒又是随哪件容器一起拿到这间满月之屋的呢？"

"放红酒的容器？——哦，你是说冰桶！"

听到博士的话，我也回想起发现命案的当天早上，我往满月之屋里窥视时的情形。那时，在满月之屋的床上，的确放着前一天晚宴上看到的如大水桶一般的冰桶。那个冰桶究竟藏着什么玄机？

似察觉到我的思考，伯特兰开始说明：

"因过失导致妹妹死在自己房间的卡伦，为了一会儿我要说明的某件事，无论如何都要让玛利亚像是死在满月之屋里。

"因此，她用放置在公馆四楼走廊上的铠甲配剑，在自己房间的浴室里，砍下了玛利亚的头部和双手，埋进冰桶里的冰块中。为了不引起怀疑，她还在上面插了一瓶红酒，最后提着冰桶骗过托马森的眼睛。"

我已经完全说不出话来。那个冰桶竟然有这么恐怖的用途！

"昨天，我和帕特调查过四楼走廊的铠甲、配剑。虽然长剑剑身已经被擦拭干净，但是接近剑格的刃锋还是留下了血迹，整个剑身也糊上一层朦胧的脂肪。想来应该是用那把长剑砍下了玛利亚的头和手没错了……"

说不出话的我们只能默默听着伯特兰的说明。

"总之，卡伦假扮成玛利亚走进满月之塔，用强行从科内根管家手上拿到的钥匙打开铁门进入塔里，随后反锁铁门又上门闩，完全阻隔其他人进塔。

"然后她抱着那可怕的冰桶登上螺旋楼梯，走进满月之屋。之后卡伦立刻取出冰桶里的头颅和双手，摆放在地，浇上煤油，点着了火——这样做的理由容我稍后说明。

"接着卡伦又做了一番准备,就把满月之屋的房门反锁,放下门闩,把自己关在房间里面——"

"锁在房间里面?"多诺万重复了一次伯特兰的话,"伯特兰法官,这究竟是何意?那卡伦小姐把房间布置成密室后,又去哪里了呢?第二天,破开房门时,屋里任何地方都没发现她的身影啊。"

"多诺万,卡伦一直都在你们眼前,但因为她是以超出你们理解的形式出现,所以你们没能认出她。

"刚才我说了'卡伦把玛利亚的头和手搬到房间里'。但你们再好好想想,房间里发现的只有头部和双手而已吗?"

听到伯特兰的话,我情不自禁地喊了出来。对啊,房间里发现的不止玛利亚的头部和双手!

我不自觉地看向房间中央,那天,头和双手被砍断的女性尸体以奇怪姿势趴伏于此。虽然现在只留下一圈浅浅的粉笔痕,没有任何能让人回想起那凄惨情景的凭证,但我仿佛还能看见一抹红影,那个臀部高挺趴伏在地,失去了头和手的年轻女性。

起初以为尸体是在满月之屋被砍去头颅和双手的,所以大家认定那具无头尸就是玛利亚。但根据伯特兰的说明,玛利亚在公馆四楼卡伦的房间意外身亡,是卡伦把玛利亚的头和双手砍下带来这里。因为这条太过意外,我不禁被这信息夺走了所有的注意力,现在冷静想想,在满月之屋里发现的无头尸到底又是谁呢?

突然,迄今为止最大的战栗贯穿了我的背脊!

"伯特兰,你……你难道是说……"

"终于反应过来了呀,帕特。是的,就是那样。

"那具失去头和手,在房间正中央以奇怪姿势趴伏着的尸体是卡伦·阿尔施莱格尔面目全非的样子！也难怪阿尔贝特警长不管怎么拼命搜查整个古堡都没找到她。因为那时卡伦早已成为第一个被害人被运到科布伦茨市警局的停尸间了——"

啊，谁又能察觉到如此可怕的真相呢！

满月之屋里的尸体并非来自同一人。那是卡伦和玛利亚这对双胞胎姐妹可怕的"合作"——

同时，令我非常烦恼的满月之屋密室之谜也宛如沙堡一般彻底崩塌。

满月之屋本就不是密室——

只不过凶手卡伦把自己和被害人尸体的一部分一同关在这个房间。凶手没有逃出房间，一直留在室内，所以从内侧上锁加门闩都没什么好奇怪的——

"但是、但是伯特兰，即使这样我还是不能理解……"

诺伊万施泰因博士喘着粗气道。这位老学究似乎也难以把握这起案件过于意外的真相。

"若照你所说，那么卡伦把自己关在房间，又用长剑砍下了自己的头颅和双手——之前莱因哈特提出过相同假设，我还用'没人自杀时能砍掉自己的头颅和双手'来否定他，我现在仍是这个想法。像卡伦这样的年轻女子会采用如此决绝的自杀方式吗？不，不光是卡伦，不管多么身强力壮的男性，也不可能一次性砍下自己的头颅和双手吧？另外还有一个疑点：假设卡伦是意志坚强，以那样的方式自杀，她的头和手又消失去哪里了呢？在房间里被烧毁的只有玛利亚的头颅和双手，警察已经查过很多遍了。总不能断了头和手的卡伦把自己砍下的东西扔出东窗，扔下谷底吧？"

正如诺伊万施泰因博士所说，只要不弄清这点，伯特兰的推理就很难得到冯·修特罗海姆的认同。如果不能让男爵认同，那么阿尔贝特警长就会延续当初的决定，把亨特当作系列案件的嫌犯逮捕吧。

对伯特兰来说，现在正是关键时刻——

7

但伯特兰没有表现出任何动摇，用至今没有变化的语气继续说明：

"诺伊万施泰因先生，诚如您所说，所以我才召集大家来满月之屋。下面我打算做个小实验，如果进行得顺利，就能揭开卡伦是如何砍下自己的头颅和双手，并让它们从这间房间消失之谜。

"——帕特，辛苦你了，帮我把那个稻草人连同摇椅往后挪，移到快贴近后面的窗户……好，差不多就在那儿。"

我听从伯特兰的指示，把稻草人坐着的摇椅移向东窗。

接着伯特兰做了件很奇怪的事。看来是事先准备好的，他把一只装满沙的布袋绑在稻草人代表头发的黄色毛线上。沙袋约有稻草人人头那么大，因为沙袋的重量，稻草人坐着的摇椅极大幅地向后倾倒。

"恐怕在实际过程中卡伦使用的不是沙，而是装在冰桶里的冰块。空了的冰桶用雨水彻底洗过，包括装玛利亚头和手的痕迹也被完全洗净。第二天早上，诺伊万施泰因先生进入房间时看到的桶中水并不是冰融化后的产物，而是洗刷了血痕的雨水。卡伦把冰袋绑在自己的金发上，坐上摇椅，并一边调节身体位置，一边把摇椅往后倾斜到窗边，将头部和双手都伸到东窗之外……"

伯特兰一边说明，一边不断地调整着摇椅的位置，把绑上沙袋的稻草人的头往窗外伸。因沙袋和稻草人的自重而大幅后仰的摇椅在窗边勉强保持住平衡。

"实际上卡伦在自己的双手上也牢牢地缠上金发，确保头和手不会分开。总之，现在先单独用头部来做实验吧。

"那么实验终于要开始了。由于过程危险，请大家千万不要靠近窗边！"

伯特兰下达命令之后，从上衣口袋拿出哨子，用力一吹。

一瞬间，我们全身因异常的紧张而变得僵硬。但是室内并没有什么明显变化。

一秒，两秒……紧张将我的神经放在磨刀石上摩擦，众人屏住呼吸，盯着靠在窗边的稻草人。不知谁怀表的读秒声越来越响。

"伯特兰，这到底——"

我受不了这沉重的静默，开口刚要说话——

就在那时！

窗外有什么东西擦过外壁，接着一个物体以可怕的冲击力自上而下滑过支撑着稻草人的东窗。那物体经过窗户的瞬间，稻草人仿佛被弹开一般跳了起来，同时向后倾斜的摇椅也猛地往前一摆，稻草人便随着这股冲劲被抛到摇椅前的地上。

"什么情况！"

诺伊万施泰因博士大喊道。我也情不自禁地叫出声，向被抛到地上的稻草人跑去。

正打算检查稻草人的我一眼便看到它的颈部仿佛被锋利刀刃砍断般干净的切口，登时两股战战。博士和多诺万也因为恐惧，仿佛中了定身咒。

"冷静点，帕特。已经没有危险了。你们想想，那具尸体发现时是否正好就是这样的姿势？"

我连忙搜寻记忆——

是的，没错，那个失去了头和手的尸体正好是以这种姿势趴伏在地的。

原来如此——尸体之所以姿势奇异，是因为被从摇椅抛出来的啊。那么这个向真主朝拜的臀部高抬的趴伏姿势也就能够理解了。

"伯特兰法官，刚才到底发生了什么？这人偶的头呢？"多诺万激动地问伯特兰。

"就让我来说出个中秘密吧。帕特，你从窗口探往下方的岩石台看看——没事，已经没危险了。"

听伯特兰这样说，我提心吊胆地探身出窗外，朝正下方的岩石台看去。

距离窗户三十米左右的正下方，可以看到突出双月城城墙两三米的岩石平台。在窗户正下方的岩台上可以看见刚才绑着稻草人头发上的沙袋，沙袋旁边就是拿毛线当头发的稻草人头部。这两样物体周围，无数闪闪发光的东西散落在岩石台上。它们反射着太阳光，看起来就像宝箱里的璀璨宝石。

"伯特兰，那是——"

"是的，那是镜子。那是我昨天去科布伦茨城区时，和玻璃刀一起买回来的——

"在来这里之前,我用玻璃刀把镜子切割成需要的大小,用报纸包着,让那位年轻警察拿到这里来。然后低声拜托他到满月之塔的塔顶就位。并吩咐他,只要听到我的哨声,就把那面镜子沿塔外墙滑下来……"

"什么!"

多诺万高声惊呼:

"那高速经过窗外的,是镜子吗!"

"是的,多诺万。换言之,镜子发挥了断头台刀刃的作用。你们回想一下,你们最初进入这间满月之屋的时候,放在北窗和东窗之间的镜子已经粉碎了吧?

"卡伦把玛利亚的头和手在地上烧毁之后,又把那面镜子放在地上,用事先备好的玻璃刀切下一块梯形镜片,也就是断头台刀刃的样子。然后把剩下的镜子摔得粉碎——模仿'双月城黑骑士'传说的同时,又隐藏了镜子被切除了一部分的事实。

"做完这些,卡伦拿着临时制作的镜片刀刃和从冰桶取出的少量冰块登上塔顶。然后在东窗正上方的地方,把镜刃插进间隔一点五米左右的起加固作用的凸起之间,再将冰块插在凸起和镜刃的间隙加以固定。帕特,还记得吗?从残留的木框来判断,满月之屋的镜子高约两米,宽约一米五。而宽约一米五,不是刚好可以夹在那些加固外墙的凸起之间吗?

"完工之后,卡伦返回满月之屋,用冰桶里剩下的冰块做成冰袋,绑在自己的金发上。再谨慎地用金发绑住自己的双手,就像刚才的稻草人一样,小心地把摇椅靠近窗边,将头和手伸出窗外,等待那个时机的到来。

"窗外雨下得很大。持续的雨水慢慢地融化了冰块,最后镜刃在重力作用下以极快的速度滑落,瞬间砍下卡伦伸出窗外的头和手。那一瞬间,因失去了头部和双手的重量,摇椅失去平衡,猛地向前反弹,卡伦的无头尸体便被抛到椅子前方的地面,形成了奇特的姿势。从窗外溅进来的暴雨冲洗掉附着在窗框上的血迹,也抹消了这个奇特的自杀痕迹——

"另一方面,卡伦的头部和双手随镜刃落在窗口下方三十米的岩石台上。如果只有头部和双手,那一旦被切断,还真有掉落到谷底的危险,但多亏了系在金发上的冰袋,头部和双手都留在了岩石台——"

"留在岩台?但是伯特兰,第二天早上警察搜查过,什么都没有发现啊……"

诺伊万施泰因博士颇感意外。

"那是因为天亮前,有人收拾了卡伦的头部和双手,还有摔得粉碎的镜子碎片。也就是自杀的共犯……"

"什么,自杀的共犯——"

博士惊讶地说道:

"伯特兰,帮助卡伦自杀的人到底是谁?"

"在太阳还没有升起的时候,要去没有任何扶手的岩石台上回收目标,可是个危险活。特别是暴雨初停,岩石被雨水打湿,稍有不慎就有失足跌入谷底的危险。而习惯了这样的危险工作,并拥有城墙通往岩石台通道钥匙之人——只有一个。"

伯特兰转向站在一边的科内根管家和弗里茨。

伯特兰的实验 281

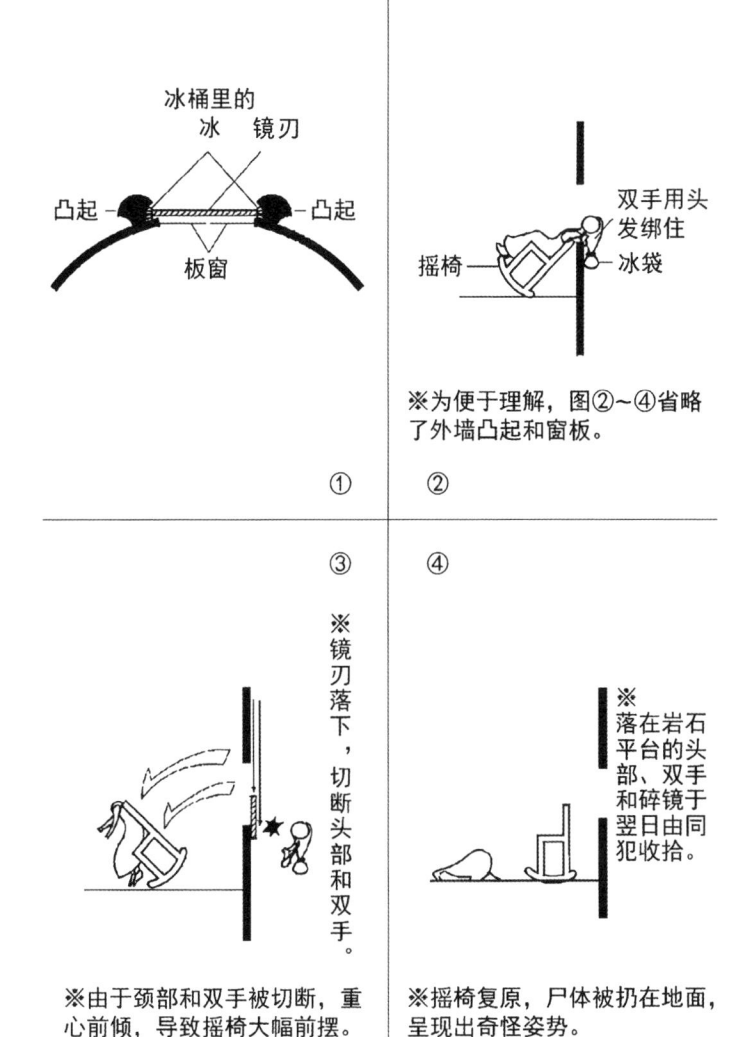

①
冰桶里的
冰　镜刃
凸起——　　——凸起
板窗

②
双手用头
发绑住
摇椅——　——冰袋

※为便于理解，图②~④省略
了外墙凸起和窗板。

③
※镜刃落下，切断头部和双手。

※由于颈部和双手被切断，重心前倾，导致摇椅大幅前摆。

④
※落在岩石平台的头部、双手和碎镜于翌日由同犯收拾。

※摇椅复原，尸体被扔在地面，呈现出奇怪姿势。

"弗里茨——从岩石台收回卡伦的头部和双手的就是你吧？而能够处理掉留在公馆四楼，缺失了头部和双手的真正的玛利亚的尸体的——只有你了，科内根。

"你们二人受卡伦所托，担任这起大型自杀剧的幕后帮手——没错吧？"

黑骑真身

1

此话一出，顿时天昏地暗。

科内根管家和马车夫兼马厩管理员弗里茨——多么忠厚老实的人竟然遵照卡伦命令，处理掉玛利亚和卡伦的尸体，并且一直瞒着住客和警察。

"真的吗？科内根，你们竟然做了那么可怕的事——"

我向科内根管家求证。科内根管家静静点头：

"正如伯特兰先生所说，那晚我和弗里茨一起处理掉了卡伦小姐和玛利亚小姐的遗体——"

"但为什么要做那种事——你们都没想过要报警吗？"

"对我们来说，城主卡伦小姐的命令就是天——"

科内根管家平静却又坚定地说道：

"那晚，我刚结束一天的工作回到自己房间。卡伦小姐脸色苍白地找来，对我说：'科内根，我……我杀了玛利亚。'我慌忙前往小姐房间，看到玛利亚小姐倒在壁炉的铁格栅前。

"一见玛利亚小姐的脸，我即知她已救不回来，但我还是抱着一丝希望，想叫诺伊万施泰因医生过来。但是卡伦小姐阻止我道：

'没用的，外行人都看得出玛利亚已经死了。虽说是过失，但若让警察知道是我杀了妹妹，一定会逮捕我吧。没办法，我有服罪的觉悟——可唯有一事我无法忍受，那就是妹妹怀着那个下流坯的孩子。'

"'妹妹死了，我又因杀害妹妹而进监狱，这样阿尔施莱格尔家的血脉可能就此断绝。不，如果仅仅血脉断绝，我也就算了。但若那男的自称是玛利亚腹中胎儿的父亲，阿尔施莱格尔的家产继承权可能就会落入他手，那样我死都不会瞑目——'

"于是卡伦小姐向我说明了她惊人的计划：

"她将亲自假扮玛利亚小姐，再用绝对不像自杀的方法在满月之屋结束生命。卡伦小姐希望我们帮她收拾身后事，并坚称满月之屋的尸体就是玛利亚，以此隐瞒玛利亚小姐怀孕的事实——就是这样。"

"什、什么！"

听了管家的话，我甚至怀疑起自己的耳朵。

"帕特，正如科内根管家所说，卡伦为何要用如此离奇的方式自杀，又为什么必须在这间满月之屋迎接死亡？

"理由只有一个——为了抹杀玛利亚怀孕的事实。为此卡伦想到用自己的身体冒名顶替玛利亚的尸体。

"动机正如科内根管家说的，卡伦和玛利亚这对姐妹身为阿尔施莱格尔家后裔，妹妹因为她而意外身故，虽说是过失，但若她因杀害玛利亚而被逮捕，莱因哈特再对外宣称自己是玛利亚腹中胎儿生父，之后他如何处理包括这座双月城在内的阿尔施莱格尔家产卡伦都无法插手。因此卡伦为阻止莱因哈特，无论如何都必须抹杀玛利亚怀孕的事实——"

"那卡伦为什么不立刻报警？虽说过失杀人的罪名重大，但卡伦又没有明确杀意，顶多算个过失致人死亡，法庭量刑时也有充分的空间酌情处理。如果顺利，说不定都不会被起诉。虽说她不让莱因哈特自由支配家产，但犯得着走自杀这条路吗？"

"关于这一点我们只能去揣测卡伦当时的心境，不过她是不是这样想的呢？

"卡伦继承贵族血统，肩担昔日荣光。即使暂时被警方逮捕，对她来说都是宁可去死的奇耻大辱。另外即使被判为过失致人死亡，法律上的无罪也无法消弭杀害亲妹的事实，今后的人生要一直背着罪恶的十字架。高傲如她，自然无法忍受。我想即使不担心被警察逮捕，卡伦迟早还是会自杀的。

"但只是自杀不解决问题。为保护阿尔施莱格尔家族的名誉和财产，她必须封锁莱因哈特的行动。正是这点希冀让卡伦想出如此异想天开的自杀。

"这招骗术堪称完美。房间里发现了被砍下的头部和双手，而被砍掉头和手的尸体就倒在旁边，谁都会以为它们同属于一人，而不会想到这是另一种形式的'一尸两命'。

"为使骗局能够成功，卡伦还做了各种掩饰。帕特，你好好想想，当你们看到失去了头和手的尸体，首先会联想到什么？"

我考虑片刻。

"对！断头台！"

"是的。其实杜塞尔多夫的大批市民正高呼着要让连环杀人魔'杜塞尔多夫吸血鬼'彼得·库尔滕尝尝断头台的滋味。如果卡伦的尸体仅仅失去头颅和双手，谁都能联想到断头台，从而摸到一点实现这离奇自杀的门道。为避免这种情况，卡伦用了诸多掩饰。其中最值得称道的就是巧妙利用了'双月城黑骑士'的传说。

"比如，烧焦玛利亚的头部和双手。你们一开始以为这么做是不让人准确判断尸体的身份，从而得出双胞胎调包的假说。但后来你发现'双月城黑骑士'传说有相同桥段，而这才是卡伦的意图。"

"那么卡伦为什么要烧焦玛利亚的头和手呢？"

"这不是很明显吗？烧毁玛利亚头部和双手的断面，为的就是让它们无法跟自己头部和双手的切断面比对啊——"

当头一棒。

原来是这样——看似单纯模仿"黑骑士"传说的行为背后，竟藏着如此可怕的意义！

的确，长剑砍下的头部和双手，和被"镜片断头台"砍下的断面当然不同。若两方比对，当场即知两部分尸体不属于同一个人吧，所以卡伦事先烧毁玛利亚的头和手以防警方比对。

"正因为玛利亚的头部有牙科齿形资料这个决定性的证据，所以不怕被烧得面目全非，警方迟早都能确定玛利亚的身份，于是自然会认定无头尸也是玛利亚，经解剖又会发现'玛利亚'的身体没有妊娠迹象。这样玛利亚怀孕的事实就会被抹杀，不管莱因哈特怎么跳脚，也无法再对双月城等阿尔施莱格尔家产动一根手指——这才是卡伦的真实目标！"

我彻底失语。为了维护家族名声和财产，卡伦甘愿牺牲生命。她对昔日荣光近乎疯狂的执着令我毛骨悚然。

"利用黑骑士传说掩盖真正目的的例子还有好几个。打破房间镜子也是其一。此举乍一看也在模仿黑骑士传说，但实际上它完美掩盖了镜刃的存在，而切割镜子的玻璃刀也在镜刃完成后从这扇东窗扔下谷底了吧。"

"那玛利亚留在公馆的身体和弗里茨收回的卡伦的头和手又去了哪里？"

多诺万一脸迷茫地问伯特兰。

"这一点我还没有确认，但我想应该就在主塔楼地下，安放阿尔施莱格尔历代家主骨灰的灵堂里——是吗，科内根？"

"正是如此——"即使是现在，科内根管家还是不失礼仪，"卡伦小姐的头颅和双手，玛利亚小姐的身体都各自放在两位小姐生前定做的灵枢内，沉眠于纳骨堂。我和弗里茨从二十一日未明时分一直忙到早上，我们打算等卡伦小姐的身体和玛利亚小姐的头、手从警局还回来后，把它们安放回灵枢，拼装完整……"

"除此之外，二十一日在这间满月之屋发现尸体时，你也做了善后吧，科内根？也正因如此，帕特他们才完全被骗了。

"弗里茨用木锤破开房门，最先跑进房间的你立马发出'呜哇'一声大喊，然后几乎是爬着逃离房间。帕特他们都觉得是室内太过凄惨的场景吓到了你。但那时你把桌上和房门钥匙放在一起的塔顶吊门钥匙收进了自己的口袋吧？"

"什么！"

我扬起一声惊呼。

"科内根管家还做过那件事？除了满月之塔入口铁门和房门钥匙，卡伦还把塔顶吊门的钥匙拿来了？"

"正是这样,帕特。不然她也上不了塔顶,更无法设置那片镜刃了嘛。

"但和另外两把钥匙不同,塔顶钥匙不该出现在房间里。暴雨之夜,即使再怎么醉酒,'玛利亚'也没理由非上塔顶不可。一不小心,塔顶钥匙便会成为线索,断头台的诡计也可能被看穿。所以科内根不惜演戏也要拿回钥匙。"

"正如您所说。后来我也觉得那次表演太拙劣了——"

科内根管家语气认真地说道。

"伯特兰,卡伦这女人还真是厉害啊,片刻之间便想出如此规模和设计的骗局,并付诸行动……即使是男性也自愧弗如吧。她的智慧和胆量都远超你过去遇过的每一位凶手,不是吗?"

诺伊万施泰因博士感慨万分地说道,我也深表赞同。

"不好意思,要在您称赞卡伦的时候泼点冷水了。这个大骗局绝非卡伦独创。她不过利用了原有之物——"

"原有之物?伯特兰,这是什么意思?"

面对博士的提问,伯特兰又说出一个不知第几次震惊众人的真相。

"这座满月之塔和隔着主塔楼遥遥相望的新月之塔设计建造之初,就承担着巨大断头台的功用!两座高塔本就是巨大的暗杀工具。

"而这个秘密,正是阿尔施莱格尔这一极端女系家族受尽美因茨大司教庇护而极尽繁荣之因,也是双月城萦绕着的黑暗传说的真身。

"阿尔施莱格尔家担负着美因茨大司教权势中最黑暗的部分,

是个彻头彻尾的暗杀者家族！"

2

一句话掷地有声，制造出手榴弹般的威力。

诺伊万施泰因博士张大了嘴，说不出话。多诺万也因过度惊讶，挺着僵硬的身子。

我也难以接受伯特兰的结论。

阿尔施莱格尔家是维护美因茨大司教权势的暗杀者家族？

这荒唐无稽的想法！即使出自伯特兰之口，也让人难以接受！

但一旦听过这条想法，我便无法阻止更多疑惑涌现内心。

那两座塔的奇怪构造是怎么回事！故意在圆塔外壁建造用来加固的凸起，也没有设计当时流行的"落石口"，板窗也设计成向室内打开。种种设计不正是为了不妨碍那可怕的刀刃急速滑过圆塔外壁吗？！

这么说来，有一天晚餐中多诺万提到历史上双月城也曾发生过怪异事件。两位牺牲者和本次案件一样，在密闭房间里失去头颅……那两个可怜的被害者不正好留宿在满月之屋和新月之屋里吗？

也不知是不是看穿了我的想法，伯特兰对多诺万说道：

"多诺万，还记得几天前的晚宴上，你、我和冯·修特罗海姆男爵谈论过双月城中曾发生过两起横死事件吗？你主张那两起事件是美因茨大司教势力下令的暗杀，我也认为如此。具体手法，想来应该是这样的：

"暗杀者在深夜登上塔顶，在满月之屋和新月之屋窗户正上方布置好机关，接着垂下一根绑了石头的绳索，摆动绳索使石头轻敲板窗。房间里的受害者觉得奇怪，就会拉开板窗，望向窗外，但此时绳子已经迅速拉起，窗口没有任何异状。当受害者探头想看清窗外的瞬间，塔顶的暗杀者便会沿凸起放下准备好的刀刃，砍下受害者的头颅……"

伯特兰停顿了一下。我们咽了口唾沫，等着伯特兰继续。

"当然，那时用的不是镜子，而是与圆塔外壁弧度相同的铁板或钢片。事实上，建造这两座塔就是为了巧妙地干这种脏活。

"两座塔没有建造当时流行的'落石口'，从塔顶到地面光溜溜的没有任何遮挡，自然是为了顺利实现该机关的功能。还有窗户上的板窗，正常情况下应向外打开，但这座塔的板窗全向内开。这也是为了不妨碍刀刃落下而做的设计。

"但是最为关键的还是那些凸起。凸起是细根大头，呈扇形展开的形状，这么做是为了保证刀刃在下落过程中不会偏离轨道。取任一事实仔细思考都能明白，无论满月之塔还是新月之塔，都是为了暗杀留宿者的'暗杀塔'——"

伯特兰对一旁的多诺万说道：

"多诺万，你在晚餐上曾推测身为美因茨大司教的亲信，阿尔施莱格尔家可能扮演着对敌怀柔的角色。真是慧眼独具，我又将推理更进一步——在对敌怀柔的同时，阿尔施莱格尔家族是否也兼做暗杀的勾当呢？

"曾留宿双月城的市民公会要人和改革派神学家不为人知地葬身在暗杀塔的机关之下。但若详细调查一下历史，会不会打捞出其他一些颇有意思的事实呢？

"比如，古城的著名传说，为拯救爱女死于非命的城主卡尔化身亡灵黑骑士，砍下盗贼骑士团首领格哈德和副首领盖林斯基的头颅的故事。若结合这一机关分析，便能明白这个故事恐怕也在暗示某些效忠城主卡尔的双月城家臣，为救出卡尔遗孤阿玛利亚和娜塔莉亚，而动用机关暗杀了格哈德和盖林斯基，不是吗？

"卡伦身为双月城城主，我认为她熟知暗杀塔的机关，所以才能在短时间内想出用自己的身体代替玛利亚，抹杀玛利亚怀孕事实的大骗局。至于把镜子切割下来代替断头台刀刃则是她的独创——"

伯特兰结束了漫长的说明。

房间里每个人都嘴唇紧闭，一动不动，只有时间静静流逝。我回想起在弗里茨带领下和伯特兰一起来到满月之塔下的岩石平台时发生的事——

那时伯特兰指着满月之塔墙面离地面五米高的一根断藤蔓对我说是"决定性的证据"。那时我还不明白他的意思，但那根藤蔓是镜刃砍下卡伦的头部和双手之后，在下落途中切断的吧。一定是看到这根段藤，伯特兰才确信了暗杀塔机关的存在。

我明明和伯特兰一起调查，却完全没有往那个方面想——

我再一次气恼自己的不中用。

我们就这样保持着沉默，又不知过了多久。

"……但是，但是，伯特兰……"

诺伊万施泰因博士似乎在从喉咙里挤出声音：

"发生在满月之屋的案件我明白了,你的推理的确厉害,真相恐怕正如你所说。

"但若那样,之后发生的案件又如何呢?满月之屋案件结局是双胞胎姐姐卡伦因过失杀害妹妹玛利亚,不堪其苦而引咎自杀对吧?也就是说那时候被害人和凶手都死了,那么之后的凶手就绝对不是卡伦。

"伯特兰,能告诉我吗?杀害了莱因哈特、托马森还有弗里达的凶手到底是谁?难道真是城堡传说里的黑骑士之类的幽灵所为吗?"

诺伊万施泰因博士的话让我一下子回过神来。

对啊,是的。因为满月之屋案的真相太过意外,让我完全陷在伯特兰尽数破解真相的完美推理中,但在那之后还有三个被害人呢。

且在第一案中,主犯卡伦已经死了,她绝对不可能是后续案件的凶手。

到底伯特兰打算如何解释这令人恐惧的矛盾呢?

伯特兰没有回答诺伊万施泰因博士,只是沉默地看向虚空。

我不自觉地凝视着伯特兰的侧脸。

难道伯特兰还没弄清后续案件的真相?

疑惑浮现心头。

果然三天还是太短。这点时间不可能揭开双月城里所有谜案的真相。虽然伯特兰好不容易解开了满月之屋发生的第一案,但第二及后续的案件,他还没有着手调查——

但那又怎样?伯特兰不顾异国搜查的重重阻碍,完美解开第一起案件。光凭这一条就已足够了。即使是冯·修特罗海姆，听完伯特兰的精妙推理，也不会傻到把亨特当凶嫌逮捕了吧——

我伸手搭在伯特兰的肩上，想让他先坐下。

一瞬间，伯特兰昂然抬头，令人意想不到地说出——

"那么现在就来说明第二起事件——发生在新月之塔的库尔特·莱因哈特的被杀案。

"第二起杀人案与发生在满月之塔的第一案惊人地相似。正如大家所知，不管哪起都在模仿双月城黑骑士传说，而且两起案件都发生在传说中的舞台——两座高塔上的小房间。若看表面，谁都会认为两起杀人案是出自同一位凶手，正如现在德国警方认为在双月城发生的一连串案件都是同一人所为，并打算逮捕他们心中的嫌犯——蒂莫西·亨特。

"两起案件的相似性成了第二案凶手的最大掩护。警方在搜查过程中也产生了先入为主的观念：第一、第二两案是同一人所为。这种观念成了心理上的烟幕弹，使得真正的凶手始终躲在搜查的盲点。"

伯特兰环视众人，继续说道：

"我们按照事件发展经过来说。

"满月之塔案件的三天后，自二十三日深夜至二十四日未明时分。最初察觉异状的是冯·修特罗海姆男爵阁下，理应没人居住的新月之屋南窗大开，屋里透出煤油灯光。感觉不对的修特罗海姆男爵首先找到科内根管家，确认新月之屋的钥匙被盗，然后叫醒我的外甥史密斯。两人决定去新月之屋一探究竟，时间是在凌晨一点四十分左右。

"他们从科内根管家那里借来钥匙,打开新月之塔出入口的铁门,登上螺旋楼梯来到新月之屋门前。正欲进入房间,发觉房门从内侧反锁。两人从钥匙孔向内窥探,发现地上的莱因哈特的头颅,嘴里还插着新月之屋的钥匙。他们便用从塔内修补施工现场拿来的铁钎破门进屋。但房间里没有任何人躲藏,案件又呈现出无解的密室迹象。

"随后,莱因哈特被砍去头颅的尸体在新月之屋里的马克西米利安式铠甲中被发现。另外,铠甲腰间的长剑被扔在房间里,剑身沾满鲜血,可以推断是这把长剑砍下了莱因哈特的头颅。然而他的直接死因是被短剑刺杀,而凶器短剑至今仍未发现。"

伯特兰说到这里停顿一下。

"那么,凶手是如何突破这间坚固密室,杀害莱因哈特的呢?不用说,莱因哈特没理由自杀,所以不可能再玩暗杀塔的诡计。莱因哈特毫无疑问是被真正的凶手所杀。

"最简单的解决方法就是发现尸体的二人——修特罗海姆男爵和帕特中有一个是凶手共犯。实际上我和帕特也曾失礼地讨论过修特罗海姆男爵作为帮凶的假说。"

冯·修特罗海姆的眉毛抽了一下。伯特兰继续说道:

"当然,我并不是真的认为令人尊敬的男爵阁下会自轻自贱,去做什么共犯。而且经过验证,共犯的假说无论如何都不可能实现——"

接着伯特兰详述了曾和我探讨过的偷换钥匙与铠甲换人的诡计。

"就这样,我们否定了所有的可能性。我也曾一度想过要认输,要放弃。但就在那时我注意到一件奇怪的事。

"被害人莱因哈特到底是什么时候进入新月之屋的呢?

"我试着总结了一下相关人员的证言,发现目击莱因哈特的最后时间是二十三日下午四点,男爵在大厅宣布头颅齿形与玛利亚诊断记录一致的时候。自那之后莱因哈特就把自己关在房间,哪怕晚餐时间也隔着房门拒绝了亨特的邀约,所以下午大厅集合之后谁都没见过他。当然他什么时候出门去新月之屋也无从得知。

"难道莱因哈特打从一开始就没有去新月之屋?我脑中突然闪过这样的疑惑。

"难道莱因哈特是在其他地方被杀,然后凶手把他的尸体运进新月之屋里,再将房间设计成密室的?

"即便如此,密室之谜仍然存在。凶手不管怎样都要穿过两重锁闭的新月之屋,把莱因哈特的尸体放进去。

"除了那扇房门之外,就没其他通道能把莱因哈特的尸体运进新月之屋吗?

"我自问自答。然后想起新月之屋南面板窗从外侧被撞坏,向内打开——"

"但是伯特兰法官,这不管怎么想都不可能啊。"多诺万提出了异议,"主塔楼离新月之屋南面窗户最近,但也有十五米的距离。您不会想说凶手从主塔楼瞄准南窗,把莱因哈特的尸体扔进去吧?城堡之中谁有这等神力呢?

"而最重要的是莱因哈特的身体可是在新月之屋的铠甲里面啊。您要如何解释这点?凶手不进入新月之屋,就不可能给尸体穿上铠甲吧?"

多诺万的话正中问题核心。

"多诺万，正如你所说。但是你似乎过于在意身体部分而忽略头部了。

"要把尸体从南窗扔进新月之屋确实不可能，可如果只送头部，或许还是有可能的，对吧？"

"但只送头部同样需要技术和力量，从至少十五米开外的地方投进新月之塔上的小窗户。真有人能做到吗？"

"没人说要空手投掷啊。你们看这边。"

伯特兰说着横穿房间，走到北窗前。我们则跟在他身后。

从北窗窗口可以望见十五米之外的主塔楼威严矗立。

"多诺万，对面主塔楼跟我们这边窗子几乎等高的窗口是几楼啊？"

伯特兰问记者。

"嗯，是五楼的窗户。因为窗口比其他楼的窗户大一圈，所以很好辨认。"

"好的，因为满月之屋和新月之屋高度相同，与主塔楼呈对称分布。所以新月之屋南窗也正对着主塔楼的五楼窗口。那为什么主塔楼五楼窗户要比其他楼层的窗户大呢？"

"自然是当城内有外敌入侵时……啊！"

突然，多诺万发出了充满恐惧的叫声，当场僵住。

我一时间无法理解发生了什么。是什么让多诺万这般恐惧？的确，我似乎跟伯特兰聊过主塔楼。

我想起前几天在多诺万的引领下参观主塔楼的情景。

双月城的主塔楼是座五层建筑，一楼是幽禁俘虏的牢房，二楼、三楼是粮仓,四楼是居住空间,五楼则是武器库。

五楼窗户比其他楼层的要大,且在北、西、南三个方向开窗。这是以防万一敌人入侵城内,可以用安放在窗边的投石机击退敌兵——

突然,心底翻上来一阵恶寒,我也不自觉地颤抖。

"投石机!"

"终于知道了啊,帕特。是的,投石机。凶手利用主塔楼五楼窗边的投石机,把莱因哈特的头颅投进新月之屋的南窗。头颅完美地命中目标,板窗插销瞬间被破坏,窗板向里打开,莱因哈特的头颅就落到新月之屋的地上。

"在这之前,凶手应该还做了一些准备。凶手首先揭下装饰新月之屋墙面的一张哥白林挂毯,把它带到主塔楼五楼,再从科内根管家的钥匙串中取下新月之屋的房门钥匙。

"在把莱因哈特的头颅投进新月之屋之前,凶手就先让它含着新月之屋的房门钥匙,又用挂毯松松地包裹住头颅,接着将布包放上投石机,投进新月之屋。

"布包撞开板窗,跌落地面的冲击力使挂毯散开,不知情的人一看,还以为是头颅端放在挂毯上呢。帕特,就是你通过门上锁孔窥探时看到的那样——"

"为什么?为什么凶手要用挂毯把莱因哈特的头颅包起来?"

"自是不想让头颅多受损伤啊。想想看,投石机的力道可是连窗板都能撞开。如果什么都不做,头颅会直接撞击板窗。若是那样,头颅上的伤痕和板窗上留下的痕迹一对照,这个诡计立马就破。所以凶手为防止发生这种情况才要包一层布。

"不过似乎也没什么效果。尽管有挂毯保护,莱因哈特的前额还是清楚地留下了撞击板窗时造成的内出血痕迹——"

"啊啊!"

我想起老法医检查莱因哈特头部时,的确说过"左前额有钝器击伤引发的内出血"。尽管证据清楚地摆在眼前,但以阿尔贝特警长为首的搜查人员都认为那是凶手殴打被害人使其失去意识的创伤,这令我无奈又无语。

凶手竟然计算到如此程度吗?

第二起案件的执拗般缜密的犯罪计划再次让我惊叹。

3

"伯特兰法官,真是精彩的推理。我坦然认同莱因哈特的头颅是利用投石机送进新月之屋的。这个问题的答案,正如您的推测。但是法官哪,还有一事我怎么都想不通:凶手是什么时候把莱因哈特掉了头的尸体塞进新月之屋里的马克西米利安式铠甲的呢?

"这回不可能还像刚才那样,用投石机把身体送进去。只能是凶手进入新月之屋,再给莱因哈特的尸体穿上铠甲。

"到最后不还是绕回来了吗?头颅固然可以异想天开地用投石机投进房间,但房间的密室状态没变。凶手到底施展了什么魔法让莱因哈特的身体移动到那个房间里的呢?"

多诺万的疑问很合理,我也一直为这第二步而烦恼。

但伯特兰依然未露出任何动摇。他直直看着多诺万,静静开口:

"多诺万，你又被困在先入为主的预设中，落入魔术里的误导圈套。

"莱因哈特的尸身确实出现在新月之屋的铠甲里。但没人知道它是什么时候被带进新月之屋的。说不定尸身进入房间时房间并非密室呢，不是吗？"

"新月之屋不是密室的时候？"

多诺万鹦鹉学舌般地重复道。

"听好了多诺万——新月之屋的房门是被修特罗海姆男爵和帕特破开的。一进入房间，他们二人就发现放在地上的头颅。因此，莱因哈特的头颅毫无疑问是用投石机投进密室状态下的新月之屋的——

"但身体部分呢？帕特回了一趟公馆。等我们一群人再次返回新月之屋，才发现莱因哈特的尸身藏在铠甲里。因此我们也必须想到，有相当的可能是在帕特返回公馆期间，莱因哈特的尸身才被塞进那副铠甲——"

"也就是说，当新月之屋处于密室状态时，凶手藏在铠甲里，趁史密斯返回公馆的空隙，再卸下铠甲，拿出事先藏好的莱因哈特的尸身换上对吗？但这方法刚才不是被您否了吗？即使再熟练的人穿脱铠甲也需要十到十五分钟，给开始僵硬的尸体穿上铠甲更费时。仅仅史密斯打公馆一个来回的时间我认为是不可能完成所有工序的。

"而且史密斯回公馆时，为了以防万一，还把新月之塔出入口的铁门锁了。退一百步来讲，即使凶手藏在铠甲里躲过搜查，也无法逃出新月之塔一步啊。"

多诺万的话赢得了我的颔首。没错，那时我先锁上铁门，后去往公馆。虽是下意识的行为，但是没想到现在有如此重要的意义！

"正如你所说，多诺万，在帕特往返公馆的短暂时间里，要脱铠甲给尸身换上是不可能的。

"所以，我是这么想的——既然短时间无法让尸体穿上铠甲，那么直接让新月之屋里的空铠甲和穿好铠甲的尸身调换可不可以呢？"

"什么！"

多诺万和我同时惊叫。

"调换铠甲？"

"是的，帕特。否则无法解释莱因哈特的尸身穿着铠甲突然出现在新月之屋。

"尸身当然无法运进密室状态下的新月之屋，在你返回公馆的那段时间给尸体换上铠甲更来不及——那么剩下的办法只有趁你回公馆通知我的间隙，将房间里的空铠甲替换成事先装有尸身的铠甲。这样就省去现场给尸体穿铠甲的工夫，大大减少了后续工作花费的时间。"

"但、但是凶手是如何把塞有莱因哈特尸身的铠甲搬进新月之屋的呢？而且倘若果真如此，原来放在新月之屋的空铠甲又去了哪里？"

"当然是凶手把它处理了啊。用了某种方法——"

伯特兰看着摸不着头脑的我笑了：

"说到这儿，让我们稍微扯远一点。帕特，还记得新月之塔楼梯间部分内壁塌落，正在修补施工吧？

"内壁崩塌处堆积了大量用来修补的砖头和沙袋。那么请问帕特，你觉得工人们是如何把砖头、沙袋运上那么高的地方？"

面对突如其来的提问，我有点不知所措。

"……是啊。我觉得应该不是靠双手一件一件搬上去的……"

"新月之塔的入口可是在离地十五米的环廊上啊。施工材料进入古城，即使只搬一个沙袋都必须从公馆一楼爬到三楼，走过环廊到塔下，太绕路了。其实不必那么费劲，还有更简单有效的方法。我昨天直接去见了施工的工人，向他们确认过我才确定下来。

"方法就是拉着装有砖块和沙袋的货运马车进入内庭，停靠在新月之塔正下方的城墙边。然后用某种方法直接将砖头和沙袋运上新月之屋，再从房间一点点搬到施工处即可。同样重量的砖头和沙袋，往上搬和往下搬，显然后者更省力。"

"直接运上新月之屋？但是新月之屋的窗户到内庭地面将近三十米呢。工人到底用了什么方法把砖头和沙袋搬到屋内的呢？"

"只要稍微开动脑筋，立马就能明白。想想吧，帕特。我们平时会用到的，最适合垂直移动物体的某个物理学装置——"

我用力思考，但怎样都想不出答案。突然，多诺万双手一拍：

"对了！您说的是滑轮吧——"

"回答正确，多诺万。这个诡计的窍门不过是一个结实的木滑轮而已。

"那名工人来到新月之塔塔顶，在面向内庭的缘石上用绳索套好一个木滑轮，再把另外事先准备的长而结实的绳索穿过滑轮，将砖块和沙袋一点一点运上新月之屋。当然，这需要在内庭地面捆绑建材的工人，以及在新月之屋窗口接受砖块和沙袋的工人两者配合。据工人所说，滑轮和绳子以及砖头、沙袋一起，放在内壁施工处附近，所以凶手也可以自由使用。

"说到这里，大家应该可以想见凶手是如何互换两副铠甲的吧？首先登上塔顶，在新月之屋东窗上方的缘石上安好滑轮，再将长而结实的绳索穿过滑轮，绳索两端垂至城墙根处的岩石台。因为塔的东侧从公馆看去是死角，所以不必担心会被人发现。

"这里必须注意的是，滑轮不是直接勒在缘石根上，而是调整挂滑轮的绳子，使滑轮刚好垂在新月之屋东窗上方靠近窗口的位置，至于理由容我稍后再表。

"帕特，还记得吧？昨天我们调查新月之塔塔顶时，发现面对断崖的东窗上方缘石有绑过绳子的痕迹——那正是滑轮安装的痕迹。

"凶手事先和莱因哈特约好晚上见面，而后在夜深人静时用短剑刺杀前来赴约的演员，砍下其头颅，用主塔楼五楼武器仓库的投石机将头颅投进新月之屋——

"我认为，莱因哈特很有可能被凶手叫去主塔楼五楼的武器仓库，并在那里被害。武器仓库里不仅有很多中世纪铠甲，更不缺断头用的刀剑。即使在那里找出一把杀害莱因哈特的短剑也极有可能。

"不过这个犯罪计划还需要一名共犯。凶手和共犯合力给莱因哈特的断头尸体穿上马克西米利安式铠甲后，两人又将尸身抬到内庭，穿过东面的城墙通道，前往岩石平台。共犯在那里将垂自滑轮的绳索一头绑在穿了铠甲的莱因哈特身上，暂时原地待命。

"另一方面，凶手装作案件发现者与帕特一同登上新月之塔，趁帕特回公馆通知我的间隙,把垂自滑轮的绳子的另一头——没绑住莱因哈特尸身的那端拉入室内,把新月之屋的铠甲和从施工现场拿来的两个沙袋绑在一起,之后将它们搬到窗边,慢慢从窗口放下去。

"然后会发生什么事呢?不用说,两副铠甲重量几乎相等。而每个沙袋重约三十公斤——合计六十公斤的沙袋就几乎抵得上一个成年男子的体重了。然后运用升降梯的原理,随着新月之屋的铠甲和沙袋缓缓下降,穿着铠甲的尸身经定滑轮被牵引上来,逐渐逼近新月之屋的东窗——是的,正如修补工人用滑轮搬运砖块、沙袋一样。

"之后,凶手把已经到达新月之屋东窗、塞进莱因哈特尸体的铠甲拉进房间,放在铠甲站立的位置。由于有铁台座支撑,即使铠甲里面塞着莱因哈特的尸身也不碍事。

"之后凶手用铠甲腰间的长剑斩断悬挂滑轮的绳子,回收滑轮。事先调整绳长,让滑轮垂到窗口上方正为了方便回收。如果滑轮离塔顶太近,就无法从新月之屋拿回滑轮了。

"另一边,在岩石台待命的共犯接下空铠甲和沙袋后,把沙袋扔下断崖,带着空铠甲穿过城墙通道,搬回主塔楼的武器仓库。因为那里的铠甲堆积如山,即使其中某一副跟新月之屋的铠甲对调,也不会引人注意。

"回到新月之屋。凶手收回长绳,将绳子和滑轮放回施工现场,然后在新月之屋坐等帕特带我前来——啊,在那之前凶手还做了一件事。凶手把用来砍断绳子的长剑,往地上的头颅颈部断口上压,让血迹残留剑身。随后把沾血的长剑插回青铜剑鞘,插好东窗窗板

304 双月城的惨剧

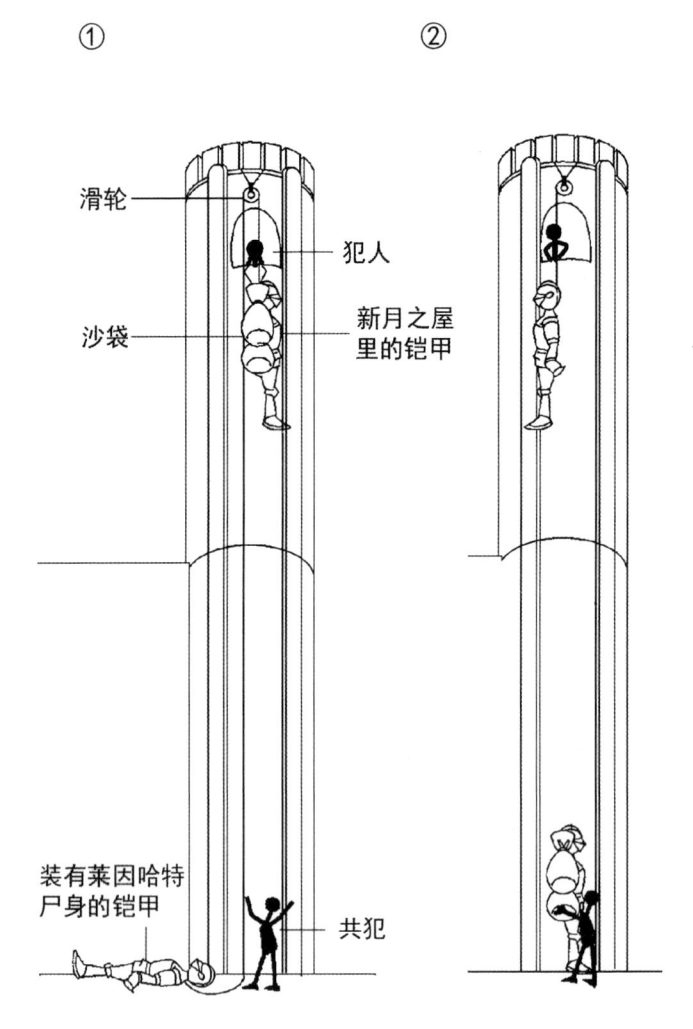

① ②

滑轮

犯人

沙袋

新月之屋
里的铠甲

装有莱因哈特
尸身的铠甲

共犯

的销子,将调换铠甲的痕迹全部消除之后,再等着我们前来。"

我深深折服于伯特兰细密至极的推理。

原来如此。的确,如果按这个法子,坚不可摧的新月之屋密室之谜便有了解释——

也就是说,莱因哈特的尸体分成前、后两次运进新月之屋。我透过锁孔发现莱因哈特头颅的时候,房间里还没有莱因哈特的尸身。莱因哈特的尸身是在新月之屋破门后才被运进去的。

现在我终于明白,当我下楼通知伯特兰,经过修补施工现场时那股说不清的违和感是什么了。

白天,我和搜索卡伦行踪的冯·修特罗海姆一行前往新月之屋时也经过那处工地,因为堆积如山的砖块和沙袋,螺旋楼梯宽度变得极为狭窄,每个人几乎不得不贴着外侧墙壁逐个通过。但在深夜,我和冯·修特罗海姆一起通过那里时,冯·修特罗海姆即使不侧身也能一下通过那段本该狭窄的道路——这个奇妙的反差唤醒了我潜意识中的违和感。

因为建材堆积,白天不得不贴着外侧墙壁通过的螺旋楼梯,怎么在深夜一下变得宽敞起来——这意味着什么?

很明显,这意味着使楼梯变窄的砖块和沙袋被人搬去了其他地方!而这一事实和刚才伯特兰推理所揭露的使用滑轮调换铠甲的诡计刚好吻合!

真是意外。打开新月之屋密室之谜的钥匙,竟一直藏在我感知到的违和感中。

下一瞬间,我又愕然!因为我意识到某个重要事实!

伯特兰说了，新月之屋密室之谜的第二步，是趁我回公馆之际，留在新月之屋的凶手利用滑轮调换铠甲。但实际留守新月之屋，等着我和伯特兰到来的，就只有"他"啊！

"伯特兰，你、你难道是说——"

我因恐惧，哆嗦得连话都说不清楚。

"看来你终于察觉到了，帕特。是的，没错。

"杀害莱因哈特，砍掉他的头颅；让你成为案件目击者，并用大胆的方法把新月之屋打造成完美密室——能做到这些的，只有一个人。"

伯特兰望向房间一角，尖锐的目光盯在那人身上。

"柏林警局主任探长，弗里德里希·冯·修特罗海姆男爵！你才是杀害莱因哈特，将其斩首的真凶。有什么要辩解的吗？"

4

房间里的空气瞬间冰冻。

诺伊万施泰因博士半张着嘴，目瞪口呆地僵立当场。多诺万似乎无法接受伯特兰的话，看看伯特兰，又看看冯·修特罗海姆的脸。

同样无法接受的还有我。尽管这话是伯特兰说的，但舅舅毕生劲敌冯·修特罗海姆杀害了莱因哈特……

而被伯特兰指控的冯·修特罗海姆完全没有动摇，他站在铠甲前，单片眼镜反着光，丝毫没有因罪行暴露而现出丑态。

伯特兰继续说道：

"戒心极强的莱因哈特怎么会如此顺从地前往凶手指定的相约地点呢？

"但假若男爵是凶手，谜题便容易解开。莱因哈特因担心自身安危，想要尽快返美，而身为案件最高负责人的男爵只消以'允许离城'为饵，他便会二话不说，奔向主塔楼五楼的武器库。

"实际行凶恐怕在当晚凌晨零点半到一点，但犯罪的第一幕应在更早之前——于前一天下午拉开。

"帕特，还记得吗？那日午后，男爵邀请你和我一同搜查新月之屋。现在想来，那次搜查很不自然。只凭常识也知道，行踪不明的卡伦不可能藏在新月之屋。先不论阿尔贝特警长，聪明如修特罗海姆男爵不可能没发现如此明显的事实，但男爵还是邀请我们，并带上科内根管家，搜查了那间新月之屋。这到底是为什么呢？

"实际上，那次不必要的搜查正是为当晚谋杀莱因哈特的计划做准备。什么准备？自然是带科内根管家进入新月之屋，在搜查后让他关好房门。至于我俩只是被利用，成了掩盖犯罪的幌子。

"在新月之屋的搜查即将无果而终时，科布伦茨市警局传来消息，说满月之屋里发现的尸体跟玛利亚齿形一致。还记得吧？男爵闻讯立刻让我们前往大厅集合，将科内根单独留在新月之屋整理房间并锁门。那时候，杀害莱因哈特的事前准备就已完成了大半。我都在怀疑那条来自市警局的重大消息是否也是男爵提前安排的，让报信的警察出现在当时，毕竟那个时机也太过凑巧。

"落单的科内根先下了一截楼梯，从施工处拿走两袋沙袋，把它们藏在新月之屋前的缓步台到塔顶那段螺旋梯上——从新月之屋房门处看不到沙袋的死角。接着他又拿走同样放在施工处的滑轮和短绳。上塔顶，将短绳绑在新月之屋东窗正上方的缘石，调整绳长，把滑轮吊在东面窗口上缘。

"科内根从塔顶回到新月之屋，如刚才说明，把同样放置在塌陷处的长绳穿过滑轮，两端垂落到面向断崖的岩石台上。

"之后科内根把预先准备好的大块硫黄放在桌上煤油灯点火口上的铁丝网，用火柴点燃——"

"硫黄？为什么要准备那个？"

突如其来的展开让我一惊。

"帕特，理由很简单。且让我说下去：

"之后科内根双手抓住门把手上方的四方木闩，用尽全力往室内拉，把固定在门上的金属扣环拉到几乎要扯下来的程度才罢手，再把门闩插进门边的闩环，抓住门把手再往室内方向猛拉。这样门上变得很脆弱的金属扣环被彻底扯下，门也因门闩损坏而敞开。当然门边闩环也严重弯曲变形，门闩与门分离，勉强挂在闩环上。

"科内根又如法炮制，事先破坏了南面板窗的插销，此举当然是为了用投石机投射莱因哈特的头颅时，能更方便地打进新月之屋。最后科内根管家扯下墙上一张挂毯，锁门离开新月之屋，下塔来到环廊后又把入口铁门锁好。这样杀害莱因哈特的事前准备就全部完成了。

"至深夜，莱因哈特来到主塔楼五楼武器仓库，被男爵一刀刺杀。他的头颅被砍下，嘴里又被塞进新月之屋的钥匙，包进科内根扯下的挂毯，用投石机打进新月之屋。

"另一方面，莱因哈特的尸身还要套上马克西米利安式铠甲。

这时精通穿、脱铠甲的科内根就派上了用场。

"至于把穿着铠甲的莱因哈特搬下主塔楼,我认为这必是借用了弗里茨的力气。科内根上了年纪,后头还要把莱因哈特的尸身搬去城墙外的岩石台,有城墙通道钥匙的弗里茨最是适合。"

"科内根管家还有弗里茨!他俩还帮助修特罗海姆男爵犯罪!"

我望着站在房间角落的一老一少说道。

"是的,帕特。上一次在满月之塔发生的案件也是,这两人一直在帮助真凶,可以说是最理想的共犯。"

"帮助卡伦是因为那是主人,帮助男爵又是为了什么?在这次的案件发生前,他们跟修特罗海姆男爵应该未曾谋面才对。"

"关于这点,容我稍后再慢慢说明。总之,现在先回到莱因哈特被害案上吧。

"修特罗海姆男爵杀了莱因哈特,把善后工作交给科内根和弗里茨,暂时返回公馆三楼的客房。稍后他从房间窗户望向新月之塔,确认南窗灯光已亮,说明莱因哈特的头颅已经冲开板窗,投进满月之屋。见时机成熟,他和回来的管家一起敲响帕特你的房门。新月之屋有点奇怪,跟我来一下——大概用这种借口把你带走的吧?当然,其真实目的是让你成为目击者,加强'发现人头时房间是密室'的意识——"

这时我想到某件重要的事情。

"伯特兰,新月之屋的煤油灯是谁点着的?当时新月之塔入口铁门和新月之屋房门都上了锁。难道还要科内根管家拿着钥匙特意去新月之屋点灯吗?"

"没必要啊,帕特。那盏油灯并不需要谁去点火,而是到时自动点燃。这么做当然是方便他声称有人入侵新月之屋，要你同去新月之塔了。"

"什么？"

我惊讶到叫出声。

"自动点火的煤油灯？可能吗？"

"当然可能。关键就在管家下午离开新月之屋前放在煤油灯点火口铁丝网上的硫黄块。

"点着的大块硫黄，随时间流逝逐渐燃尽，整体也在渐渐变小——当小于铁丝网的网眼时，还在燃烧的硫黄粒就会掉进下面的点火口，从而点燃灯芯。"

真令人惊叹。原来如此，所以才会在煤油灯点火口上方安放铁丝网。

伯特兰像在赏玩我的惊讶：

"这绝非科内根独创。古时当人们往返山顶、谷底等旅路难行的营地，需要让营地定时燃起灯火之际，经常会使用这个办法。那盏油灯就有这层功用。其实不管是上一案的暗杀塔，还是本案中的煤油灯，其实都很巧妙地利用了过去的装置。

"男爵利用灯光让你怀疑新月之屋生变，于是慌忙和他同行。这时他让你打开新月之塔入口的铁门，也是为了让你亲自确认铁门锁着，不断强调新月之屋是个密室。

"登上螺旋楼梯，到达新月之屋，你俩窥探锁眼，发现莱因哈特的头颅，于是要破门。男爵从施工现场拿来两根铁钎，把门破开——

"帕特，现在知道了吧，这时房间门闩已被科内根管家破坏，新月之屋的房门只被一个盒子锁锁住。但门外的你不知道，破门进屋后看到损坏了的门闩，错以为门闩也跟盒子锁一样，是被你们破开的。"

"为什么要用这么麻烦的障眼法呢？即使只有盒子锁，也足够让新月之屋成为密室了啊。"

多诺万替我问向伯特兰。

"多诺万，那是为了进一步强调新月之屋的密室状态啊。

"新月之屋房门内外都能上锁，所以盒子锁单独锁闭无法区分到底是在门内反锁还是在门外用钥匙锁上的。当然，房里的莱因哈特嘴里插着钥匙，密室状态依旧成立，但没人介意再多一道证明。所以他们想出了门闩的诡计。

"当然，男爵肯定也考虑到和上一案保持一致。因为在上一案中，满月之屋的房门是有盒子锁和门闩的两重封锁，于是他也打算尽量让新月之屋接近当时的情况。

"后面的事就和刚才说明的一样。在帕特回公馆通知我的间隙，男爵利落地把藏在上段螺旋楼梯的沙袋搬进室内，把管家准备好的，穿过东窗上方滑轮的绳子一头绑在室内铠甲和沙袋上，对远在下方岩石台待命的弗里茨发出信号。弗里茨收信后把穿上铠甲的尸身绑在绳子另一头。塔上的男爵慢慢放下铠甲和沙袋，而穿上铠甲的莱因哈特被拉上塔，最后到达新月之屋的窗口。男爵迅速地将其拉进房间，摆回原来放置铠甲的位置，收回滑轮和绳子，把它们还回修补施工现场，坐在新月之屋等待我和帕特的到来，和那个他亲手杀死并砍下头颅的男尸一起……"

伯特兰终于结束了漫长的说明。死寂充斥着满月之屋。

冲击太大,我感觉脑髓都要麻痹了。

高居柏林警局探长之要职,代表德国警察的冯·修特罗海姆——伯特兰都充分地认可其手腕,并称赞他为"毕生劲敌"。这样的人,为什么一定要杀害莱因哈特呢?

半晌,似要打破静寂,诺伊万施泰因博士开口了:

"伯特兰,推理真是精彩。在新月之屋的案件真相应该就如你说的那样吧,但有一件事情我无论如何都无法理解——

"为什么冯·修特罗海姆男爵一定要杀害莱因哈特呢?男爵和他应该也只见过一天半的时间。不管怎样我都不认为在这么短的时间内男爵对一个电影演员会产生如此大的杀意,大到能下手砍去他的头颅。

"我也无法理解科内根管家和弗里茨会顺从地协助男爵犯罪。我能理解卡伦在满月之屋用暗杀塔机关自杀时他俩的协助。毕竟卡伦是他们的主人,且若让莱因哈特获得阿尔施莱格尔家产的支配权,自己也可能会失业。即使只为阻止这一情况,协助卡伦小姐自杀也是合理的发展吧——但为什么他俩还要帮助男爵犯罪呢?我不理解。

"伯特兰法官,你能解释这些疑点吗?不管是多么精妙的推理,如果不弄清关键动机,也没法证明男爵是凶手吧?男爵不是那种会毫无动机地杀人的蠢货啊。"

"诺伊万施泰因先生,实话说这案件里最令我烦恼的正是这一点。"伯特兰平静地说道,"男爵杀害莱因哈特一事,通过现场状况、案发前后相关人员之行动,便能简单地得出推理。但问题是男爵没有杀害莱因哈特的动机。正如先生所说,男爵和莱因哈特应是初识，但在男爵到达的次日，莱因哈特就被杀。两天不到的时间应该产生不了动机。

"所以我试着把想法掉转一百八十度：既然杀害莱因哈特的动机不是在来到城堡后产生的，那之前呢？

"也就是说，男爵假装为了指挥搜查，实际上是为杀害莱因哈特而来城堡的。这不仅隐藏了真正的动机，还很好地掩护了男爵的身份。首先，因为和莱因哈特是初次见面，所以男爵不用担心被人怀疑他有杀心。接着以搜查为名，他还能在城内做足杀人前的各种准备。

"各位回想一下，在莱因哈特被害前一天下午，对新月之屋做的那次不必要的搜查——不过是为了让科内根管家提前在房中做准备的障眼法。利用职权堂皇地为犯罪大开绿灯，可以说男爵一直在盘算着恶魔般的心机——"

伯特兰顿了顿又道：

"更让人惊讶的是男爵还拿我当他的障眼幌子。帕特，还记得我和男爵一起抵达城堡时的情形吗？我到科布伦茨市区时，去科布伦茨市警总部打了声招呼，那时男爵已经在那里了，还用科布伦茨市局的警车把我送到这里。现在回想起来，真是一个巧妙的心理烟幕弹啊。

"一般来说，堂堂柏林警局主任探长莅临科布伦茨市局指挥查案，虽不无可能，但相当异常，搞不好还会引起惶恐——是不是发生了大案要案。

"可这时我出现了，还打算暂居双月城，加上城里真发生了奇怪的密室杀人案，而我大老远从法国赶来好像就是来破案的——种种迹象之下，男爵又会怎么做？

"众所周知，在之前的大战中，德意志和我法兰西敌对，男爵与我各自赌上祖国威信斗智斗勇。而我再访德国，所往的城堡里又正好发生离奇命案。这时男爵抛开敌对意识，尽地主之谊，陪同我入驻古城，看来也就顺理成章了。

"在阿尔贝特警长等警方人员眼中，男爵是陪我而来，偶然撞上事件，自然参与进案件搜查。不得不说这真是一手极其精妙的心理骗术。

"说实话，我也完全被这一手给骗了，不仅没看清男爵的真正目的，还以为他想一雪之前大战时未了的胜负，真是惭愧透顶。"

伯特兰苦笑道。

"那么伯特兰，修特罗海姆男爵杀害莱因哈特的动机到底是什么？"

诺伊万施泰因博士再次问向伯特兰。

"诺伊万施泰因先生，说真的我不想用我的口告诉大家。这还只是推测，且关乎某人名誉……其实我更希望男爵亲自来说……"

伯特兰看向冯·修特罗海姆，但他始终保持沉默。

"看来男爵不打算说。虽然以下的内容有些沉重，但还是由我来说吧。

"男爵为何要杀害莱因哈特？一言以蔽之，就是'复仇'！男爵是为了给卡伦和玛利亚这对姐妹复仇，才杀了莱因哈特！

"要不是莱因哈特为侵吞阿尔施莱格尔家产诱惑玛利亚，使她怀孕，卡伦就不会激动。卡伦不激动，就不会失手导致玛利亚意外身亡，更不会有最后的自杀悲剧。所以男爵为给那对姐妹复仇，杀了莱因哈特,将其斩首!"

内容过于意外,我都蒙了。冯·修特罗海姆杀了莱因哈特,为给阿尔施莱格尔姐妹复仇?

诺伊万施泰因博士和多诺万大概也是同样的感受吧。他们瞪大双眼,交错地看看伯特兰和冯·修特罗海姆。

好一会儿,诺伊万施泰因博士才开口:

"为给阿尔施莱格尔姐妹复仇?伯特兰,什么意思?因为男爵先生正义感极强?他愤怒于莱因哈特间接害死两名女子,却依旧逍遥法外,不担罪责,所以才动手杀了人?"

"不是的,诺伊万施泰因先生。男爵可不是为那些廉价的人文关怀去杀害莱因哈特的。他杀人是出于更加朴素的情感——是的,没什么比'为我孩子复仇'更加朴素的了——"

"'为我孩子复仇'?伯特兰,难道——"

"是的先生,正如先生所想——

"卡伦和玛利亚姐妹身上流淌着冯·修特罗海姆的血,她们是男爵的亲生女儿。一夜之间痛失二女的男爵当然无法原谅始作俑者莱因哈特,不是吗?"

克里姆希尔特的悲剧

1

那一瞬间我仿佛听见至今笃信的世界响起崩坏的声音。

我一时间无法理解伯特兰说了什么。诺伊万施泰因博士和多诺万似乎也一样,他们俩都半张着嘴,无法言语。

卡伦和玛利亚姐妹是冯·修特罗海姆的亲生女儿——

啊,又有谁能预料到这样的真相呢——

"我不相信!伯特兰,这是真的吗?"

诺伊万施泰因博士终于发出了声,向伯特兰质问。

"很遗憾,我没有具体的证据。但我确信无疑。

"来古城之前,我做了些准备,在科布伦茨市市政厅查过卡伦和玛利亚的户籍。据资料显示,卡伦和玛利亚两姐妹一九〇三年出生,是先代城主阿伽伯特的独生女玛格丽特的孩子。但不知道为何,父亲姓名没有登记在案,出生证明上也仅标注'私生女'。

"她们的母亲玛格丽特生来体弱,产后恢复估计也不太好。她一辈子都没结婚,两姐妹出生几年后,阿伽伯特·阿尔施莱格尔伯爵就去世了,之后她仅凭自己把两姐妹抚养成人。五年前,玛格丽特·阿尔施莱格尔也因癌症去世,之后姐妹两人就成了双月城的当家，管理整座城堡和博帕德的领地直到现在。

"单看这段履历也能得知，她们父亲的身份被重重迷雾包裹。而对莱因哈特杀心最大之人，只能是她们的生父。既然杀害莱因哈特的是修特罗海姆无疑，因此我也确信，男爵就是卡伦和玛利亚的父亲。"

"但是伯特兰法官，这结论下得会不会太心急？"

多诺万提出了异议：

"在上流社会中，私生子也是一大禁忌吧？假如无法在户籍上登记生父姓名，通常家主也会形式上收一名养子，再将两姐妹的户籍置于养子名下对不对？"

"多诺万，你说得对。但阿尔施莱格尔家没走这条路，必然有不能为之的苦衷。而且也有传说称，阿尔施莱格尔家是极其特殊的一个家族。"

"特殊的家族？是指刚才提到的暗杀者家族吗？"

"不是的。多诺万，你之前提出推论'阿尔施莱格尔家可能是美因茨大司教对敌怀柔的实施者'吧？我也颇有同感。

"话说回来多诺万，如果要笼络对方并令其妥协，最有效的方法是什么？金钱收买，美色贪欢。在这两种诱惑面前大多数人都会失去自制，最终沦陷吧。那么这时，阿尔施莱格尔家便能最大限度地发挥她们女系家族的特质了。"

多诺万似乎一下察觉到什么：

"伯特兰法官，您的意思，难道是——"

"看来你终于明白了，多诺万，是的，正如你想的那样。

"阿尔施莱格尔家的女人身负用肉体笼络对方，使其妥协的使命。换言之,她们是美因茨大司教专属的娼妓啊——"

"多诺万,你认为何为女系家族?"

对摇摇欲倒的多诺万,伯特兰抛出了一个有点不合时宜的问题。

"女系家族吗?嗯……我认为是每代都只生女孩,从母亲到女儿,代代流传的家族?"

"解释得不太准确。女系家族本指母系社会——以土地为中心的共同体形成的家系。在这样的家系中孩子的至亲通常只有母亲,并没有父亲的概念。

"那么在这样的母系社会中,孩子的父亲是什么人呢?说难听点,就是个配种的,或者说只是把优秀资质传给孩子的存在吧。

"那时候没有婚姻的概念。母系社会的女人和喜欢的人交合,怀上孩子。如果诞下女孩,等女孩长大继续效仿母亲,跟喜欢的对象交合,怀孕生子,这样母系社会便得以延续。"

"但这样是不道德的——"

"之所以认为不道德,是因为我们被近代伦理观——父系社会的价值观支配了。在古代异教徒之间,留旅客住一晚,他们的女儿自然会和旅客发生露水姻缘。这么做能给闭塞的当地社会注入新鲜血液,防止血缘过近。

"多诺万,虽然有些大胆,我一直在想,阿尔施莱格尔一族是不是这中部莱茵河谷那些女系家族的后裔呢?"

"阿尔施莱格尔一族是古代女系家族的后裔?"

多诺万语带震惊。

"是啊，多诺万。恐怕这是恺撒远征此地之前的事情了吧。

"后来神圣罗马帝国开始大远征，基督教的势力蔓延到这片土地。因此美因茨大司教在这片土地上拥有了巨大的权力，并强行将阿尔施莱格尔家收入麾下。

"大司教的权力是绝对的，若有反抗，可能灭族。当时的阿尔施莱格尔家城主仔细斟酌，决定加入大司教的麾下，并承诺扮演绝不会出现在历史明面上的'娼妓'和'暗杀者'两角，苟活下去——"

房间里的沉默令人窒息。

"虽然开场白有点长，但正是有这样的缘由，所以我认为男爵是卡伦和玛利亚生父的假设是正确的。卡伦和玛利亚的母亲和当时还很年轻的男爵坠入爱河，缠绵交合，也没什么稀奇——"

伯特兰说着，看向冯·修特罗海姆。修特罗海姆还是静静地闭眼兀立。

伯特兰继续说：

"现在看看，有时也能观察得出来，男爵对双月城内部构造极其熟悉。仅凭这一点也应该能察觉到男爵过去以某种形式和这座城堡，或说跟阿尔施莱格尔家族有过交集。

"帕特，还记得吗？男爵和我刚到城堡时的情景——

"那时男爵和你、我三人要去满月之屋的现场。当时正值暴雨，在到达城堡前我一直穿着从科布伦茨市警局借来的雨衣，但进入大厅后我就把它脱了。那时男爵提醒我说'拿上雨衣，我们要通过开放式环廊，没雨衣会淋湿的'。

"不奇怪吗？男爵明明应该跟我一样，头一次造访城堡，为何会知道环廊是开放的？环廊离地大约十五米，还带着顶棚，从下面往上看，应该无法得知那是开放式的啊。"

我"啊"的一声喊了出来。

"从这件事可知，男爵曾来过这座城堡，进而可想而知他和阿尔施莱格尔家交情匪浅。为什么当时连这么简单的事都没有注意到呢，我真是惭愧难当。

"我不知道男爵有没有跟卡伦和玛利亚说过自己是她们的亲生父亲。恐怕男爵什么都没说吧。但是那对姐妹，特别是姐姐卡伦肯定从母亲那里得知了该事实，并私下见过男爵，且表明了女儿的身份。若非如此，卡伦也不会把写了自杀原因的遗书寄给男爵。"

"什么！"

我情不自禁地叫出声：

"卡伦给修特罗海姆男爵寄过遗书吗！"

"是的，帕特。若非如此，男爵也不可能以指挥搜查为名，如此迅速地赶来城堡——

"按照我的推测，卡伦在使用暗杀塔机关自杀之前，把自己选择死亡的理由写信寄给了男爵。男爵读过信后，得知满月之屋的案件真相，他来到城堡，就是为了杀死莱因哈特替卡伦和玛利亚报仇。"

"但是伯特兰，卡伦是什么时候寄的那封遗书？"

诺伊万施泰因博士插嘴道：

"卡伦留下遗书肯定在玛利亚死后到她自杀之前的那段时间——二十日深夜到二十一日天亮前吧。那么她肯定不可能亲自将信送去邮局。这种情况下，应该就是共犯科内根或者弗里茨帮她送去邮局的吧？但他们应该没空啊，而且感觉邮局寄信还没男爵赶来得快呢——"

"诺伊万施泰因先生，您的判断很准。发现满月之屋的惨剧是在二十一日上午，男爵和我造访城堡是二十二日下午，所以就算科内根管家或弗里茨二十一日一早把遗书送去邮局，用快件寄出，到达柏林男爵手里最快也得当天傍晚或次日上午，那时男爵哪怕即刻动身，也绝不可能在那个时间到达城堡。男爵动作再怎么神速，最迟也要在二十一日上午收到卡伦的遗书。"

"二十一日上午？不可能啊。信在路上也要时间，二十一日上午收到信最迟也要在前一天下午寄出。但是前一天，也就是二十日下午卡伦和玛利亚还活着，谈何写遗书。伯特兰，你所说的不是自相矛盾了吗？"

诺伊万施泰因博士皱着眉头说道，我深表赞同。

"诺伊万施泰因先生，送信的不一定只有邮局邮差啊。"

"你的意思是打电话或拍电报吗？不巧，城堡里没有电话，发电报也得去邮局吧？"

"不，不是电话也不是电报。毫无疑问，男爵是在二十一日上午收到卡伦的绝笔。她用了某个简单的方法——"

伯特兰意味深长地笑了，看向我：

"帕特，你应该已经知道了吧？经常来往男爵家和城堡间的优秀邮差。那名邮差二十一日早上把卡伦的遗书送到身在柏林的男爵手上。"

"优秀邮差？伯特兰，我知道什么——"

"哎呀呀，你忘了吗？你大前天不是才刚见过那名邮差吗？"

"我？在哪里？"

"就在前庭马厩二楼，弗里茨背后的小屋里——"

伯特兰一提醒，我想起了去马厩时的事情。那时候我遇见过邮差？

马厩的二楼，应该只有弗里茨专用的办公桌和椅子，还有一张长沙发啊。在那后面，是个像大型碗厨，上罩铁丝网的小屋——

回忆到这里，我终于意识到伯特兰所说的"优秀的邮差"的真身！

"信鸽！"

"是的，鸽舍里的鸽子全都是信鸽。想想也正常，这座双月城独守险境，虽在防范外敌入侵方面占得优势，但同样地，很容易被切断与外界的联系而变成一座孤城。为应对这点不足，中世纪发展出唯一发达的通信手段就是信鸽。

"我认为男爵肯定是利用信鸽与这座城堡进行联络的：卡伦将遗书交给弗里茨，弗里茨趁着天未亮，把遗书塞进信鸽的信管里，把它放飞。受过训练的信鸽一路飞到位于柏林的男爵的所在地。男爵读过信，立马动身前往双月城。"

因为太过意外，我又说不出话了。在马厩二楼看到的平平无奇的鸽舍——竟以这样的形式和案件联系起来！

"也就是说，这次在满月之屋和新月之屋发生的惨剧神奇地成了父女合作。而且为了让两起案件看起来像是同一人所为，他们还利用了城堡里自古流传的黑骑士传说，手法相当复杂。

"帕特，只要有'两起案件系同一人所为'这一先入为主的观念，你就无法看清真相。满月之屋的惨剧发生时，男爵身在柏林。

所以，只要认为满月之屋和新月之屋的惨剧是同一个凶手所为，就会把男爵从嫌疑人中排除，真是高超的不在场诡计。

"把两个房间里的惨剧模仿成传说中所描述的盗贼骑士团首领格哈德和副首领盖林斯基之死，也是相当高明的演出。这样就会让人认为两起惨剧完全是在模仿黑骑士传说，至于不同的作案人和满月之屋案中划镜做刀刃的事实都被怪力乱神的传说掩盖。

"如果这次事件仅以两起惨剧作结，恐怕我也不能在这么短的时间内看破真相吧。卡伦用自杀制造的骗局和男爵谋杀莱因哈特都精妙至极。

"但在这精妙的犯罪计划里，也有一点小小的瑕疵，而且唯一注意到的就只有电影导演维克多·托马森，他也因此丢掉了性命。"

我一下子想起来了。是的，第三个被害人——若加上自杀的卡伦应该算是第四位死者——维克多·托马森。他到底为何而死？还有他那不可思议的死亡的真相是什么？

"伯特兰，托马森所注意到的瑕疵到底是什么？"

"这不过是我的猜想。托马森在卡伦假扮玛利亚前往满月之塔的途中，向她搭话——我想，那时候托马森是不是察觉到他搭话之人不是玛利亚，而是卡伦呢？"

2

我"啊"的一声叫了出来。

是这样吗？托马森瞒着我们执拗地追问城里用人，特别是服侍姐妹的女仆弗里达，原来是这个原因——

"那时卡伦穿着晚宴席上玛利亚穿的舞会礼服。那件礼服有些暴露，手腕自然也裸露在外。托马森是不是看见玛利亚左手腕特有的标记——割腕伤疤不见了呢？

"当然，那时候托马森肯定没有在意。但随着满月之屋惨剧曝光，尸体无任何妊娠迹象，头颅齿形却和玛利亚的一样时，他应该就看穿了所有骗局。

"接着导演执着地纠缠着城中用人，特别是服侍两姐妹的女仆弗里达，想弄清那一晚姐妹之间到底发生了什么。

"而在男爵、科内根和弗里茨看来，托马森之举无疑极其危险。如果让他知道满月之屋里的尸体不是玛利亚，而是卡伦和玛利亚的组合，他便会看穿满月之屋的惨剧实则卡伦自杀，那么必然会重新思考新月之屋惨案的凶手人选，男爵便会招致怀疑。所以男爵迫不得已，只能杀害托马森，通过灭口防止暴露身份。想来这一横生而出的枝节对男爵和托马森都极其不幸。

"话说回来，男爵在杀害托马森时又上演了一场绝妙演出。那就是让当时'行踪不明的卡伦'虚虚实实地现身，搅乱搜查的同时还加强了满月之屋的尸体是玛利亚的认知，可谓一举两得。这时乔装卡伦的就是女仆弗里达，而被拉来当目击证人的是谁呢？帕特，正是你——"

愤怒和羞耻让我眼前一黑。

明明在新月之屋一案中刚刚踩过冯·修特罗海姆的坑，扮演了一个愚笨的小丑。没想到连我在满月之塔下的丑态都被人设计好。

真想找个地洞钻进去。

不知道伯特兰是否理解我的心情,他继续道:

"弗里达是什么时候知道一连串案件的真相,和科内根、弗里茨一起成了男爵的从犯的?眼下她不在了,我们无从求证,但我想怕是二十四日下午,科内根或弗里茨见她被托马森纠缠后,将此事报告给男爵了吧。男爵知悉,把她叫到自己房间,说明所有原委后,恳请她假扮卡伦。虽然弗里达惊愕于冲击的事实,但见男爵是为自己主人姐妹复仇,有了共鸣,便答应了下来。

"弗里达用备用钥匙进入卡伦的房间,穿上二十日晚宴上卡伦的西班牙风格礼服,戴上金色假发,装扮成卡伦的模样。那晚弗里达见你在房间看书,为引起你的注意,十一点左右,她故意慢慢穿过环廊,走进满月之塔。接下来只要等着以为看见卡伦的你前来满月之塔。

"不出所料,你毫无警觉地来到满月之塔,正要登上螺旋梯之际,提前藏在塔底暗处的弗里茨从你背后偷袭,将你打晕——"

"什么!打晕我的是弗里茨吗?!"

惊叫的同时,我愤怒地盯向房间一角。弗里茨正恭顺地站在管家身旁。

弗里茨一脸惭愧,连连低头。

"弗里茨,真是你干的吗?"

"是的,是我。我跟史密斯先生没仇没冤,但那时也不得已而出手。为了不让您落下毛病,我收着劲呢——"

"身手确实精妙。用什么打的?"

"羊腿骨,缠了好几层破布。据说在法国,歹徒拿它当棍子用的——"

"是这样啊。稳、准、狠,真是'漂亮'。"

"承蒙夸奖,不敢当。然后我和弗里达合力把您拖进塔底深处往主塔楼的出口,在那里把您手脚捆上,蒙眼堵嘴。后来我和弗里达返回公馆,弗里达回自己房间,我则以做马车维修预算为由,在管家房间一直待到午夜零点。"

"直到午夜零点?你和科内根并没有直接动手杀害托马森?"

我想起阿尔贝特警长的话。据法医鉴定推算,托马森的死亡时间是在当晚十一点半到凌晨十二点半这一个小时之内。而且半夜零时一过亨特便去找托马森,那时他已不在房间了。

所以托马森遇害是在晚上十一点半到凌晨十二点半,但如果相信弗里茨所说的,那他和科内根管家就都有不在场证明。话虽如此,但他俩是冯·修特罗海姆男爵的共犯,又独处一室,相互作保,所以他们的不在场证明很值得怀疑。不过我不认为他们伪证会做得如此拙劣,而且我也不认为他们当中任何一个会直接动手收拾托马森。

最可疑的是主犯冯·修特罗海姆男爵,但他当晚十点到凌晨十二点半一直在跟伯特兰下棋。也就是说在托马森被害一案中,冯·修特罗海姆男爵也完全清白。

这样一来,凶手只可能是女仆弗里达了。她假扮卡伦诱我去满月之塔,又协助弗里茨绑我,最后躲进自己房间谁也不知道她在干什么。但我不认为身为弱女子的弗里达使得动那两把大剑。无法解释的状况让我越来越糊涂——

到底是谁,又是如何杀害托马森的呢?

似乎看透我心中所想一般，伯特兰开口说：

"帕特，你在想是谁杀了托马森吧。但在这种情况下，讨论每个人的不在场证明没有意义，因为杀害托马森的不是人类啊——"

"不是人类？什么意思？"

"托马森掉进设置在满月之塔上的巨大死亡陷阱里。

"正如你的推理，帕特，托马森确实在午夜零点赴约，前往满月之屋。但他要见的人并不是你所想的卡伦·阿尔施莱格尔，而是女仆弗里达。

"'我想起一些那晚的事情，可要被科内根管家听到，我会被骂的，今晚零点您能否去满月之屋？我会把我知道的都告诉您。'

"只要这样说，托马森肯定会如期赴约吧，但他终究到不了满月之屋，因为他被巨大的死亡陷阱死死钳住——"

我已经按捺不住了。

"伯特兰，告诉我。杀害托马森的死亡陷阱到底是什么？"

"陷阱的真身你已经见过了，帕特。

"回想一下，你在满月之塔塔底通往主塔楼的出入口处被我们发现，发现时手脚被绑，当取下蒙眼布后，你看到了什么？"

在伯特兰的提示下，我开始反刍记忆。

那时伯特兰手中的电筒又照亮了我的眼前，首先看到的是通往主塔楼的铁门，然后是横在铁门中央的粗实门闩，还有就是在不远处放着的双轮马车的车轮——

瞬间，冲击轰隆隆地滚过我的身体。

"难道是——马车车轮？"

"是的。它才是杀死托马森的死亡陷阱的真身。

"那晚,男爵让弗里茨帮忙,把车轮搬到满月之屋外的缓步台上。将两块短夹板一左一右绑在车轴,又在每块夹板中插一把从主塔楼武器库取来的长剑,调整两把中世纪长剑的位置呈九十度交叉,最后把车轮架在螺旋楼梯的扶手上。

"我昨天量过车轮和扶手的宽度,真是绝配。两侧墙壁和扶手间的空隙正好能卡进两个车轮,而车轴长度又使得车轮刚好能架在扶手上,就像火车车轮架在铁轨上一样。再加上扶手和墙壁的间隙够宽,车轮不会因楼梯弯曲而被卡住。

"之后男爵把装有长剑的车轮滚到缓步台下行楼梯的扶手上,架在扶手开始向下倾斜,车轮几欲滚落之处,在扶手和车轴间装上两个事先准备好的,绑着结实细绳的三角木[1]。又把细绳穿过下方最近的枪眼——从'十'字形的洞口垂吊在塔外,绳子另一头还要绑上个有一定重量又醒目的物品——我想是亮着灯的手电筒。

"另一边,弗里茨往下绕了约五圈楼梯,走到垂绳的位置,把手伸出枪眼抓住手电筒,将绳子拉进塔内。接着将细绳系于扶手栏杆的铁棒,调整到小腿高度,设置松紧。于是陷阱就准备完成了。

"在那之后,男爵找我下象棋,弗里茨和弗里达则合力把你捆绑安顿好后也返回公馆。

"不久,时近零点,托马森来到满月之塔,登上螺旋楼梯。爬楼途中,他绊到绷紧的细绳,扯掉了缓步平台上防止车轮滚动的三角木。于是车轮以惊人的速度滚了下来——

"数秒后车轮便到达托马森所在之处,装在车轴上的长剑以

---

1. 三角木:塞着车轮和地面/轨道上的三角形木块,固定车轮,防止打滑的小工具。

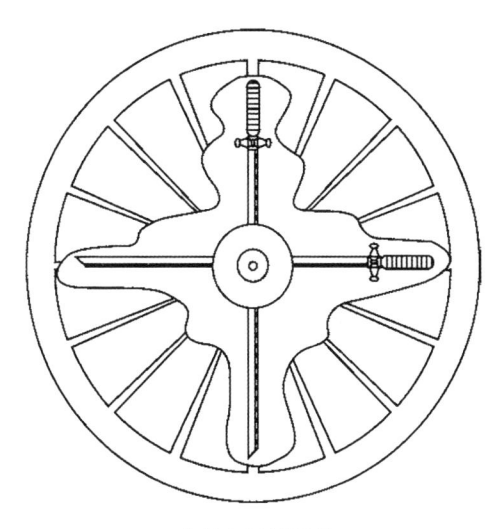

车轮内侧剖面图

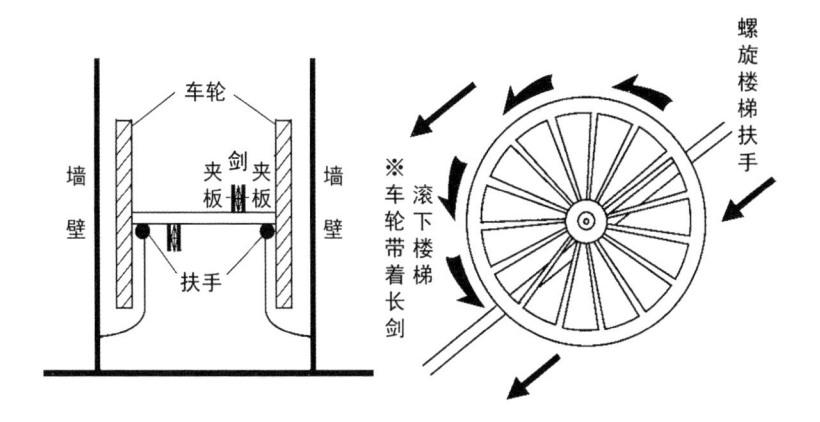

奇快速度旋转，一举切断托马森的左肩、锁骨和肋骨，伤口直达心脏。车轮旋转着经过奄奄一息、仰面倒在螺旋楼梯上的托马森。这时安装在车轴另一边的长剑在托马森右边身体上划下淡淡的伤痕。"

异想天开的杀人手法让我战栗。仅容一人通过的狭窄楼梯，杀气腾腾的车轮，急速旋转的长剑——若被那东西击中，必然难逃一死吧。

我想起在我晕倒期间听到的"轰隆隆"的雷鸣和落雷般的震动——

轰隆隆的声音正是带着长剑的车轮滚下螺旋楼梯时的声音，而落雷则是车轮冲下扶手，撞击满月之塔入口地面时产生的震动。

"而后，因为亨特的求助，大家都知道托马森不在房间，遂搜索起城内。弗里茨先行一步进入满月之塔，卸下车轮上的长剑和夹板，并弃剑于地，之后爬上楼梯，收回托马森尸体旁的细绳和三角木。再赶回公馆，向我报告发现了托马森的尸体。"

伯特兰就这样结束了说明。

"这真是个惊人而细致的犯罪啊。伯特兰，修特罗海姆男爵能在半天之内想出这样的机关吗？若是真的那也太可怕了——"

博士情不自禁地感慨。

"不，诺伊万施泰因先生，这也不是男爵独创。而是很久以前的中世纪，由该城城主想出来对付敌兵的法子。

"其实只要想想螺旋楼梯间和二轮马车的车轮同宽，答案便显而易见了。当时的城主想出这个机关是来对付攻进内庭的敌兵吧。我方躲在满月之屋和新月之屋，照准登塔的敌兵扔下车轮。

"无论是暗杀塔的机关，还是车轮杀人的方法，如今这一系列案子实际上都在巧妙利用这座中世纪城堡内的各种机关，也是因为这次的犯罪舞台双月城比较特殊吧。"

伯特兰说着，又转向我：

"就这样，托马森被杀。虽然暂时不怕曝光罪行，但因为杀害托马森属于突发状况，在男爵预料之外，所以和莱因哈特案相比，粗糙之处比比皆是。

"用于犯案的车轮遗落现场便是其一。我暗中调查过那个车轮，虽然没沾上飞溅的血，但部分轮毂因撞上满月之塔出入口的地面而变形了。

"本该从马厩再拿个车轮过来——至于凶器车轮，犯案后应该把它扔下内庭，再趁人不注意拿回马厩，或者索性把它扔下谷底以除后顾之忧。

"但要说这次杀害托马森事件里最大的失败，还是把女仆弗里达卷了进来，不然至少可以避免第二天弗里达的死。现在却是最坏的事态——"

伯特兰停下话语，紧咬嘴唇，露出少有的悔恨神情。

"虽然是不得已，但身为参与了杀害托马森计划的一员，又得知满月之塔卡伦和玛利亚惨死，还有新月之塔上莱因哈特被害真相的弗里达，越来越忍受不住将如此重大的秘密埋藏于心。

"她一定很是苦恼。即使告诉警察真相，由于实际指挥搜查的还是修特罗海姆，她的证言终将埋葬于黑暗之中，更难保为了封口，下一个死的就是她。在两难之中，她唯一能够求助的人，帕特，只有你——"

"什么？"

伯特兰话锋一转，着实让我一惊。

"也不用太过惊讶吧，帕特。男爵的力量不能直接影响的城堡中人就只有我和你。弗里达想跟你坦白一切寻求帮助也不是不可能吧。

"而你却忽视了她的请求,也不打算倾听她的话……她一定万念俱灰了吧。"

我想起昨天下午房门前弗里达那苦恼的表情。

那时的她一定鼓起毕生最大的勇气,要告诉我案件的真相。但我却因为无聊的顾虑,没等她把话说完就冷漠地将她拒之门外。

"伯特兰,你是说弗里达是因为想要向我坦白真相,才被人灭口的对吧!如果那时我好好听她说话,采取妥当处理,她就不会死了是吗!"

我的叫声里带着懊悔。

"冷静点,帕特。发生过的事是追不回来的。而且你弄错了一点。弗里达不是男爵他们杀的。"

"什么?那——"

"杀害弗里达的是她自己。她是凭借自己的意志,从四楼房间跳下,葬身内庭石板地的。"

3

"仔细想想就会明白,打从一开始弗里达的死明显就是自杀。"

等我冷静下来后,伯特兰平静地说:

"首先是她房间的状态。那个房间从内侧反锁,因为有满月之屋和新月之屋的前鉴,我们习惯性地看见房间反锁统统认为是密室杀人。阿尔贝特警长更是典型,空想着实际上并不存在的钥匙诡计,还把亨特逮捕。为什么不能单纯只是弗里达锁上房门,纵身一跃呢？这样思考不是更加自然吗？

"还有她身穿卡伦衣服的问题。假设男爵、科内根管家和弗里茨合伙要杀弗里达灭口，也不可能特意让她穿上卡伦的衣服吧。在男爵看来，刚刚让帕特目击到疑似卡伦的身影，现在更应该保留'卡伦还活着'的烟幕弹来扰乱搜查，所以不会主动破坏这些效果。

"帕特没听她说话之后，弗里达用上最后的手段——以生命为代价揭露案件真相。从昨晚到今早未明之前，她把案件真相写进遗书。作为假扮卡伦的证据，她跟前天一样穿上礼服戴上假发。接着把遗书塞进信封，放在房间桌上，打开面向内庭的窗户，跳了下去……"

听着伯特兰的话，我眼前浮现出弗里达身穿白色礼服的身影，礼服如天使羽衣在空中翻飞，而她却坠下内庭。

"伯特兰法官，弗里达的遗书又去了哪儿呢？你们冲破房门时，没发现类似的东西啊。"

多诺万转向伯特兰问道。

"被科内根管家藏起来了。当得知弗里达的尸体出现在内庭，最慌张的莫过于管家。他当然知道弗里达死于自杀，若她留下遗书，那么遗书里很可能就写下了案件真相，所以无论如何都要抢在我和帕特之前拿到遗书。为此科内根管家冒着被怀疑的风险也要加入搜查弗里达房间的队伍中来。

"那时亨特刚用自己身体撞开房门，科内根管家就紧接着冲了进去。亨特在房间其他地方搜查时，他迅速地拿走放在桌上的遗书，估计是藏在上衣的内口袋里了吧。对吗，科内根？"

科内根管家恭敬行礼道：

"诚如您所说。我把弗里达的遗书藏起来了。"

"那么遗书现在在哪儿？"

"在我房间。如果您需要过目，容我稍后拿给您吧？"

"嗯，就这么办。"

听着伯特兰和科内根管家的对话，我有种奇怪的虚脱感。

结果，在双月城里发生的案件到底算什么呢？

我重拾迷茫的心绪，重新梳理着这一连串事件。

玛利亚·阿尔施莱格尔，死于和姐姐卡伦·阿尔施莱格尔争执引发的意外。

卡伦·阿尔施莱格尔，因自责于误杀妹妹而在满月之屋自杀，同时用障眼法抹杀了玛利亚怀孕的事实。

库尔特·莱因哈特，这个间接造成卡伦和玛利亚死亡的演员明显死于谋杀。

维克多·托马森，因危及莱因哈特案凶手身份，死于谋杀。

弗里达，服侍卡伦和玛利亚的女仆，和卡伦的情况一样，死于自杀。

一起意外、两起自杀、两起谋杀——这就是双月城发生的事件全部。

重新整理过案件，最不可思议的是只有两人死于谋杀。明明我身处案件旋涡中的时候，感觉杀人案接连不断——

我再次看向一言不发，如石像般兀立的冯·修特罗海姆。

根据伯特兰的推理，那两起杀人案——杀害库尔特·莱因哈特和维克多·托马森的主犯就是这位冯·修特罗海姆男爵。但他本人既没有承认也没有否认罪行，只是若无其事地站在那里。

这真是一种奇妙的均衡：虽然我佩服伯特兰的推理，接受了他所推导出的真相，但是面对冯·修特罗海姆坦荡的态度，我又无法相信他就是凶手的事实。

伯特兰也有同样的感觉吧。他对自己的毕生劲敌说出相当于最后通牒的话——

"怎么样呢，冯·修特罗海姆男爵？我的推理有错吗？"

闻言，冯·修特罗海姆终于睁开眼，慵懒地答道：

"伯特兰，你说的真有趣，但推理之中似乎没有任何物证啊。如果我在此全盘否定所有的嫌疑，你会怎么做？"

"科内根管家和弗里茨已经承认自己参与犯案。即使他们否认你参与作案，只要对其审讯，弄清案件全貌，就一定能够证明你也参与其中，而且还有弗里达的遗书呢。但我不认为身为我毕生劲敌的你会敷衍塞责来逃避司法制裁。"

"我曾对帕特说过，'冯·修特罗海姆男爵怎可能把自己置于共犯这种屈辱立场上？他绝不可能成为帮凶'。"

是啊，这句话伯特兰确实在我俩推理莱因哈特被杀方法时说过。因为伯特兰的这句话，我把男爵从嫌疑人中排除了，但伯特兰应该早看穿了他是凶手的事实。那么他说出这般维护冯·修特罗海姆的话又是为了什么？

"帕特似乎只听进了表面意思，把你从嫌疑人中排除了。其实我的话外之意是'如果冯·修特罗海姆犯罪，他会做主犯，发挥其全部能力，对搜查发起正面进攻——他不是满足于共犯身份的人。并且在罪行曝光时，会干净利落地自决吧'。"

我因过度惊讶而说不出话来。

啊？原来伯特兰的话还有弦外之音。

那肯定是伯特兰不得不曝光劲敌罪行时，充满苦涩的独白——

浮云蔽日，满月之屋里突然暗了下来。

始终如石像般兀立着的冯·修特罗海姆，又蒙上了一层更深的黑灰。

他始终紧闭双眼，如大理石雕像般站立。一瞬间，我甚至觉得他真被石化了。是的，就像看见希腊神话里的女妖戈耳工[1]一样——

但在约三分钟的沉默之后，冯·修特罗海姆慢慢开口：

"我与卡伦和玛利亚的母亲——玛格丽特·阿尔施莱格尔是在一九〇三年相遇的，距今已经快三十年了。但对我来说，仿佛还在昨天——"

那是超脱一切，平淡如水的口吻。低沉通透的男中音在满月之屋静静回响。

4

"地点是这座双月城，在公馆一楼大厅，命运安排我和她相遇。

"当时的外交部高官，玛格丽特的父亲阿伽伯特·阿尔施莱格尔伯爵为招待国内外造访城堡的宾客，对公馆进行了大规模的装

---

1. 戈耳工（Gorgon）：希腊神话里蛇发三女妖的统称，其中最著名的是小妹美杜莎。相传看见她们面容者都会被石化。

修，改造成现在这个样子。在竣工宴席上，我与她邂逅了。现在想来，那次宴会本就有让她亮相社交界的意义吧。

"从见到她的第一眼起，我就被深深俘虏。花仙子般纤柔的腰肢，低胸的纯白礼服勾勒出她修长的身姿，闪耀着金光的秀发与雪白到透明的肌肤形成了鲜明对比。

"我笨拙地邀她跳舞，她微笑点头。一曲临了，我再也无法忍耐，轻声对她说'我爱你'。听到这儿，她露出寂寞的笑容：'你能这样说我很开心。但是对不起，我无法回应你的感情。'她在音乐停止的同时离开了我。

"后来才知道，在父亲的强硬做派下，她已和某个跟国王亲近的贵公子有了婚约。还有种说法说她父亲阿伽伯特是为了和国王联系得更加紧密，才让女儿政治联姻。

"我放不下玛格丽特，在那之后想尽办法，终于再度来到双月城，向她表达了自己的真心。她似乎也慢慢地接受了我的情意，很多事都会跟我说。

"伯特兰，刚才你所说的阿尔施莱格尔家的特殊家世，她似乎很早以前就注意到了。她也想做点什么，从命运的轮回中获得自由。

"经过多次幽会，我们都深陷爱河。我和她第一次发生亲密关系，就在这间满月之屋。是的，就在那张床上，我们结合了。

"很快，我们的关系被她的父亲知道，她被幽禁在满月之屋。我想把她救出来，一起私奔，但最终还是无能为力。

"得知她怀孕是在那之后不久。因为怀孕，她和贵族公子的婚事崩了。据说面对怒不可遏的阿伽伯特，她始终没说出腹中孩子的父亲是谁。

"后来父亲拗不过她,玛格丽特生下一对双胞胎女儿,就是卡伦和玛利亚。姐妹俩是私生女,成长过程中也不知道父亲是谁。不久后,阿伽伯特去世,再没有人能阻止我和玛格丽特在一起。可当我正式向她提出结婚的想法,她却这样回答:'你也知道阿尔施莱格尔是怎样的家族吧?我们家族充满了暗杀、乱伦、背叛等违背道德之事。父亲还想要通过联姻,借国王的荣光消除那些污点,但父亲却没有注意到,他把我当道具的行为,已经和过去的阿尔施莱格尔家没有差别了。

"'阿尔施莱格尔家的女人一生都无法逃脱背德的血脉。娶我这样的女人为妻,只会糟蹋你的前程。所以我打算独自抚养两个女儿,了此一生。请你忘了我,去寻找更适合你的人吧——'

"在那之后我也多次造访城堡,强迫她改变主意,但她心意已决,直到多年前去世还保持着单身。

"对女儿卡伦和玛利亚,玛格丽特好像一直都隐瞒着我是她们的生父。但在临终前,她还是把事实告诉给姐姐卡伦。

"我再次来到城堡,是参加玛格丽特的葬礼。卡伦一脸紧张地凑近我,问我是不是她的父亲——我回答,是的。那个刚强的卡伦当场落泪,扑入我怀中。不管多么刚强,她也只是个二十多岁的姑娘啊。自幼便是母亲一手抚养自己长大,玛格丽特的去世对卡伦来说无疑是最大的打击。而就在那时,亲生父亲出现在她的面前,卡伦紧绷的弦才一下子松了下来。

"听着卡伦一边哭一边怪我,我第一次感到女儿是多么令人怜爱。卡伦跟年轻的玛格丽特一模一样,当然双胞胎妹妹玛利亚也遗传了玛格丽特的容貌。我在心中起誓，这辈子要一直守护着这两姐妹。"

伯特兰、诺伊万施泰因博士还有多诺万都沉默地听着冯·修特罗海姆的话，宛如在乡野客栈里听村里老人讲述古老传说。

"自从和卡伦父女相认，一有机会我就会和她联系，尽可能地做些管理包括城堡在内的阿尔施莱格尔家产之事。话虽如此，当我亲眼看着卡伦和玛利亚这两个女儿时，确信了她们是典型的'阿尔施莱格尔家的女性'，无论在好的方面还是在不好的方面。

"姐姐卡伦无论何时都沉着冷静，有一种不失名门之后的典雅；与之对比，妹妹玛利亚则自由奔放，虽然情绪有些不稳定的倾向，但那强烈的热情又正是阿尔施莱格尔家的证明。

"我还没有告诉玛利亚我是她的父亲——这是卡伦的意思，她担心情绪不稳定的玛利亚的身体，所以卡伦让我在玛利亚接受博士治疗、稳定身心之前，先不要告诉她。

"于是，虽然我们父女之间也会遇到各种问题，但日子过得还算平稳。但是……莱因哈特那个恶魔……"

冯·修特罗海姆的脸上第一次浮现苦闷：

"卡伦在信中写道：'那个男人来到城堡，屡次接近玛利亚，试图诱惑她。'我心里总有种不祥的忐忑。因为听说莱因哈特的童年是在城堡度过，后因对玛利亚有非分之想而被驱逐出境，所以我就担心莱因哈特此举并非单纯搞男女关系，而是怀恨在心的复仇。不承想我所担心的还是发生了。

"那天早上——读了卡伦通过信鸽送到我柏林家中的信时，我无比震惊！那是卡伦在自杀前告诉我一切缘由的遗书。

"这里有必要说明一下飞鸽传书的方法。正如你们所知,由于城堡里没有电话,所以无法进行紧急联络。因此,卡伦命弗里茨调教白鸽让它们往返于城堡和柏林之间。有紧急事件时,卡伦便经常使用此法同我联络。

"总之,信鸽传来了卡伦的遗书,我知道玛利亚怀了莱因哈特的孩子,这也是卡伦失手的原因。卡伦还要用自己的身体代替玛利亚,抹杀玛利亚怀孕的恶果——

"我何其震惊,又何其哀叹——一夜之间接连失去卡伦和玛利亚这对无可替代的掌上明珠,失去了玛格丽特为我留下的两颗无可替代的宝石。我把脸埋进信里,旁若无人地号啕大哭。

"不久,激情褪去,找回冷静的我醒悟到不管怎样都要完成卡伦的遗志——除掉莱因哈特。

"为此,我必须立刻赶往科布伦茨市警局,掌握搜查的指挥权。但身在柏林警局总部的我特意去负责科布伦茨乡间杀人案,怎样看都不自然。我需要想办法制造一个能让科布伦茨市警局领导和阿尔贝特那帮搜查员都可以接受的理由——

"是的,伯特兰,正如你所推理的,我利用了你。

"幸亏卡伦在信中提到你将造访双月城。在德国警界,无人不知你我在之前大战中的交情。如果你要为德国境内的案件出头,那我提出跟你再次决一胜负,没人会觉得奇怪。不,不如说他们都在期待这样的发展——

"于是,我以你为由,顺利进入科布伦茨市警局,成功地实控了搜查。来到城堡后我暗中接触科内根和弗里茨,要求他们助我除掉莱因哈特。科内根和弗里茨似乎已从卡伦那儿听说过我,欣然应允。

"二十二日的下午,阿尔贝特宣布满月之屋里的尸体没有妊娠迹象时,莱因哈特明显动摇了。可以理解,在他看来,玛利亚怀孕才是他能自由掌控阿尔施莱格尔家产的唯一王牌。而今都打了水漂不说,自己也成了一大嫌疑人遭受怀疑。若在满月之屋被杀的是玛利亚,而卡伦是凶手,那么自己很可能也被卡伦盯上。莱因哈特之所以急着要逃离城堡,是出于这样的理由。

"我故意不允许莱因哈特离开,并尽可能地拖延时间。如此一来,离城心切的莱因哈特为了放行许可,对我言听计从。

"二十三日晚上十一点左右,我密派科内根管家去莱因哈特房间,让他转告莱因哈特,'我可以破例允许他离开,但需他在午夜零点到主塔楼五楼武器仓库见个面。只是整个过程不能让任何人知道,若被发现,此事作罢,休要再提'——我这样叮嘱道。

"午夜零点莱因哈特如约而至,来到武器仓库。我在那里向他摊牌自己是卡伦和玛利亚的父亲,也告诉他满月之屋里的尸体,卡伦和玛利亚都有份儿——卡伦失手害死玛利亚,最后自己也引咎自杀。

"听闻事件真相莱因哈特极度惊恐,面色发青,不住颤抖。最后他一边流泪一边抱着我的腿,不停央求我放过他。我那两个无可替代的宝贝女儿,就因为这种男人而死吗?我再一次怒上心头。

"我抄起武器库里的中世纪短剑,插进还在苦苦哀求的莱因哈特的胸口。他没做任何抵抗,当场倒下。是男人就该和我一对一决斗,他这废物却没半点骨气。

"在那之后,借助科内根和弗里茨的力量,我砍下莱因哈特的头颅，用主塔楼五楼的投石机，瞄准新月之屋南窗发射过去。另外，科内根给砍掉头部的尸身穿上同款的马克西米利安式铠甲，我和弗里茨再把穿了铠甲的尸身搬下楼，过东面城墙通道，运至新月之屋东窗正下方的岩石平台，后面就如伯特兰你所推演的一样……"

冯·修特罗海姆深深地叹了口气：

"不可思议的是，我没有大仇得报的满足感，留下的只是深深的徒劳感，这种空虚至今还在延续。我甚至在怀疑，是否真有杀死莱因哈特的必要——

"先不说这个，本来此时，我的目的已经达成。只要你们都觉得发生在满月之屋和新月之屋的惨剧系同一凶手所为，我就不用担心真相会被揭露。唯一需要担心的只有伯特兰，你那卓越的推理能力。但倘若本次案件在新月之屋惨剧这里画上句号，即便是你，应该也不会完美地揭开案件的全貌。

"之后就只需要巧妙误导阿尔贝特那帮人，把案件引入迷宫就可以了。虽然会对我的警察履历造成影响，但在痛失爱女面前，那点小事早已无关紧要。

"可我没想到是，竟还藏着意料之外的伏兵。电影导演托马森注意到那晚卡伦在乔装打扮，还独自偷偷调查。

"如果只是托马森一人，那也不足为惧。但他的行动引起了伯特兰的怀疑，最后可能会让伯特兰发觉满月之屋惨剧的真相。哪怕只为保住卡伦和玛利亚的名誉，我也必须想办法阻止——于是，我坚定了对托马森的杀心。

"车轮上装长剑是中世纪时期退兵之计，我应用了卡伦在信里写过的知识。她出于对祖先的好奇，独自调查过双月城的历史，对这些事情知之甚详，造诣精深。

"同时为了搅乱伯特兰，我还让女仆扮成卡伦的模样，让史密斯目击。这么做，为的是让你们认为卡伦还活着，以此掩盖满月之屋的尸体是卡伦和玛利亚的组合的事实，但也将弗里达卷进案件旋涡，最终导致她选择了死亡。这一点我惭愧至极——完全是我的失策……"

接着，冯·修特罗海姆重新看向伯特兰的方向：

"伯特兰，我的话都说完了。接下来要怎么做，全由你来判断吧。只求你不要追究科内根和弗里茨的罪责，他们只是遵从主人卡伦的命令而已。如果可以，我希望这一连串的案件都算在我一人头上——"

"男爵，这件事——"伯特兰平静地打断冯·修特罗海姆的话，"正如我一直所说，我在德国境内没有任何执法权限，不过是个旅客而已。我所希望的只有一件——尽快释放和我同为旅客，现在被阿尔贝特警长当作嫌犯逮捕的蒂莫西·亨特。只要你能答应我这件事，我就能答应你，作为旅客，刚才在这里说的事我不会告诉任何人，就这样返回法国——"

伯特兰的话令我大吃一惊。但他举手制止了我，继续说：

"男爵，你的话让我想起德国的民间叙事诗《西格弗里特传说》。传说中，西格弗里特的妻子克里姆希尔特为给丈夫报仇，不惜成为东方蛮王之妻，静待时机，在数十年的忍辱负重之后，完美地完成复仇。而你凭借着不亚于克里姆希尔特的强烈意志，为卡伦和玛利亚报了仇。

"男爵，这次案件本就在你的国家发生，我认为案件的审判还需由你们自己定夺。我看到的真相真实与否，也应该是由你们来决定。

"要我一个旅客来说，作为一处把中世纪的城堡建筑风格传承到现代的载体，双月城和城内珍藏的大量中世纪铠甲、武器是一笔极其珍贵的文化遗产。如此宝物若出于经济原因拆毁散佚，对德国而言也是极大的损失。一定得想办法保护这座城堡的现状，为此有必要让德国政府行动起来，我希望由男爵您来做那个进言的角色。

"考虑到和这座城堡的缘分，再也没有人比你更适合了吧。只要你把亨特放了，并且接下这个任务，我就不对外说出案件真相，转身离开这个国家。我想除我之外，那边的三位也是相同意见——诺伊万施泰因先生，您意下如何？"

面对伯特兰的发问，肥胖的精神科医生微微苦笑道：

"伯特兰，这次案件中，我不过是个彻头彻尾的愚者，没有发言的资格。但我现在仍把自己当作卡伦和玛利亚姐妹的主治医师。卡伦直到最后一刻都深爱着这座城堡，为守护它甚至不惜牺牲自己的生命。我想要尊重患者的遗愿——"

"谢谢您。先生——"

伯特兰将视线转向多诺万：

"多诺万，你呢？身为报社记者，没什么新闻比这次事件更重大、更头条了吧——"

"我可去他的吧。我跟史密斯说过了，我最近突然开始怀疑起我们记者所传播的'真实'了。而且我也希望这座历史悠久的城堡能够尽可能完整地流传后世。如果修特罗海姆男爵能为此尽心尽力，我也没什么好反对的——"

多诺万微笑着说道。

"帕特，你呢？你头上挨了一下，可以说是在场之中唯一的受害者。如果你的气还没消，也可以将这一切公之于众——"

我缓缓摇头，向伯特兰提议道：

"根本不用多想。我们四个都是外国人，一旦出境，便不再受德国法律约束。什么法律的尊严，不用在乎那些无聊的体面。伯特兰，怎么样？不如把这里当作陪审席，来给本案下一个判决？"

"好想法，帕特。那么你的判决是？"

"在这座双月城发生的一系列案件，皆由盘踞于此的中世纪幽灵引起。幽灵不适用于现行法律，因此，将本案列为未解决案件！"

我怀着庄重的心情宣布。

"诺伊万施泰因先生，您的判决呢？"

"和史密斯一样。未解决吧。"

"多诺万呢？"

"未解决啊。"

听了我们三人的话，伯特兰的脸上露出了古希腊圣贤一般的古怪微笑。

"未解决。"

伯特兰说道。

尾　声

二月二十八日上午十一点。

伯特兰和我站在横靠科布伦茨港码头的蒸汽轮船晚收号的登船口。

天气晴朗，远山棱线清晰可辨。中部莱茵河谷即将迎来真正的春天了吧。

我们今天就要离开此地，返回令人怀念的巴黎。码头上，打算在双月城多住一些时日的诺伊万施泰因博士和多诺万前来为我们送行。

奇妙的是，我们回美因茨的这趟晚收号，正是八天前我前来科布伦茨搭乘的那艘船。

八天前……是的，我在这里只不过待了八天。但在这八天里，就有五个人失去了宝贵的生命。

"博士，亨特先生怎样了？"

"嗯，不愧是常年混迹于好莱坞的干练经纪人，不仅从科布伦茨市警局接回了莱因哈特和托马森的遗体，还不知疲倦地通知他们在美的遗属，这块不用担心。"

前天——二十六日在满月之屋那场冲击性的案情说明会后，和我们同回公馆大厅的冯·修特罗海姆便命令阿尔贝特警长立刻释放亨特。他并不理会警长的惊讶,又撤走了城堡里所有的警察,自己也返回科布伦茨市警局的总部。没弄清状况的阿尔贝特警长虽然无法接受,但最后还是不得不屈从于冯·修特罗海姆的命令。

洗清冤屈,恢复自由身的亨特不愿留在城堡,当晚便搬去科布伦茨的酒店居住。之后以那家酒店为根据地,一边与好莱坞联络,一边处理后事。

"话说回来,真是一连串难以想象的案件啊。我在史密斯的书中知道你也曾遇过不少难解的怪案,但本次案件——特别是那个满月之屋的密室,比起旧案更显得不可思议吧?伯特兰,若没有你神明般的洞察力,那个密室谜团肯定永远也无法解开——"

"诺伊万施泰因先生,人能想出的谜团,肯定能被同为人类的他者解开。我只是比你们稍早一步解开谜团罢了。"

伯特兰微笑着说道。

我转向多诺万,再次问出了之前一直在意的事情:

"多诺万,真的没关系吗?双月城事件的真相可是你们记者求之不得的大新闻、大头条啊。你忍心眼睁睁地放走这个机会……"

多诺万爽朗笑答:

"你还想问多少遍啊,史密斯。我对报社记者的工作已经没有任何留恋了,我现在只想好好见证那座城堡的未来。我想见证修特罗海姆男爵遵守约定,守护那座城堡,安顿好科内根管家和弗里茨等用人的生活。再然后,我打算回英国做个乡村教师,捎带着继续研究历史——"

看着多诺万眼眸里的光亮,我感觉得到了救赎。

不久后,宣告开船的汽笛响起,伯特兰和我走过栈桥登上晚收号。把手提行李箱放进客舱，我们便来到甲板，和诺伊万施泰因博士与多诺万做最后的告别。

晚收号响着懒洋洋的引擎声，将晚冬阳光映照的水面打出一行白花，沿莱茵河而上。码头渐远，我看见还在挥舞着双手的诺伊万施泰因博士和多诺万的身影正一点点地变小。

我也在甲板上用力挥舞手臂，回应他俩的目送。我在心中期盼，真心期盼着有一天，能和这两位曾在异国共同经历过超乎想象、凄惨绝伦事件的难得好友再度相会——

晚收号在晚冬暖阳中一路南行，朝美因茨市进发。

许是阳光添彩，我觉得与八天前顺流而下，初到科布伦茨市时相比，拂面清风格外温柔。风中带着新绿的清香，中部莱茵河谷也将迎来春天了吧。

伯特兰坐在甲板的躺椅上，从上衣内口袋里取出烟盒，抽起香烟。看着他端正的侧脸，我说出之前就一直挂心的事。

"伯特兰，我们这么做真的对吗？虽然我们没有警察权限，但从结果上说，冯·修特罗海姆是凶手，但我们却没有告发。先不说法律，从人道角度上看，我们所做的真的正确吗？"

伯特兰没有立刻回答我，他抽了会儿烟，最后把烟头弹到水面，这才慢慢地转向我：

"那么帕特，你觉得应该如何做呢？你觉得我应该把我的推理告诉给阿尔贝特警长，让他逮捕冯·修特罗海姆吗？

"很遗憾，警长根本不会接受我的推理吧。说实话，我也不打算把自己的智慧分给那个愚钝的乡野警察。如果阿尔贝特真有才能，即使我不说，他也应该能发现冯·修特罗海姆就是凶手。我不会仁慈到特意把真相说给连这点小把戏都看不穿的蠢人——

"而且啊帕特，老实说我不忍把冯·修特罗海姆交由司法处置。他所犯的罪行确实无法饶恕，但我认为，为唯一骨肉报仇，是生而为人天然的权利。就像我经常跟你说的，比起法律我更尊崇个人伦理规范。

"正因为如此我没有控告他，我希望冯·修特罗海姆也能按照他的道德规范处理自己，希望他能负担起那两条被他亲手夺走的生命之重。虽然我不知道他最后会如何自处。"

"要是这样，冯·修特罗海姆也有自杀的可能咯？"

"不敢说一定没有，但至少现在还不会有。为此我向他提议做一些双月城文化保护的工作。双月城若真有价值，便能被认定为历史文化遗产，得到德国优厚的保护，再也不用像卡伦那样担心面临被拆毁的命运。而能胜任这一工作的，没有比冯·修特罗海姆更合适的人选。他若能从这项工作找回人生光明，也算祭奠了卡伦和玛利亚的魂灵。更重要的是，赎了自身犯下的罪行。我是这样想的——"

伯特兰说罢，右手把玩着他手杖的把手，眺望着在阳光中显得朦胧的对岸。我也眺望对岸景色，脑中反复回味着伯特兰的话。

（说不定正如伯特兰所说。说到底也不可能全靠法律来制裁人类的种种作为。不管冯·修特罗海姆对自己下达了什么处理，都是基于他个人的伦理规范做出的决定。我就静静见证到最后吧——）

当晚收号驶近博帕德时，伯特兰突然指着右岸说：

"帕特，你看，从这里能看到双月城哦——"

在伯特兰的催促之下，我将视线转向那边。

双月城面朝莱茵河。其上两座得双月之名的圆塔和主塔楼也面向我们。八天前我也是在这里一睹双月城的威容。

又有多少人知道，还有一位不惜用自己鲜血染红塔上房间，直到生命的尽头都要守护昔日贵族荣光的女性呢——

那是城堡绝不能流传后世的一段历史。而在悠久的时间长河中，城堡必会留住那位女性的灵魂。

而后像要继续侍奉那对姐妹，弗里达的一缕芳魂也将停留在那里吧。

我的心隐隐作痛。如果那时我好好地听弗里达把话说完，她一定不会因良心谴责而选择死亡——

（哪怕只为弗里达，我也必须为她哀悼——）

我立于甲板，静静闭上双眼，面朝双月城默哀……

主要参考文献

◎《新版德国城堡与街道》红山雪夫　Travel Journal
◎《法国城堡与街道》红山雪夫　Travel Journal
◎《莱茵河物语——我的欧洲指南》笹本骏二　岩波新书
◎《夜行》约翰·迪克森·卡尔　创元推理文库
◎《绞刑架之谜》约翰·迪克森·卡尔　创元推理文库
◎《骷髅城》约翰·迪克森·卡尔　创元推理文库
◎《夏日启示录》笠井洁　角川书店
◎《秃鹰城的惨剧》高柳芳夫　讲谈社
◎《莱茵河舞姬》高柳芳夫　讲谈社
◎《圣奥斯拉修道院的悲剧》二阶堂黎人　讲谈社
◎《恶灵公馆》二阶堂黎人　立风书房
◎《恐怖的人狼城》二阶堂黎人　讲谈社NOVELS

※ 本手稿由配备了非常适合日文输入的拇指SHIFT切换键盘之文字处理机创作。

再版后记

一切源于一张 A4 纸。

平成十三年（二〇〇一年），时隔一年之后，光文社的《本格推理》系列整装再出发。而刚从鲇川哲也老师手里拿下主编交接棒的二阶堂黎人决定将我和长谷川顺子合作的《暗号名"俄罗斯套娃"》收录在即将出版的《新·本格推理01》中。二月中旬，为将作者亲校后的样稿送给主编，我拜访光文社。接待我的编辑 M 氏确认过样稿，留下一句"能稍等片刻吗？"便起身离席，回来时身边又多了一位编辑。

"我是 Kappa Novels 编辑部的 O。是这样的，我们现在有个企划项目，诚挚希望您能参加。"

说着 O 氏递上一张 A4 纸。我看向纸面，一句话突然跃入眼帘：

"Kappa Novels《新·本格推理系列（暂拟名）》征文事项。"

O 氏对尚未完全消化的我解释起来：

"我们 Kappa Novels 编辑部这次准备做一个全新的推理小说系列。而系列中的长篇小说，我们想请过去在《本格推理》中入选两次及以上的写手执笔。您之前的作品《吾友亨利》被收录在《本格推理》第十四卷，这次又是第二回入选，满足项目的参加资格。

您看……能否参与本企划呢?"

我突然陷入沉思。

我学生时代嗜读本格推理小说,成为工薪族后此爱好不降反增,如今已经变换身份,成了写手。虽然向《本格推理》投过几个短篇,但长篇小说自与短篇不同。

根据征文事项,以四百字标准稿纸计,小说篇幅需在二百至一千页稿纸。学生时代我虽写过五百页稿纸的小说竞争江户川乱步奖,但如今繁忙的工薪生活之余我还写得出那么多字吗——况且截止日期在六月底,创作时间只有四个半月。

可想参加该企划的心思在我体内徐徐高涨。短篇作品两次上刊固然有一定的成就感,但要论本格推理的精髓还得看长篇小说。于我一个有志创作本格推理的写手而言,不是我无法忽视这次企划,而是它魅力太大。

* * *

之所以莽撞地接受挑战,其实另有原委。

我想沿用约翰·迪克森·卡尔创造的巴黎警局著名预审法官亨利·班克林这一人物续写几篇仿作。当时已写好一个两百页稿纸的中篇小说《杰夫·马尔的追想》,又在构思后面两个中篇《双月城的惨剧》和《监狱岛》,所以借由企划项目,我想是否可能将原构思扩展为长篇。

本书《双月城的惨剧》的诡计布局便出自同名中篇,具体来说正是以满月之屋事件为中心的那部分内容。之后"将此构思慢慢扩展成长篇小说"成了我在征稿截止到日前那几个月里每天的功课。

正式起笔是同年的三月一日,从那天往后每天下班回家我便坐在文字处理机前,不眠不休地持续创作。经数月耕耘,书稿终成,打印出来由快递送去 Novels 编辑部之后,我记得还开了罐啤酒以示庆祝。

之后便是等待编辑部通知我稿件是否通过——那段时期真的太难熬了,出版社那边一两个月没半点消息。当我都快要不耐烦的时候,终于接到通知:拙作与其他三人之作品得以出版,但编辑部又对喜出望外的我提出了要求:

"只不过出于著作权的原因,如今卡尔的仿作难以出版。故事大可以保留,但登场人物可否改为原创?"

意想不到的要求让我困惑,但这点困惑在"自己要出书了"的喜悦面前也算不得什么,我连忙给主人公起好了新名字。

于是,我作品中的系列侦探,巴黎警局机敏干练的预审法官查理·伯特兰就此诞生。

说则逸闻,今年(二〇〇六年)早川书房引进的法国推理小说的《红胡子的诅咒》是保罗·霍尔特业余时期自费出版的处女作。而作者身为卡尔的狂热粉丝,处女作似乎亦为卡尔笔下菲尔博士的仿作。得知这层内情再读此书,不仅会发现侦探角色阿兰德·图威斯特博士在致敬基甸·菲尔博士,第二章开头聆听主人公遭受幽灵袭击的伦敦警察厅警督汉弗里·马斯通实则是亨利·梅利维尔爵士系列中的常客汉弗瑞·马斯特斯探长的化身,而对图威斯特博士殷勤奉承的罗艾博警察实则在模仿菲尔博士系列中的常客海德雷探长。看来不论东西,狂热粉丝实属同一物种。

* * *

如此这般我的首部长篇作品《双月城的惨剧》于平成十四年（二〇〇二年）四月和石持浅海的《爱尔兰蔷薇》、东川笃哉的《密室的钥匙借给你》、林泰广的《The unseen 看不见的精灵》一起作为光文社 Kappa Novels 新人发掘计划"KAPPA-ONE"之作品并陈于书店店头。四位新人作家，四部风格各异，但都凝聚解谜趣味的本格推理小说吸引了当时出版界的目光，各路媒体还好意为我们宣传报道。

之后过去四年，这次《双月城的惨剧》又有机会以口袋文库的形式和读者见面，本人大喜过望。也盼"加贺美雅之？这作家没听说过呀"的诸位趁此机会买上一本，作者感激不尽。

以伯特兰法官为主人公的作品还有《监狱岛》（上·下）和《驻风馆杀人事件》。两书皆由光文社出版，若能一并购买，或能更添阅读之趣。

在文库版中，书中主要人物冯·施特罗海姆男爵的名字被改为更接近德语发音的"修特罗海姆"。还望读过初版，感觉违和的朋友见谅。

最后由衷感谢为本次再版东奔西走的光文社文库编辑部藤野哲雄先生，连续为拙作首版、再版设计精美封面的泉泽光雄先生，以及从首版开始便倾注无上热情并撰文解说的二阶堂黎人先生。谢谢你们！

　　　　　　　　　＊　　＊　　＊

若有机会，让我们于新的作品中再见吧。
我祈祷着那一天的到来——

　　　　　　　　　　　　　　　　二〇〇六年十二月
　　　　　　　　　　　　　　　　　　加贺美雅之

首版解说——世纪的大魔法师，终于降临！

二阶堂黎人

1

先说结论吧。

充满作者恶魔般智慧之《双月城的惨剧》可谓一座以逻辑诡计为建材，布局严谨，精心打造每一处细节的本格推理皇宫，也是一部十年难求、不世出的大杰作。作者加贺美雅之随心操纵着不停喷涌自他博学头脑中的诡计，以变幻无常之姿欺骗读者，用眩惑文字技巧误导人心。他是接下来十年——不，二十年中，立于本格推理小说潮头，引领我们前行的不二才俊。

长久以来，本格推理小说爱好者们引颈以待出现一位轻松玩弄谜团、逻辑和诡计的大魔法师。现在令人待望之时终于来临，随着《双月城的惨剧》出版，本格推理小说界迎来了真正意义上的新世纪。无论作家还是读者都站在新世界的门口。多年后回顾历史，这部作品依旧会是一根重要标杆，屹立在那里吧。

如此说来，读过本书的你，也在无意间成为推理史丰功伟绩的重要见证人。

接下来说一些蛇足赘言。若你在阅读正文之前先读到该篇解说，请立刻翻回小说第一页。你会发现，不可能犯罪、密室、连环杀人、杀人魔、传说、亡灵、名侦探、双胞胎美女、遗产继承、谜团、秘密、古城、家族争执、诅咒——这些本格推理小说中熠熠生辉的宝物，全被塞进这部小说，都快要溢出来了。

再说一遍，上述之中即使只有一个元素是你所爱，你也该二话不说，去读《双月城的惨剧》。

让我为仍持怀疑态度的朋友简单介绍一下作品吧。

中世纪古堡林立的莱茵河中游溪谷里有座巍峨又神秘，俗名双月城的古城。城堡内住着患有心理疾病的双胞胎美人姐妹，城墙上屹立着双月之名的高塔，还有诡异至极的命案往事和血腥传说在古城流传：骑黑马、披黑甲的幽灵骑士突然现身塔顶小屋，用利剑砍下留宿者的头颅。

时间来到现在。

数名客人造访双月城，惨剧似乎正等着他们，缓缓拉开序幕。重重封锁的高塔之中，接连发生血腥的密室杀人案。模仿自传说，充满谜团的犯罪都被超乎常识般的神秘、恐怖和残忍装点得光怪陆离。

最初事件便是如此。去往塔顶房间有两道门，每扇门都从内部反锁，并上了粗实的门闩。两把钥匙皆在室内，窗户正对垂直的断崖，任何人都无法从外部接近。美丽的双胞胎姐妹其一便死在如此坚固的密室里。尸体的头颅和双手被利落砍下，并于现场地面烧焦。当然哪里也不见凶手的身影……

第二起密室杀人案也极不可理解。房间从内侧上锁，地上却遗落男子被砍下的头颅，嘴里还插着房门钥匙。至于他的身体则被塞进装饰铠甲中。当然房间内没有任何暗道，但凶手从此密室中消失如烟……

第三、第四起案件之怪异程度亦不亚于前两起案件。不断反复的残忍犯罪，凶手究竟是人是鬼？难道真是传说中的妖魔从地狱复活了吗？而逐渐吞噬古城的恐怖和憎恶又是什么……

面对这一连串怪奇事件的是法国名侦探查理·伯特兰，而点燃他斗志的是德国名侦探冯·修特罗海姆男爵。以奇难案件为舞台，两颗优秀的侦探头脑展开激烈的碰撞！

令人战栗的真相！出乎意料的凶手！可怕的杀人动机！古城中隐藏的惊人秘密！

在《双月城的惨剧》中，上述本格推理中魅惑的元素和小道具都已准备就绪。

（老实交代，就连我这个密室杀人的权威也没能看破这些不可能犯罪的真相！）

2

"最近的本格推理小说怕是难得有点过分了。"

前几天和有栖川先生见面时我们曾谈过这一话题。

的确，没有大量阅读就看不出作者想展现的作品结构；不看完四千页就无法知道结局；没有 SF（科幻小说）素养就搞不懂作者在写什么；在厘清推理小说的历史意义之后才终能判断某某作品的价值；还有多到让人厌倦的层层反转——附加要素增多，作品的骨干反而因为臃肿化的装饰挤得快要看不见了。

本格推理爱好者的眼界变宽，普通单纯的故事当然已无法满足他们，装饰倾向自是证明。但我总不由得想：如果一部作品能让人更直接说出"好看"也挺好的，不是吗？

具有"欲罢不能"的魔力，让人想一口气读完的小说，过去有江户川乱步的明智小五郎系列，莫里斯·勒布朗的亚森·罗平系列，还有柯南·道尔的夏洛克·福尔摩斯系列等。正是这一类小说爆发出如此魅力，读者一旦阅读，便会废寝忘食沉浸其中——被拽进小说的世界。

说到本格推理小说（不，那时候还在叫侦探小说吧？）的魅力，开篇惊现离奇谜题，连续发生的血腥杀人案件不给人喘息时间，读者好像也成为书中角色，一起恐惧和战栗。随着案件调查不断深入，真相越发扑朔迷离。形迹可疑者络绎不绝，奸计四伏，危险的怪人悠游，不安与猜忌越发加剧。加上线索突断，人们陷入极端混乱，案件加速错综复杂……

就在这时，终于有一位英雄——以如炬慧眼蛰声遐迩的神探，英姿飒爽地出现在大家面前。接着，他举出谁都未曾注意过的证据，推理如神，解决案件。他将谎言和欺骗层层包裹着的谜团一刀剖开，将其中真相大白于天下。

不，没必要说得那么烦琐。仓皇、紧张、兴奋，最后是"啊"的一声惊呼——如此趣味，古早侦探小说中便有之，阅读侦探小说的乐趣亦在于此。

后来那些跌宕起伏的故事都去了哪里？错综复杂的谜题被一层一层抽丝剥茧，那正是思路清晰的推理之妙处——它们如今都消失到哪里去了呢？

不过如今已无须担心。

因为货真价实、纯粹有趣的侦探小说，在加贺美雅之这部长篇出道作品出版的同时，又回到我们身边。

3

加贺美雅之凭借长篇小说《双月城的惨剧》正式出道。但对于热衷于本格推理的小说迷来说，他并不完全算是新人。

在光文社文库本MOOK《本格推理》中，鲇川哲也老师兼任评委和编辑，公开征集业余作家的短篇本格推理小说，征文成果浓缩成十五卷《本格推理》。在那之后，我接任评委，截至二〇〇三年三月，已出版两本《新·本格推理》。在十七卷MOOK当中，加贺美雅之三度入选。此外，我还读过他的一部中篇小说（这又是一部厉害的杰作！近期应该就会问世）。加贺美作品列表如下：

《吾友亨利》田边正幸名义[1]《本格推理（14）》

《暗号名"俄罗斯套娃"》长谷川顺子·田边正幸名义《新·本格推理01》

《杰夫·马尔的追忆》田边正幸名义（中篇）

《木桶庄的悲剧》长谷川顺子·田边正幸名义《新·本格推理02》

---

1. 名义：即署名。"加贺美雅之"为本书作者的笔名，其本名为田边正幸。他也曾以本名发表过作品。

这四篇作品，每一篇都是凝聚匠心，完成度很高的侦探小说。其中《吾友亨利》和《杰夫·马尔的追忆》系不可能犯罪之王约翰·迪克森·卡尔的仿作，且仿写其初期名探亨利·班克林的故事。仅此一举，就足以让我等卡尔迷欣喜，更何况在此之上，还有新颖精妙的独创密室杀人呈现读者面前。简明易懂，毫不装腔作势的文风，更引人轻松走进历史中的世界。

另外的两部作品里也描绘了不可能犯罪，在各自的结局里，都使用了令人不禁暗自惊呼的绝妙机关。

说起卡尔笔下的名侦探，人们熟知者有二：一是拥有庞大身躯的基甸·菲尔博士（约翰·迪克森·卡尔名义作品），二是亨利·梅利维尔爵士（卡特·迪克森名义作品）。他俩都是破解不可能犯罪案件的巨擘。

可是在卡尔出道作《夜行》，及其后续的《绞刑架之谜》《蜡像馆杀人事件》《骷髅城》《四件错误凶器》中，还创造了一位掌管巴黎警局，对坏人定罪毫不留情的预审法官亨利·班克林。卷翘的头发、尖尖的络腮胡、布满细纹的眼睛、谜一般的微笑、高大的身材、慵懒如恶魔（梅菲斯特）的面容。虽才华横溢，但率性而动，还有冷酷无常的一面，敏锐的观察和归纳推理，班克林式的科学搜查，在第一次世界大战中从事谍报工作——卡尔在作品中如是介绍班克林。

话说回来，通读《双月城的惨剧》的人，应该注意到无论是容貌、经历、性格还是搜查方法，主角查理·伯特兰法官都和亨利·班克林没什么两样吧。

自是当然，实际上《双月城的惨剧》和最初的《吾友亨利》

《杰夫·马尔的追忆》一样，都在模仿卡尔。

小说里曾介绍过伯特兰经手的若干旧案也来自这些中短篇仿作。当然因为是模仿，卡尔的《夜行》及其他事件亦算进伯特兰的事件簿中。伯特兰对阵德国名侦探冯·修特罗海姆的设定亦化用自卡尔的《骷髅城》班克林对决冯·安海姆男爵。

那为何本次小说不直接套用班克林的名字？一方面是著作权的问题，另一方面则是考虑出道作品应使用原创人物。但我们卡尔迷（加贺美雅之自然也是一位十足的卡尔迷）总觉得双月城的故事是班克林的案件，或许作者在心中也如是期望吧。

4

作为推理小说作家，最享受的莫过于构思密室杀人或一人分饰两角等诡计以及设计贯穿整部作品的布局。因为可以凭借这些欺骗读者，每每想到这次绝对能骗过他们，自己也不禁沉浸在窃笑、欢愉和喜悦之中。

唯有一件憾事，那就是无法以白纸的状态来阅读自己的作品。许多作家都在创作自己想读的小说。虽然不免了解故事梗概，但在推理小说中，还有猜凶手和解诡计等不同的乐趣。无法站在一名读者的角度来尝试挑战，真的让人很不甘。

比如，我就很想化作一个完完全全的陌生人，重读自己的《恐怖的人狼城》，想重新成为一个推理小说迷，想试着自己看穿书中谜题，想要确认案情真相是否真的令人震惊。

现在，那个绝对不可能实现的梦想终于借由《双月城的惨剧》

得到满足。该作犹如混合又浓缩了我的《恐怖的人狼城》和《恶灵公馆》,气氛黑暗,道具多样——又是我喜欢的不可能犯罪大集合。谜案和秘密都不只是单纯的谜题,还散发出浓烈而浪漫的香气。在充斥着怪异和恐怖的古典意匠中又切实兼备了现代性的主张,诚可谓一本奢华的小说。

加贺美雅之的《双月城的惨剧》正是我长久以来想读、想写、想要挑战的——称得上"真正的侦探小说"之奇迹作品。

再版解说——大魔法师的活跃后续！
二阶堂黎人

1

于是作为王道本格推理写手，凭借《双月城的惨剧》华丽出道的加贺美雅之后来爆发出远超前作的破坏力。

他的第二部长篇小说《监狱岛》是在《双月城的惨剧》出版两年后问世的。小说使用光文社 Novels 新书的上、下两栏排版，竟还能排出上、下两本，真不愧是两千多页稿纸的超级大作。而且该作品以密室杀人为中心，各色不可能犯罪接连登场，是一部内容强到极点的力作。

与《双月城的惨剧》一样，《监狱岛》的主人公依旧是巴黎的干练预审法官查理·伯特兰，及其助手帕特·史密斯。这次的舞台是一座名为圣·汤托万岛的孤岛，岛上有一所收容凶恶罪犯的监狱，数百年前还曾作为流放地，成为路易十四的宠妾狂死之所。

在这座监狱岛上关押着伯特兰的仇敌，国际天才罪犯鲍德温。这时一封匿名信寄到巴黎警局，说岛上有人正在策划一场惊天阴谋。为求证信中内容，伯特兰一行人前往孤岛，然而岛上突然发生了一连串只能用"不可能"形容的恐怖杀人事件。

《监狱岛》中的事件自是作者炫技的舞台，而其能支撑住如此大部头作品的故事性和叙事技巧同样令人惊叹。不仅古典侦探，其怪奇冒险故事的氛围浓厚，甚至操纵全局的隐藏凶手也做了两三重设计。

对于本格推理界来说，《监狱岛》问世的二〇〇四年是大作频出的奇迹之年。绫辻行人的《黑暗馆事件》（讲谈社 Novels）、岛田庄司的《龙卧亭幻想》（光文社 Novels）都是耗费两千五百页稿纸，由上、下两卷构成的砖头书。拙著《魔术王事件》虽只有一本，稿纸数量却也超过了一千五百页。同时稿纸达千页的作品还有芦边拓的《红楼梦杀人事件》（文艺春秋）、笳健二的《星之牢狱》（原书房），本本让人难忘。那一年，法月纶太郎和麻耶雄嵩也久违地出版新作，成为热议话题的小说更是层出不穷。但《监狱岛》不仅没有输给它们，反而获得读者压倒性的欢迎。

2

正如出道以来的两部长篇所凸显的，加贺美雅之的作品厚重，且充满了深思熟虑的绚烂诡计。于是新书的创作也越发谨慎，不可随便。伯特兰系列的第三部长篇小说《驻风馆杀人事件》在两年后的今天（二〇〇六年八月）——终于，或说刚刚圆满付梓。

若说前两作是 Howdunit（猜手法）的特化作品，那么这部小说可谓换了个方向，全力倾注在 Whodunit（猜凶手）之上。

故事舞台是一座大公馆，位于英国北爱尔兰边境一处面向海岸线的险峻断崖之上。公馆之中住着一个爱憎缭乱的资本家家族，家庭成员却接连被卷进血洗的大惨剧之中。任何一桩杀人案都是远超人力和理解的不可能犯罪，诡计甚至比之前两部更加壮观。我想读过新作的朋友，必定会同意我的评价——一部"公馆"和"遗产继承"类推理故事的杰作。

我代表多数热心本格推理的粉丝，衷心希望加贺美雅之坚守这种深谋远虑并充斥着浪漫色彩的作品风格。希望他让名侦探伯特兰大放异彩，遇到更多怪奇的、异常的、阴森的、形式优美的、魔术趣味盎然的、充满惊愕的逻辑故事。

3

再说说加贺美雅之长篇以外的作品吧。

首先自不待言，是我在首版解说中提到的由二百页稿纸构建的中篇小说《杰夫·马尔的追忆》。这是我任《新·本格推理01》（光文社文库）主编时的投稿。故事是约翰·狄克森·卡尔《夜行》的续篇，复苏的狼人不断犯下让人胆寒的凄惨血案。密室谋杀、透明人蠢动、死者复活、断头尸体……超越人类认知的神秘事件汇集于此，阅读过程中我甚至惴惴不安——这么厉害的谜面真的能解开吗？该篇故事的侦探，是卡尔笔下的巴黎预审法官亨利·班克林，助手兼记述者正是标题里的杰夫·马尔。

这篇作品在那期所有投稿中拔得头筹，是唯一的杰作。然而因稿纸数超过了《新·本格推理》规定的一百页，遗憾未能收录。不过值得高兴的是，现可在 e-Novel 电子书平台（http://www.e-novels.net）购买该中篇。

后来在我编撰的《密室杀人大百科（上）(下)》(原书房 / 讲谈社文库）里，又收录了一篇侦探伯特兰的短篇小说《绞首塔之馆》。面对涉及密室杀人和人类瞬移的不可能犯罪，伯特兰也用合理的推理解开了这个神奇的特异现象。

此外，在光文社发行的推理小说杂志 GIALLO 二〇〇三年夏季刊的鲇川哲也追悼特辑中，加贺美也奉上一篇《鬼贯警部》的仿作《死于冻夜——鬼面警部满洲时代的未发表案件》，致敬那位由鲇川哲也先生生前创造的，善于破解不在场证明的名侦探。

另外于二〇〇五年十一月出版的新世纪"谜"俱乐部合作短篇集《EDS 紧急推理解决院》(光文社）中，加贺美雅之也有贡献。故事带有《奥特Q》《怪奇大作战》等特摄片那种强烈的怪奇风格。作品也如实展现出他对神秘主义的爱好，故事内容也非常有趣。

最后一个短篇，其口袋文库出版在即（二〇〇六年十一月底)——由东京创元社出版的《密室与奇迹 J.D. 卡尔诞辰一百周年纪念合集》。执笔者阵容豪华，有芦边拓、加贺美雅之、小林泰三、樱庭一树、田中启文、柄刀一、鸟饲否宇以及我——二阶堂黎人。加贺美雅之提供的短篇作品名为《消失于铁道的刽子手》，我也很是期待！